HAYMON taschenbuch 245

MIX
Papier aus verantwortungsvollen Quellen
FSC® C083411
www.fsc.org

Auflage:
4 3 2 1
2020 2019 2018 2017

HAYMON tb 245

Originalausgabe

www.haymonverlag.at

ISBN 978-3-7099-7883-2

Umschlag- und Buchgestaltung nach Entwürfen von
hœretzeder grafische gestaltung, Scheffau/Tirol
Satz: Da-TeX Gerd Blumenstein, Leipzig
Umschlag: Eisele Grafik · Design, München
Umschlagabbildung: mauritius images / BY/ Welke Rose vor Schwarz
Autorenfoto: Ingrid Kuehs

Gedruckt auf umweltfreundlichem,
chlor- und säurefrei gebleichtem Papier.

Wilhelm Kuehs

Mein letzter Wille geschehe

Ein Kärnten-Krimi

Wilhelm Kuehs

Mein letzter Wille geschehe

Für Matthias
In liebevollem Gedenken

Kapitel 1

1

Ernesto Valenti zog die Schultern hoch, bevor er die Eingangstür der Weinstube Raab aufdrückte und vom Nieselregen in die helle Wärme trat. Aus der Jukebox dröhnte ein Gitarrensolo von Jimi Hendrix. Viko grüßte Ernesto mit einem Kopfnicken, während er ein Tablett mit Bier und Kaffee aufnahm und zu einem der Tische hinten in der Ecke brachte, aber sonst schien ihn niemand zu bemerken.

An der Theke war ein Hocker frei. Ernesto streifte seine Jacke ab, hängte sie an den Haken an der Unterseite der Theke und setzte sich. Rechts neben ihm lehnte ein großer Mann. Auf seinem rasierten Schädel spross graues Haar, und sein Profil zeigte eine tiefe Falte um den Mundwinkel.

Nur kurz taxierte Ernesto den Fremden, dann wandte er sich Viko zu, der mit einem Tablett leerer Gläser und voller Aschenbecher von den Tischen zurückkehrte.

„Kaffee?", fragte Viko.

Ernesto nickte.

„Sauwetter", sagte Viko, während er das Sieb der Espressomaschine ausklopfte.

Ernesto stippte eine Zigarette aus der Packung.

„Einen Schnaps dazu, zum Aufwärmen?"

„Bin noch im Dienst", sagte Ernesto. „Ich muss noch die Artikel über den Fit-mach-mit-Lauf und diese unnötige Feier zum Nationalfeiertag schreiben."

„Über den da solltest du einmal etwas schreiben", sagte Viko und stellte den Kaffee vor Ernesto hin.

„Über wen?“

„Steht direkt neben dir, der Schatz Friedl.“

Ernesto ergriff die ausgestreckte Hand und zuckte vor Schmerz zusammen, als sich die Faust um seine Finger schloss. Am Handrücken sah Ernesto eine blassblaue Tätowierung. Ein Kreuz mit sich nach außen hin verdickenden Armen.

„Ein kräftiger Händedruck“, sagte Ernesto.

Friedl ließ los, und Ernesto beutelte seine Hand. Es fühlte sich an, als wäre er gerade einem Schraubstock entkommen. Viko lachte, aber Friedl verzog keine Miene.

„Ich soll also über dich schreiben?“ Ernesto rieb sich die Hände. Langsam kehrte das Gefühl in seine Finger zurück.

„Jedenfalls besser als der Scheiß, den du sonst in die Zeitung gibst“, sagte Viko.

Ernesto sah ihn strafend an.

„Ist doch wahr. Noch ein Bier, Friedl?“

Friedl nickte.

„Du könntest auch ein Buch über ihn schreiben“, sagte Viko.

„Wenn du deine Klappe hältst und er zu reden anfängt, dann vielleicht.“

„Trinkst du auch was Stärkeres als Kaffee?“, fragte Friedl.

„Stärkeren Kaffee“, sagte Ernesto.

„Dann bringt ihm einen Stärkeren“, sagte Friedl zu Viko. „Den wird er brauchen, wenn er meine Geschichte hört.“

„Um was geht es in deiner Geschichte denn?“ Ernesto hatte jetzt Gelegenheit, den Mann ausführlich anzusehen. Er war sich ziemlich sicher, dass er ihn noch nie zuvor getroffen hatte. Aber Viko kannte ihn offensichtlich, und so, wie er sich benahm und wie er aussah, hätte er gut ein Stammgast sein können. Das Kreuz auf der Hand war ein Knasttattoo, da gab es keinen Zweifel.

„Ich weiß ja nicht, ob ein Zeitungsschmierer wie du so eine Geschichte verträgt, aber Viko sagt, du bist ein harter Hund."

Ernesto lächelte.

„Wenn du das Buch schreibst, habe ich auch schon einen Titel für dich. Ich wurde nicht als Mörder geboren."

„Aber du bist zu einem geworden?"

„Das sagt jedenfalls das Gericht."

2

Drei Zigaretten später saßen Ernesto und Friedl an einem kleinen Tisch direkt neben der Jukebox. Die Theke und die Tische hatten sich mittlerweile mit den Abendgästen gefüllt. Von der nahen Musikschule kamen gerade fünf Mädchen und Burschen, Gitarrensäcke, Trompetenkästen und Klarinettenkoffer in den Händen, und drängten sich ins Hinterzimmer durch.

Jedes Mal, wenn die Eingangstür aufgestoßen wurde, umwehten Ernesto ein kühler Luftschwall und der Geruch nach Regen und vermodernden Blättern. Die Dunkelheit setzte allmählich ein, und während Ernesto zuhörte, flammten draußen die Straßenlaternen auf.

Aus der Jukebox kam Bob Dylan und dann Neil Young. Aber Ernesto bekam davon kaum etwas mit. Er hatte die Arme auf dem Tisch aufgestützt und konzentrierte sich auf sein Gegenüber.

„So, jetzt fang mit deiner Geschichte an", sagte Ernesto.

„Ich habe meine Frau umgebracht“, sagte Friedl und schnappte sich eine Zigarette aus Ernestos Packung. „Das glauben jedenfalls alle. Aber das stimmt nicht.“

„Von vorne“, unterbrach ihn Ernesto. „Erzähl die Geschichte von Anfang an.“

„Es war im August, vierundzwanzig Jahre her. Da bin ich mit meiner Frau und einem guten Freund hierhergekommen. Da drüben, an dem Tisch sind wir gesessen.“ Friedl streckte den Arm aus und zeigte auf einen Tisch am anderen Ende des Raumes. „Da sind wir gesessen, die Irene, der Armin und ich. Und da hat noch keiner wissen können, dass am nächsten Morgen alles anders ist.“

Ernesto folgte seinem Blick. Heute war der Tisch von ein paar Leuten in schwarzen Hosen und schwarzen Pullovern besetzt.

„Wir haben etwas getrunken“, setzte Friedl seine Geschichte fort. „Ziemlich getrunken, aber damals hab ich noch was vertragen. Jedenfalls konnte ich noch gerade stehen, als wir gegangen sind.“ Er grinste, und Ernesto sah, dass ihm oben ein Schneidezahn und der linke Eckzahn fehlten.

„Ah das“, sagte Friedl, als er Ernestos Blick bemerkte. „Eine kleine Auseinandersetzung unter Freunden, kann man so sagen.“

„Dann möchte ich nicht wissen, wie das aussieht, wenn es was Ernstes ist.“

Friedl lachte und schlug Ernesto auf die Schulter.

„Wo war ich? Ach ja. Wir sind also dann Richtung Schickeria gegangen. In die Disco. Du musst wissen, ich hab da manchmal als Türsteher ausgeholfen. Deshalb waren die Getränke für mich gratis und für Irene auch.“

Friedl erzählte, dass an diesem Abend eine Strandparty stattfand. Die Tanzfläche war knöchelhoch mit feinem Sand bedeckt, und die Kellnerinnen liefen im Bikini herum. Der Barkeeper mixte Caipirinha, Piña Colada und Cuba Libre.

Sie tanzten, und Irene verlor einen Schuh im Sand. Sie zog auch den zweiten aus und warf ihn weg. Wie ein Wirbelwind fegte sie über die Tanzfläche. Die Arme über den Kopf gestreckt, drehte sie sich und fiel Friedl um den Hals und küsste ihn.

„Sie war glücklich. Wie sie da getanzt hat. Sie hat sich so gefreut, weil sie endlich fix ihren Job hatte. Sie war Lehrerin in der Volksschule, musst du wissen, und gerade an dem Tag hat sie ihren neuen Vertrag bekommen."

Irene Schatz hatte zuvor schon zwei Jahre lang als junge Lehrerin da und dort ausgeholfen und als Springerin an verschiedenen Schulen unterrichtet, und jetzt endlich sollte sie eine eigene Klasse und damit eine feste Anstellung an der Volksschule St. Michael bekommen.

„Wir haben viel getrunken. Das weiß ich noch", sagte Friedl und nahm sich die nächste Zigarette aus Ernestos Packung. „Jede Menge. Das kann ich dir sagen. Ich habe mich auch wahnsinnig gefreut, und ich war stolz. Ich war ja nur ein Hilfsarbeiter, und meine Frau, meine Irene, die war so gescheit." Seine Stimme brach ein wenig, und Friedl nahm einen Schluck von seinem Bier.

Ernesto konnte sich den Abend in der Disco ganz gut vorstellen. Die Beach-Partys in der Schickeria hatten in der Erinnerung vieler Wolfsberger geradezu mythischen Status angenommen. Die Ausgelassenheit, die Musik. Der DJ tanzte mit den Gästen auf den Tischen. Eine kleine Koksparty am Klo, und vorne, Richtung Parkplatz, standen Liegestühle und Sonnenschirme.

Gegen Mitternacht trugen die Kellnerinnen einen Eimer mit Sangria auf die Tanzfläche, und jeder konnte sich am Eimersaufen beteiligen. Da musste man gar nicht nach Mallorca fahren, um sich wie ein Gorilla auf Speed aufzuführen.

„Ich kann mich nur mehr so schwammig erinnern, was dann weiter war", sagte Friedl. „Vielleicht haben wir ein bisschen zu viel gefeiert." Er versuchte zu lächeln, aber es misslang. „Es ist ja nicht so, dass ich nur ein paar Bier gehabt hätte. Totaler Filmriss, verstehst du. Wir haben uns alles in die Birne geknallt, was da war, Koks und Speed und Tabs. Keine Ahnung. Was halt da war. Und dann kann ich mich halt an nichts mehr erinnern. Aber ich schwöre, ich war es nicht. Auch wenn alle anderen das glauben. Ich hätte ihr nie etwas getan. Nie im Leben."

„Was ist passiert?" Ernesto nippte von seinem Kaffee. „Erzähl mir einfach, woran du dich erinnern kannst."

„Ich versuch es. Wenn du zwanzig Jahre im Gefängnis sitzt, dann hast du viel Zeit, darüber nachzudenken, was dir da passiert ist, weißt du. Aber irgendwann weißt du nicht mehr, ob es wirklich so war oder ob du dir das einbildest. Als ich am nächsten Tag aufwachte, lag ich neben Irene im Bett. Alles war voller Blut. Das Bett, die Wände, alles, und ich hatte dieses Messer in der Hand."

3

Für einen Moment lehnte sich Ernesto zurück und schloss die Augen. Es fiel ihm nicht schwer, sich die

Szene vorzustellen. Irene ausgestreckt auf dem Bett, durch mehrere Stichwunden getötet. Beinahe konnte er das Blut riechen. Daneben Friedl, der immer noch betrunken und zugedröhnt aus einem ohnmachtsgleichen Schlaf erwacht und die Tote neben sich entdeckt.

„Dafür haben sie dich eingesperrt", sagte Ernesto. „Und du behauptest jetzt, du bist es überhaupt nicht gewesen."

„Das habe ich immer behauptet."

„Aber so etwas wie einen Beweis hast du nicht, nehme ich einmal an. Sonst wärst du nicht, wie lange?, gesessen."

„Ich habe immer wieder Einsprüche gemacht. Ich habe immer gesagt, dass ich unschuldig bin."

„Und? Was hat es dir gebracht?"

„Zwanzig Jahre Karlau. Und dann wär ich fast noch im Maßnahmenvollzug gelandet."

„Warum Maßnahmenvollzug?"

Friedl zuckte mit den Schultern.

„Seit wann bist du wieder draußen?"

„Ungefähr drei Jahre."

„Was machst du seitdem?" Ernesto dachte darüber nach, wie er aus dieser Geschichte einen Zeitungsartikel basteln konnte. Bis jetzt hatte er im Grunde nichts außer einem Mörder, der behauptete, er hätte die Tat nicht begangen. Aber da gab es nicht einmal ein Indiz, nichts, das auch nur den kleinsten Zweifel an der Verurteilung wecken konnte.

„Nichts." Friedl schnappte sich wieder eine Zigarette aus Ernestos Packung.

„Viko", rief Ernesto. „Bring mir noch einen Kaffee und eine Schachtel Zigaretten."

„Kommt hurtig", bekam er zur Antwort.

„Also was jetzt?“, setzte Ernesto nach. „Sie haben dich vor drei Jahren freigelassen, und seitdem hast du nichts gemacht?“

„Bitte sehr“, sagte Viko und servierte den Kaffee mit großer Geste. „Nur das Beste für die Gäste. Redet ihr fleißig über das Buch?“

„Zuerst muss ich die Geschichte kennen, dann schauen wir weiter“, sagte Ernesto.

„Das ist eine Superstory“, sagte Viko und ging wieder.

„Also erzähl.“ Ernesto nahm sich jetzt auch eine Zigarette. „Du bist also herausgekommen, und was dann?“

„Ist das wichtig?“

„Keine Ahnung. Das kann ich dir erst sagen, wenn ich es gehört habe.“

Nach der Haft kam Friedl nach Wolfsberg zurück und fand bei einem alten Freund Unterschlupf. Am Rande der Stadt, in Neudau, standen ein paar alte Häuser. Langgezogene Gebäude vom Ende des 19. Jahrhunderts, die früher als Personalunterkünfte für den gräflichen Gutsbetrieb gedient hatten. Die Stadtgemeinde hatte die Häuser irgendwann nach dem Zweiten Weltkrieg gekauft und dort Sozialhilfeempfänger einquartiert.

„Aber da bin ich nicht lange geblieben“, sagte Friedl.

„Hast etwas Besseres gefunden?“

„So kann man das nicht sagen.“ Friedl lachte. „Sie haben uns hinausgeworfen. Delogiert. Die Gemeindearbeiter sind gekommen und haben gesagt, wir müssen verschwinden. Von einem Tag auf den anderen.“

„Ihr seid auf der Straße gestanden?“

„Sie haben gesagt, wir können in die Volksschule Waldenstein ziehen. Die steht leer, und da können wir bleiben.“

„Wer hat das gesagt?“

„Die Gemeindearbeiter. Die haben unsere Sachen dann auch dahin gebracht. Und jetzt sind wir alle dort. Die meisten jedenfalls. Ein paar sind verschwunden.“

„Buh“, machte Ernesto, und er hatte das Gefühl, dass sich das Gespräch in die richtige Richtung bewegte. Die Delogierung von Sozialhilfeempfängern war schon eher einen Artikel wert. Die Häuser in Neudau verfügten über keinen besonderen Komfort, aber die Leute hatten ein Dach über dem Kopf. Wenn man einkaufen wollte, einen Arzt brauchte oder einen Behördenweg erledigen musste, dann marschierte man los, und in zehn Minuten war man in der Stadt.

Aber Waldenstein, das war etwas ganz anderes. Waldenstein lag ungefähr zwanzig Kilometer nördlich von Wolfsberg, und es bestand eigentlich nur aus einem alten Schloss, dem Eisenglimmerbergwerk und ein paar Häusern.

„Der Trettenbrein, der Rudi, der hat zwar ein Auto. Eine Dreckskarre, die fährt die halbe Zeit nicht, und wenn du einen Liter Milch brauchst, musst du auf den Bus warten. Der fährt in der Früh und irgendwann am Nachmittag“, erzählte Friedl. „Du kommst da einfach nicht weg. Da oben aus dem Kaff.“

„Das ist vielleicht eine Geschichte für die Zeitung“, sagte Ernesto. „Aber das kann ich dir noch nicht versprechen.“

„Ich will doch keinen Zeitungsartikel“, sagte Friedl. „Du sollst meine Geschichte schreiben.“

„Warum ich?“

„Siehst du hier noch einen anderen Schreiberling? Ich glaube, du bist der einzige, den Viko kennt.“

4

Mittlerweile war es gegen 22 Uhr. Die Jukebox spielte gerade etwas von Slayer. Thrash Metal, der an Ernesto vorbeiflutete. Er wollte kein Buch schreiben, schon gar nicht über Friedl Schatz und seine mögliche Unschuld. Aber das würde er Friedl nicht sagen, jedenfalls jetzt noch nicht.

Ernesto beobachtete die Männer an der Theke. Direkt neben der Säule in der Mitte saß Hermann auf einem Barhocker. Hermanns dürre Gestalt krümmte sich nach vorne, den rechten Arm steil in die Luft gestreckt, und auf seinem Gesicht erschien ein Grinsen. Hermann sah den vollen Bierkrug in seiner linken Hand an und kicherte. Dann begann er zu schaukeln, zurück, vor, zurück. Der Barhocker neigte sich und balancierte auf den beiden hinteren Beinen, dann schepperte er wieder nach vor und stand gerade. Das Ganze wiederholte sich. Hermann wippte und schaukelte, und mit einem Mal bekam er Übergewicht und kippte samt dem Barhocker nach hinten um. Es krachte, als der Barhocker und Hermann am Boden aufkamen. Den rechten Arm hielt Hermann immer noch steif von sich gestreckt. Die linke Hand umklammerte den Bierkrug. Er hatte keinen einzigen Tropfen verschüttet. Kichernd stand er auf, stellte den Barhocker hin und setzte sich. Außer Ernesto hatte niemand auf die Showeinlage geachtet.

„Glaubst du, die anderen Leute in Waldenstein sagen auch etwas dazu?“, fragte Ernesto.

„Warum nicht?“

„Dann komm ich in den nächsten Tagen einmal vorbei“, sagte Ernesto. „Daraus kann man was machen. Die Stadtgemeinde, die ihre Sozialhilfeempfänger abschiebt und im hintersten Graben verrotten lässt. Vielleicht kriegt ihr die Häuser in Neudau wieder zurück."

„Die Häuser sind schon längst verkauft."

„An wen?"

Friedl zuckte mit den Schultern. „Schreibst du mein Buch jetzt?"

„Warum schreibst du es nicht selbst?"

„Ich bin kein Idiot", sagte Friedl. „Ich kann ein Auto reparieren. Aber schreiben kann ich nicht."

„Warum ist dir das so wichtig?"

„Wenn du das noch nicht verstanden hast, bist du vielleicht nicht so schlau, wie Viko denkt."

Ernesto hob eine Augenbraue.

„So ein Krimi könnte viel Geld einbringen. Ich hab im Gefängnis jede Menge davon gelesen. Und was wäre besser als ein Krimi, der einen wirklichen Mordfall aufklärt?"

„Aber du hast doch keinen einzigen Beweis. Du weißt doch noch nicht einmal, wer es war."

„Noch nicht, vielleicht."

„Und wer soll es deiner Meinung nach gewesen sein?"

„Das erfährst du früh genug", sagte Friedl. „Überleg dir das mit dem Buch. Da könnten wir beide verdienen. Ich habe gelesen, dass man damit wirklich viel Kohle machen kann. Vor allem, wenn die Geschichte wahr ist."

Ernesto schüttelte den Kopf. „Das ist, fürchte ich, nicht ganz so einfach, wie du dir das vorstellst", sagte er. „Machen wir zuerst einmal die Geschichte mit eurer Delogierung, dann sehen wir weiter." Er zog seine Geldtasche heraus und winkte damit Viko. „Rede mit den Leuten in Waldenstein, und dann ruf mich an", sagte er zu Friedl. „Dann schau ich bei euch vorbei."

5

Der Nieselregen legte sich wie feiner, eiskalter Staub auf Ernestos Gesicht, als er nach draußen trat. Die Tür schloss sich hinter ihm, und das dumpfe Brummen der Gespräche, die Musik aus der Jukebox verstummten. Ein Taxi fuhr vorbei. Die Reifen rauschten über den nassen Asphalt, und das Licht der Scheinwerfer brachte den Regen zum Glitzern.

Ernesto sah auf die Uhr. Es war zu spät, um noch einmal in die Redaktion zurückzukehren und die Artikel zu schreiben. Das konnte bis morgen warten. Und es war zu früh, um den Bürgermeister anzurufen und ihn zu fragen, was ihm einfiel, Sozialhilfeempfänger in den hintersten Graben der Gemeinde zu verbannen. Obwohl es sicher Spaß machen würde, den Bürgermeister kurz vor ein Uhr früh aus dem Bett zu klingeln.

Auf dem Weg Richtung Parkplatz blieb Ernesto auf der Radlstegbrücke stehen und sah nach Norden. Die Enten am Lavantufer dösten im Schutz der Trauerweide, und die Lampen entlang des Gassersteiges erhellten nur kleine Flecken des Weges.

Eine Geschichte über einen Mann, dem man einen Mord angehängt hatte und der dafür zwanzig Jahre unschuldig im Gefängnis gesessen war. Ernesto reizte die Geschichte, aber gleichzeitig traute er der Sache nicht. Es sah zu sehr nach einem abgekarteten Spiel aus. Viko, wie er ihm Friedl vorstellt, nein, wie er ihm Friedl aufdrängt. Da kannst du ein Buch über ihn schreiben, und was für ein Buch. Das hatten sich die beiden vorher ausgemacht. Die hatten nur gewartet, bis Ernesto auftauchte.

Beinahe konnte Ernesto die beiden jetzt vor sich sehen, wie sie sich gegenseitig auf die Schulter klopften, weil sie den Schreiberling eingewickelt hatten. Im Geiste zählten sie schon die Kohle, die Friedl mit dem Buch über sein Leben verdienen würde. Ein Bestseller natürlich. Wie konnte es anders sein?

Die Burschen hatten nicht die geringste Ahnung. Aber das würde Ernesto ihnen nicht sagen. Er würde sich die Geschichte noch einmal anhören, und vielleicht rückte Friedl dann mit einem konkreten Hinweis heraus, irgendetwas Handfestem. Im Moment war das nichts weiter als das Gerede eines verurteilten Mörders.

Kapitel 2

1

Ernesto hob den Blick und wischte sich mit beiden Händen übers Gesicht. Dann sah er wieder auf das halbfertige Layout seiner Regionalseite auf dem Computerbildschirm. Schräg vor ihm saß Natascha, die Sekretärin des Regionalbüros, Koordinatorin der Zeitungsausträger und sein Schutzschild gegenüber zudringlichen Anrufern.

Ernesto sah weiter auf den Bildschirm und überlegte, ob er den Artikel über die Feier zum Nationalfeiertag auf der zweiten oder dritten Seite unterbringen sollte und ob die Ankündigung des Totengedenkens zum 1. November am Kriegerdenkmal mehr wert war als einen Einspalter. Er merkte kaum, wie Natascha ihm den Kaffee hinstellte und wieder an ihren Schreibtisch zurückkehrte. Denn in seinem Kopf gingen mehrere Überlegungen gleichzeitig vor sich. Das Layout und die Frage, wann endlich der Fotograf mit den Bildern auftauchen würde, gehörten sozusagen zur Ebene der formalen Routine. Auf einer anderen Ebene legte sich Ernesto eine Strategie für seine heutige Hauptgeschichte zurecht.

Nebenbei stippte Ernesto eine Zigarette aus der Packung und zündete sie an. Er passte einen Textbaustein auf der linken Seite ein und unterteilte die Außenspalte in drei kleine Einheiten. Als er einen Schluck Kaffee nahm, fiel sein Blick auf Natascha. Sie starrte ihn an.

„Du sollst im Büro nicht rauchen."

Ernesto seufzte, nahm seine Tasse und seine Zigarette und ging hinaus auf den Gehsteig. Dort setzte er sich auf das schmale Fensterbrett unter der Auslagenscheibe und sah sich die Kinoplakate auf der anderen Straßenseite an.

Der Cine-Club Wolfsberg brachte am Samstag ein Halloween-Special. Um 16 Uhr begann das Spektakel mit John Carpenters „Halloween“ aus dem Jahr 1978. Ein würdiger Auftakt, wie Ernesto fand, auch wenn er persönlich solche Slasher-Filme nicht besonders mochte. Darauf folgten „The Texas Chain Saw Massacre“ und Peter Jacksons „Braindead“. Alles ziemlich blutig und sinnbefreit, aber wenn man lange genug wartet, werden Low-Budget-Horrorfilme zu Kultklassikern.

Wobei Ernesto zugab, dass ihm eine Kettensäge, die sich durch Kunstfleisch frisst, immer noch lieber war als der Fahneneid des Kameradschaftsbundes am Kriegerdenkmal. Beide Veranstaltungen kündigte Ernesto in der morgigen Zeitung an. Das Halloween-Special mit Foto, den Kameradschaftsbund ohne.

Als er die Zigarette ausdämpfte, sah Ernesto nach oben. Der Himmel war mit grau marmorierten Wolken bedeckt. Die Sonne würde es heute vermutlich nicht schaffen.

„Ist dir nicht kalt ohne Jacke?“, fragte Natascha, als er neben ihr stehenblieb und sich noch einen Kaffee eingoss.

„Geht so. Wenn ich im Büro rauchen dürfte ...“

Sie rümpfte die Nase.

„Hast du etwas von unserem Fotografen gehört?“

„Ich ruf ihn gleich an und mach ihm ein bisschen Dampf.“ Natascha lächelte und drückte ihm die Mappe mit den Terminen in die Hand.

Zurück an seinem Schreibtisch wählte Ernesto die Telefonnummer des Wolfsberger Bürgermeisters und klemmte sich den Telefonhörer unters Ohr. Während er der Volksmusik in der Warteschleife lauschte, öffnete er die Terminmappe. Ganz zuoberst lag ein grellgelber Zettel, der zu einer Halloween-Party in einem Landgasthaus in St. Marein einlud. Ernesto legte ihn zur Seite, und darunter kam die nächste Einladung zu einer Halloween-Disco zum Vorschein. Der Zettel mit den Terminen für die Gräbersegnung steckte in einem extra Fach. Natascha hatte ihn mit einem roten Post-it versehen. Auf dem stand, dass sie die Daten schon in das Layout für die Samstagsausgabe eingegeben hatte.

„Büro des Bürgermeisters", meldete sich eine Männerstimme.

„Valenti, Kärntner Tagespost. Ist der Bürgermeister schon im Haus?"

„Moment." Die Leitung wurde stummgeschaltet.

„Teuffenbach hier, was kann ich für Sie tun?"

„Herr Bürgermeister. Ich hatte gestern eine interessante Unterhaltung, und dabei sind ein paar Fragen aufgetaucht, die Sie mir vielleicht beantworten können. Es geht um die Gemeindewohnungen in Neudau, genauer gesagt, um jene Häuser, in denen Sozialhilfeempfänger und Obdachlose untergebracht waren."

„Dazu kann ich wenig sagen, das ist nicht mein Ressort."

„Aber Sie wissen, dass die Häuser verkauft wurden?"

„Vor zwei oder drei Jahren, wenn ich mich richtig erinnere."

„Erinnern Sie sich auch, an wen?", fragte Ernesto.

„Tut mir leid. Da müsste ich nachsehen. Aber warum wollen Sie das eigentlich wissen?"

„Wissen Sie auch, was mit den Leuten passiert ist, die dort gewohnt haben?“

„Wir haben ihnen neue Wohnungen zugewiesen.“

„Diese Wohnungen, wo befinden die sich denn?“

„Das ist wirklich nicht mein Ressort“, sagte Teuffenbach. „Da müssen Sie den zuständigen Stadtrat fragen. Gernot Krobath, der kann Ihnen weiterhelfen.“

„Wenn ich Ihnen sage, dass die Menschen in Waldenstein untergebracht sind, in der ehemaligen Volksschule, was sagen Sie dann dazu?“

„Was meinen Sie?“

„Waldenstein ist ungefähr 17 Kilometer von Wolfsberg entfernt, von Frantschach auch immer noch elf, und nach Bad St. Leonhard ist es auch nicht kürzer. Die Menschen dort sind Sozialhilfeempfänger. Die können sich kein Auto leisten. Wie sollen die einkaufen, Behördenwege erledigen, sich Arbeit suchen?“

„Wie gesagt, da müssen Sie Stadtrat Krobath fragen. Der ist für diese Angelegenheiten zuständig.“

„Als Bürgermeister sind Sie letztlich für Ihre Gemeindebürger verantwortlich“, sagte Ernesto.

„Es werden halt gerade keine anderen Wohnungen frei gewesen sein. Außerdem können die Leute doch den Bus nehmen.“

Ernesto hatte den Hörer kaum aufgelegt, als das Telefon läutete.

„Čertov“, sagte Ernesto, der die Nummer des Kulturchefs der Kärntner Tagespost erkannt hatte.

„Du, hör zu“, begann Čertov. „Am Sonntag vor Allerheiligen findet in St. Stefan am Friedhof eine Gedenkfeier für Christine Lavant statt.“

„Hab ich schon angekündigt“, sagte Ernesto.

„Brav. Und am Sonntag gehst du hin und machst einen Bericht. Und ich will, dass du selber gehst.“

„Was? Ein paar Typen, die einen Kranz niederlegen und eine Kerze anzünden? Da kann doch irgendwer ein Foto machen. Es ist Wochenende."

„Du weißt aber schon, dass du für eine Tageszeitung arbeitest?"

„Und du verlässt nach dem Telefonat fluchtartig das Büro. Erzähl mir nichts. Was soll an dieser Feier so spannend sein?" Ernesto kramte in der Terminmappe, fand den Folder und klappte ihn auf.

„Zum ersten Mal gibt es einen Festakt für die berühmte Dichterin", las Čertov vor.

„Ich kann selber lesen", unterbrach ihn Ernesto. „Ein Platzkonzert der Bergwerkskapelle St. Stefan, Lesung von Gedichten durch Schüler der Neuen Mittelschule und eine Kranzniederlegung."

„Die wollen daraus eine Tradition machen", sagte Čertov.

„Warum?"

„Frag sie. Du bist der leitende Redakteur vor Ort."

„Der leidende, wohl eher."

Ernesto notierte sich den Termin auf dem Zettel neben der Tastatur. Sonntag, 30. Oktober, 9 Uhr, Friedhof St. Stefan. Den Folder legte er dazu. Dann wandte er sich wieder dem Computer zu. Die Seite der Stadtgemeinde Wolfsberg hatte er noch offen. Er scrollte nach unten, fand den Eintrag zu Stadtrat Gernot Krobath und wählte die Mobilnummer.

Laut Angaben der Website war Krobath von Beruf Geschäftsführer eines Tischlereibetriebes, verheiratet, Vater zweier Kinder. Seit 2010 war Krobath Mitglied der Wolfsberger Stadtregierung. Zuvor war er zwei Perioden lang im Gemeinderat gesessen.

„Valenti, Kärntner Tagespost", meldete sich Ernesto.

„Lange nicht gehört", sagte Krobath. „Wie geht es Ihnen?"

„Kommt ganz darauf an, was Sie mir erzählen."

„Was ist das Problem?"

„Sie sind für Soziales zuständig, wenn ich mich nicht irre", sagte Ernesto. „Also auch für die Sozialhilfeempfänger."

„Eigentlich heißt das jetzt Bezieher der bedarfsorientierten Mindestsicherung."

„Warum verbannen Sie diese Leute nach Waldenstein?"

„Ich verbanne niemanden irgendwohin."

„Sie bestreiten das? Ich meine, das ist ein bisschen seltsam, weil nämlich der Bürgermeister sagt, Sie wären dafür verantwortlich, dass diese Menschen ihre Wohnungen in Neudau verloren haben."

„Wir haben das Areal verkauft."

„Ich weiß. An wen eigentlich?"

„Das kann ich Ihnen nicht sagen."

„Fällt es Ihnen gerade nicht ein? Gut. Aber jetzt erklären Sie mir bitte, warum Sie Menschen, die ohnehin benachteiligt sind, da in diesen Graben schicken. Die haben dort doch überhaupt keine Chance mehr, auf die Beine zu kommen. Wie sollen die Arbeit finden, wie sollen die jemals wieder in ein normales Leben zurückfinden?"

„Ha, Sie sind ein Sozialromantiker. Alles, was diese Leute finden wollen, ist ihr nächstes Bier. Das sind doch alles Kriminelle, Prostituierte und Drogensüchtige."

„Und? Die haben kein Recht auf ein Dach über dem Kopf und etwas zu essen?"

„Die haben doch ein Dach über dem Kopf. Die Volksschule in Waldenstein ist völlig intakt."

„Stellt die Stadt Wolfsberg Sozialarbeiter ab, die sich um diese Menschen kümmern?"

„Wozu? Ich unterstütze Menschen, die unverschuldet in Not geraten sind. Alleinerziehende Mütter, Kinder, deren Eltern gestorben sind, Familien, die einen Schicksalsschlag zu überwinden haben. Die bekommen von mir finanzielle Hilfe, Hilfe bei Behördenwegen und jede andere Unterstützung."

„Sie halten diese Menschen also für hoffnungslose Fälle."

„Ich glaube, dass man sie von der Gesellschaft fernhalten muss. Niemand braucht diese Leute in unserer Stadt. In Waldenstein können sie wenigstens nicht viel anstellen. Die Kriminalität ist in den letzten Jahren in der Stadt zurückgegangen. Sie können das ja nachprüfen."

„Deshalb haben Sie diese Menschen nach Waldenstein geschickt? Das war also keine Gedankenlosigkeit, sondern Absicht?"

„So, wie ich es gesagt habe. Auf diese Weise beschütze ich die ehrlichen Bürger vor diesen Kriminellen. Aber Sie als Gutmensch verstehen das natürlich nicht. Wenn es nach Ihnen geht, dann können uns diese Gangster ausrauben und umbringen, und Sie würden das auch noch gut finden."

„Wenn Sie mich als Gutmenschen bezeichnen, als was sehen Sie sich dann?", fragte Ernesto.

„Ich verstehe die Frage nicht."

„Na, wenn ich das richtig verstehe, dann wollen Sie ja auf keinen Fall ein Gutmensch sein. Ich hab übrigens kein Problem damit, wenn Sie mich so nennen. Aber ich frage mich, wie ist das mit Ihnen? Sind Sie ein Schlechtmensch?"

2

Eigentlich hatte Ernesto für die morgige Ausgabe ein Interview mit dem Stadtpfarrer von Wolfsberg über das Totengedenken geplant. Aber das konnte er auf Samstag verschieben. Es war ohnehin nicht sehr aufregend, was der Kaplan zu sagen hatte. Die Auferstehung und die Hoffnung auf das ewige Leben seien schon immer Bestandteil des christlichen Glaubens gewesen, und in den Heiligen sehen wir Vorbilder und hoffen, dass unsere Toten vor Gott zu den Heiligen gezählt werden. Denn dann befinden sie sich in seiner Gnade.

Eine Zeitlang hatte Ernesto mit dem Gedanken gespielt, dem Pfarrer einen Volkskundler und einen Psychotherapeuten zur Seite zu stellen und aus den drei Interviews eine große Sonntagsgeschichte zu basteln. Aber dann war der Fotograf mit einer Menge Fotos von Grabsteinen aufgetaucht. Antike Grabsteine mit Sonnensymbolen und Weiheinschriften, Grabsteine aus dem Mittelalter, der Renaissance und dem Barock. Dazu noch Gedenktafeln von Unfallorten. Damit war die Entscheidung gefallen. Viele Fotos, wenig Arbeit und eine schöne Sonntagsreportage.

Als Winfried Auer, der Chef vom Dienst, anrief und Ernesto fragte, ob er eine überregionale Geschichte anzubieten hätte, erzählte ihm Ernesto von der Delogierung.

„Die Sache ist doch schon ein paar Jahre her, und erst jetzt protestiert einer der Betroffenen?“, sagte Auer.

„Du sagst doch immer, wir sollen Themen setzen. Bitte, da hast du ein Thema“, antwortete Ernesto. „Der Umgang mit sozial Schwachen in der Gemeinde

Wolfsberg. Und das ist ausbaufähig. Welchen Spielraum haben Gemeinden überhaupt? Wie viel Geld geben sie tatsächlich im Sozialbereich aus, und wer profitiert davon?"

„Und wo ist der aktuelle Bezug?"

„Ein Stadtrat für Soziales, der sich aussucht, wem er hilft und wem nicht. Das reicht mir. Und die Zitate sind doch zum Niederknien."

„Übertreib's nicht", sagte Auer.

Mittlerweile war der Fotograf angekommen. Die Fototasche hatte er auf Nataschas Schreibtisch abgestellt. Er beugte sich vor und berührte ihr Haar. Ernesto räusperte sich.

„Ihr könnt später weiterflirten", sagte er und winkte den Fotografen zu sich. Er schob ihm einen Stapel Einladungen hin. „Und außerdem brauche ich dich am Sonntag um neun Uhr am Friedhof von St. Stefan."

„Ich hab aber keinen Reißverschluss eingebaut. Gleichzeitig findet diese Gedenkmesse mit dem Bischof in St. Paul statt."

„Ich brauche die Fotos am Montag in der Früh. Nicht irgendwann am Vormittag, in der Früh. Also wenn ich hier um halb neun eintreffe, sind die Fotos schon da. Haben wir uns verstanden?"

„Ja", kam es lang gedehnt.

„Ich sag's nur, damit es keine Missverständnisse gibt." Ernesto packte die Mappe zusammen. „Die Termine für nächste Woche besprechen wir dann." Ernesto sah dem Fotografen zu, wie er seine Tasche nahm und Natascha zuwinkte, dann wandte er sich dem Computer zu. Zuerst hatte er den Eindruck, dass er genug Material für den Artikel hatte, aber dann rief er noch ein paar Stadträte und die Vertreterin einer Bürgerliste an und befragte sie zu der Delogierung.

Dabei kam nicht viel heraus. Die meisten interessierte das Thema nicht besonders, und sie wollten nichts dazu sagen. Die leitende Beamtin der Abteilung Soziales an der Bezirkshauptmannschaft war auf Urlaub, und ihr Stellvertreter sagte, dass Beamte in diesen Angelegenheiten keine Auskunft erteilen durften. Er müsse sich entweder an den Bezirkshauptmann oder, noch besser, an die Landesregierung wenden. Ernesto versuchte es noch beim Arbeitsmarktservice, und dort hob tatsächlich der Leiter der Bezirksstelle ab und redete mit ihm.

Endstation Waldenstein

Zehn Menschen leben derzeit in der ehemaligen Volksschule Waldenstein. Für sie ist es die letzte Zuflucht, aber es ist auch ein Ort der Verbannung.
Von Ernesto Valenti

„Wir wollen diese Leute nicht in unserer Stadt. Das sage ich ganz deutlich. Deshalb habe ich 2014 entschieden, die Sozialwohnungen in Neudau aufzulösen und stattdessen die Volksschule Waldenstein als Quartier zur Verfügung zu stellen“, so begründet Wolfsbergs Sozialstadtrat Gernot Krobath seine Entscheidung.

Die Volksschule Waldenstein liegt weitab von jeder Infrastruktur. Die Bezirkshauptstadt ist nur während der Schulzeit erreichbar, denn der Busverkehr wurde schon vor Jahren auf Schülertransporte reduziert.

„Wir können nur sehr schwer etwas einkaufen gehen. Was aber besonders schlimm ist, oft können wir Termine bei Behörden nicht einhalten. Ganz schlecht ist auch die medizinische Versorgung“, berichtet Alfred Schatz, der nun seit mehr als zwei Jahren in der Volksschule wohnt.

Laut Stadtrat Krobath handelt es sich bei den Bewohnern vor allem um „Kriminelle, Prostituierte und gescheiterte Existenzen“. Das sieht der Chef des Wolfsberger Arbeitsmarktservice anders. Alexander Schifferl kennt die Probleme der Betroffenen. „Menschen, die die bedarfsorientierte Mindestsicherung beziehen, müssen dem Arbeitsmarkt zur Verfügung stehen, so verlangt es das Gesetz. Wenn jemand einen Termin versäumt, Weiterbildungsmaßnahmen nicht besucht oder zu einem Vorstellungsgespräch nicht erscheint, dann gibt es Konsequenzen.“ Die abgeschiedene Lage des Wohnortes verschaffe diesen ohnehin schon gehandicapten Menschen keinen Vorteil. Es kam in der Vergangenheit immer wieder zu Kürzungen der Mindestsicherung, weil sie die Auflagen nicht einhielten. „Ich wage nicht zu beurteilen, warum das so ist. Es mag an den äußeren Umständen liegen. Aber wir müssen reagieren. Im äußersten Fall kann es sogar zum Verlust der Mindestsicherung kommen.“ Schifferl bestätigte, dass eben diese drastische Maßnahme bei mehreren Bewohnern der Volksschule in Waldenstein angewandt worden war. Diese Menschen stehen nun ohne jegliche finanzielle Mittel, ohne Krankenversicherung oder sonstige Versorgung da.

Der Bürgermeister und die Vertreter der anderen Parteien des Gemeinderates waren in dieser Sache zu keiner Stellungnahme bereit.

3

Gegen 13 Uhr 30 packte Ernesto seine Sachen. Er kontrollierte die Seiten noch einmal und meldete sich bei Auer ab. Im Grunde genommen war die Zeitung für morgen fertig, und bis zum Abendtermin, einer Pressekonferenz in der Wirtschaftskammer über eine Kooperation heimischer Weinbauern mit ihren italienischen und slowenischen Kollegen, waren noch ein paar Stunden Zeit.

Die kleine Kamera nahm Ernesto mit, seinen Notizblock steckte er in die Jackentasche, und mit einem Blick versicherte er sich, dass er nichts Wichtiges auf seinem Schreibtisch zurückgelassen hatte. Er nickte Natascha zu und trat hinaus in einen trüben Nachmittag.

Die Windschutzscheibe des Wagens, den er am Trattlpark abgestellt hatte, war von großen Ahornblättern bedeckt. Ernesto bewunderte das Farbenspiel aus Gelb, Ocker, Rot und Braun für einen Moment und wischte die Blätter dann weg. Der Geruch von totem Laub stieg ihm in die Nase.

Im Wagen drehte er den CD-Player lauter. Kurt Ostbahn sang vom kurzen und heftigen Leben eines Rockstars. Die Geschichte hätte auch gut in Wolfsberg spielen können. Ein junger Mann verliebt sich in den Rock'n'Roll, spielt Tag und Nacht auf seiner Gitarre, und tatsächlich schafft er es. Er bekommt einen Vertrag mit einem großen Musiklabel, seine Lieder werden Hits. Die Sache endet, wie sie in einem Rock-Heldenepos enden muss. Der Überstar stirbt an einer Überdosis und wird zur Legende.

Das Problem besteht jedoch weniger darin, wie Jimi Hendrix oder Amy Winehouse mit siebenundzwanzig zu sterben. Wesentlich schwieriger ist es, vorher auch noch weltberühmt zu werden. Soweit Ernesto wusste, arbeitete ein Teil der Wolfsberger Jugend an diesem Projekt. Die wenigsten schafften auch nur ein paar Auftritte außerhalb des Tales. Im besten Fall wurden sie weltberühmt im Lavanttal.

Ernesto passierte den letzten Kreisverkehr und fuhr durch die Stadt Richtung Norden. Kurz vor Frantschach füllte sich der Wagen mit dem Geruch nach gekochter Zellulose. Die Papierfabrik tauchte vor ihm auf. Riesige Hügel aus Hackschnitzeln türmten sich auf dem Werksgelände, und aus den Schornsteinen dampfte es weiß.

Früher konnte man die Papierfabrik schon riechen, wenn man über den Griffner ins Lavanttal kam. Die Ebene zwischen den Berghängen war angefüllt mit dem Gestank. Nachts schwammen Schaumkronen auf dem Fluss, und erst vor einigen Jahren hatte man die Fabrik mit Umweltauflagen dazu gezwungen, etwas dagegen zu unternehmen.

Im Ort selbst stank es immer noch. Aber seit im Fluss wieder Fische schwammen, die man essen konnte, ohne krank zu werden, beschwerte sich auch niemand mehr.

Direkt hinter dem Ort begann der Twimberger Graben. Rechter Hand erhob sich eine Felswand, und zur linken Seite wurde die Straße von einer hüfthohen Mauer begrenzt. Die Lavant nahm den meisten Raum ein. Sie hatte ihr Bett breit und tief ausgespült, und links über dem Flussbett verlief die Trasse der stillgelegten Eisenbahn.

Das spärliche Licht des Tages wurde gedämpft von den steil aufragenden Hängen. Dort standen die Fichten dicht an dicht und sperrten so auch das letzte Licht aus.

Nach der Hälfte des Weges durch den Graben, bei Twimberg, führte die Packer Bundesstraße Richtung Osten in den Waldensteiner Graben und weiter hinauf zum Passübergang auf der Pack. Vor dem Gasthaus in Twimberg stand eine Tafel, die das Tagesmenü anpries. Ernesto konnte die verwischten Buchstaben nicht lesen.

Entlang des Waldensteinerbaches ging es über eine schmale und kurvige Straße bergauf. Von Twimberg nach Waldenstein waren es nur ein paar Minuten mit dem Auto, aber zu Fuß brauchte man sicher eine halbe Stunde oder mehr. Am Rand des Baches standen zwei Sägewerke, und im Vorbeifahren sah Ernesto einen Traktor, der einen gefährlich großen Stapel Schnittholz hochhob und damit herumfuhr. Dann, nach einer weiteren scharfen Biegung, war er in Waldenstein.

Das Schloss thronte dunkel auf dem Felsen. Die Fenster der Nordfront schimmerten im trüben Licht. Darunter lagen die Gebäude des Eisenglimmerbergwerks, überstäubt vom schwarzsilbrig glitzernden Metall, das man hier aus dem Berg brach.

Kapitel 3

1

Gleich nach dem Bergwerk bog Ernesto scharf rechts ab. Die Straße führte ein Stück den Wald entlang, und dann öffnete sich die Einfahrt zur ehemaligen Volksschule. Ernesto parkte den Wagen vor einem morschen Gartenzaun und stieg aus. Die eisige Luft prickelte auf seinem Gesicht.

Hier hatte der Frost das Gras im Vorgarten schon geknickt. Lang und braun lehnten die Halme wirr aneinander, bildeten Haufen und Schwaden. Nur da und dort blitzte eine weiße Blüte hervor. Bergastern, die selbst Ende Oktober noch grüne Blätter trieben und der Kälte trotzten.

Ernesto klopfte und drückte die Tür auf. Im Vorraum roch es nach ungewaschener Wäsche, nach Schweiß und Zigarettenrauch.

„Jemand zu Hause?" Ernesto machte ein paar Schritte. Auf einer Seite gab es mehrere Türen, eine stand offen, und Licht fiel in den Vorraum. Dort schien sich etwas zu bewegen.

„Hallo? Ist da jemand?"

„Was willst du?" Der Kopf einer Frau tauchte im Türrahmen auf.

„Ich suche den Friedl." Ernesto konnte das Gesicht der Frau nicht deutlich erkennen. Die Haare fielen ihr in Strähnen über die Stirn und verdeckten ihre Augen. Als sie ganz in den Vorraum trat, sah er ihre magere Gestalt, ihre ausgemergelten nackten Arme.

„Der schläft, der Saufkopf. Ist erst in der Früh nach Hause gekommen. Wer bist du überhaupt?"

„Ernesto Valenti."

„Und?"

„Ich muss ihn sprechen, und dich vielleicht auch."

„Wenn du von der Kieberei bist, kannst du dich gleich wieder schleichen." Sie verstellte ihm den Weg.

„Soweit ich weiß, müssen die sich unaufgefordert zu erkennen geben."

Sie stieß ein Lachen aus. „Besser, du schleichst dich", sagte sie und trat einen Schritt auf Ernesto zu. „Solche wie dich kenne ich", sagte sie laut.

Aus dem Inneren des Raumes hörte Ernesto ein Schnarchen und Stöhnen. Jemand wälzte sich auf einer Couch. Eine Decke glitt über einen Körper.

„Schrei nicht so", brummte Friedl.

„Dann kümmer dich selbst um deinen Dreck", sagte die Frau und verzog sich in eines der hinteren Zimmer.

Friedl wälzte sich halb von der Couch, setzte sich auf und zog sich den Pullover über den Bauch. Vornübergebeugt kramte er auf dem Beistelltisch herum, fand eine Zigarette und zündete sie an. Erst dann sah er auf.

„Morgen", sagte Ernesto.

„Mir ist schlecht." Friedl spuckte aus. „Auch ein Bier?"

Ernesto schüttelte den Kopf und folgte Friedl in die Küche. Der Kühlschrank schepperte, als Friedl ihn öffnete. Soweit Ernesto sehen konnte, waren da außer Bier nur eine Flasche Maresi und eine angebrochene Packung Frankfurter.

„Setz dich", sagte Friedl und schob die leeren Dosen in eine Ecke des Tisches. Er wischte mit der flachen Hand über die Resopalplatte. Die vom Bier aufgeweichten Zigarettenstummel zogen braune Schlieren über die Oberfläche und fielen dann zu Boden.

Ernesto zwängte sich auf die schmale Bank beim Fenster. Die dreckige Jacke nahm er mit zwei Fingern und warf sie auf die andere Seite.

„Du bist aber früh dran."

„Es ist fast halb drei. Nachmittag", sagte Ernesto.

„Halt die Goschn."

„Ist ja schon gut."

„Was willst du eigentlich hier?"

„Erzähl einfach deine Geschichte. Das wolltest du doch."

„Ah, witterst du jetzt das große Geld?" Friedl lachte.

„Erzähl mir, was du damals so gemacht hast. Was hast du gearbeitet?"

„Das ist doch uninteressant, oder? Du sollst die Mordgeschichte schreiben."

„Aber dazu muss ich mehr wissen", sagte Ernesto. „Also fangen wir am Anfang an. Wo bist du zur Schule gegangen?"

„In Wolfsberg, in die Hauptschule."

„Und dann?"

„Beim Pichler hab ich's nicht lang ausgehalten."

„Dem Autohändler?"

„Autos haben mich immer interessiert. Ich hab an ihnen herumgeschraubt, aber das hat irgendwie nicht funktioniert."

„Das musst du mir schon ein bisschen genauer erklären", sagte Ernesto.

„Mit fünfzehn hast du noch keinen Führerschein, oder? Auf dem Firmengelände war das kein Problem."

„Du bist aber auf der Straße herumgefahren, und die Polizei hat dich erwischt."

„Kann man so sagen. Und das Auto war geklaut."

Friedl erzählte, wie er seine Lehrstelle verlor und dann eine Zeitlang einfach nur herumhing. Sein Vater war darüber nicht erfreut und setzte ihn vor die Tür. Ungefähr drei Wochen schlief Friedl bei einem Freund in der Garage. Dessen Eltern hatten nichts dagegen, oder sie bemerkten es erst gar nicht. So genau konnte sich Friedl nicht erinnern. Die meiste Zeit über war er betrunken und eingekifft.

Weil er Geld brauchte, fragte er den Haschischdealer, ob er nicht ins Geschäft einsteigen konnte, und so fing es an. Zu dieser Zeit, Anfang der 80er Jahre, gab es in Wolfsberg eine beachtliche Drogenszene. Die Stadt diente als Stützpunkt auf der Balkanroute Richtung Wien. Nachdem die Kriminalpolizei in Klagenfurt Lokale und Parks streng überwachte und fast jede Woche Razzien in Wohnungen durchführte, wichen die Lieferanten aus und brachten vor allem Heroin und Cannabis nach Wolfsberg, um es von dort aus in andere Städte zu verteilen.

„Da bin ich dann am Wochenende mit dem Zug nach Wien gefahren oder nach Linz. Zweihundert Schilling waren damals ein Haufen Geld. Aber meine Mutter ist mir auf die Nerven gegangen. Sie hat da wen gekannt, in Frantschach bei der Papierfabrik. Eine Scheißhackn, sag ich dir. Den ganzen Tag diese elendigen Papierrollen verladen. Wenn dir da eine auf den Fuß fällt, bist du ein Krüppel."

Lange hielt es Friedl in der Papierfabrik nicht aus. Die Bezahlung als Drogenkurier war gut, warum sollte er sich dann in einer Fabrik abschuften? Sollte er wie sein Vater enden? In einer Gemeindewohnung, in der sich der Schimmel in die Wände fraß? Als Alkoholiker, der die Bierdose gegen den Fernseher schmiss, wenn seine Fußballmannschaft verlor? Nein, er verdiente schon jetzt mehr als sein Vater und seine Mutter zusammen.

Er mietete sich eine Wohnung in der Stadt. Da war er noch nicht ganz siebzehn. Seine Eltern kümmerte das nicht. Selbst seine Mutter schien es aufgegeben zu haben. Sie kam zwar mindestens einmal die Woche bei ihm vorbei und regte sich darüber auf, wie es bei ihm aussah. Einen richtigen Saustall hätte er hier, und er könne seine Unterwäsche auch waschen, anstatt sich neue zu kaufen und die alte am Boden herumliegen zu lassen. Aber sonst mischte sie sich nicht mehr ein.

„Ich war ja immer schon ziemlich kräftig", sagte Friedl und machte sich sein zweites Bier auf. „Damals besonders, da war ich noch jung. Deshalb hat mich der Josef gefragt, ob ich bei ihm als Türsteher arbeiten will. Da hast du einen anständigen Job und so, hat er gemeint, und was du sonst noch machst, interessiert keinen. Türsteher in der Schickeria mit siebzehn, nicht schlecht, hab ich mir gedacht."

Die Geschäfte liefen gut. Als Drogenkurier fuhr er bis nach Amsterdam, und langsam stieg er in der Hierarchie höher. Er heuerte selbst ein paar Leute an, die Heroin aus Slowenien nach Kärnten schmuggelten, und er lagerte die Drogen in seiner Wohnung.

„Direkt verkauft hab ich eigentlich nie etwas. Ich bin ja kein Vollpfosten", sagte er. „Oder scheißt du dort, wo du isst? Aber aufgeflogen ist es trotzdem. Eine Scheißgeschichte, wirklich."

Friedl konnte sich noch ganz genau an das Datum erinnern. Es war Samstag, der 20. Juli 1985, so gegen elf Uhr nachts. Der Parkplatz vor der Disco lag im Dunkeln. Von der Tür aus konnte Friedl nur die erste Reihe der Autos sehen, aber er wusste ungefähr, wie viele Leute sich auf dem Platz befanden. Dort links drüben war vor einer halben Stunde ein Pärchen in einen Citroën eingestiegen, und ein paar Kiffer hatten sich in die Büsche verdrückt. Direkt an der Mauer standen vier Harley Davidsons. Die hatte Friedl besonders im Blick. Wenn jemand auch nur in die Nähe kam, verscheuchte er ihn. Die Typen vom Motorradclub verstanden da keinen Spaß, und eine Schlägerei mit diesen Kerlen wollte Friedl vermeiden. Der Anführer, ein ungeheuer fetter Typ, hatte erst vor ein paar Wochen einen HTL-Schüler niedergeschlagen, der sich über das Motorrad gebeugt hatte, um sich den Motor näher anzusehen.

Die Nacht war lau. Viele Gäste saßen im Freien unter den Scheinwerfern. Durch das Wummern der Musik hörte Friedl das Zirpen der Grillen, und in das Rauschen der Gespräche mischte sich hier und da ein Lachen. Dann ein Schrei, und für Sekunden schienen selbst die Grillen innezuhalten.

Friedl drehte auf dem Absatz um und lief los. Eine Frau schrie, und im nächsten Moment sah Friedl schon, was los war. Eine junge Frau wurde von einem Mann auf einen Tisch gedrückt. Ihre Bluse war zerrissen, und das Kleid bis zur Hüfte hochgeschoben. Gerade hielt der Mann die Arme der Frau mit einer Hand gepackt und öffnete mit der anderen seinen Gürtel. Sie wehrte sich, aber er drängte sich nur noch stärker zwischen ihre Schenkel. Die Menschen standen im Halbkreis um die Szene, und niemand griff ein.

Ohne zu überlegen, packte Friedl den Arm des Mannes, riss daran und zerrte den Mann weg. Zuerst wollte der die Frau nicht loslassen, schleifte sie hinter sich her. Friedl versetzte ihm einen Faustschlag auf den Oberarm, und dann schoss er nach vor und packte den Mann an der Nase. Er rammte ihm einen Finger in jedes Nasenloch und zog den Mann hoch. Der streckte die Arme von sich und heulte vor Schmerz auf. Die Hose schlotterte ihm um die Knie, als er Friedl ins Freie folgte.

„Da habe ich ihn losgelassen“, sagte Friedl. „Ich hab ihm einen Tritt verpasst und ihm gesagt, er soll verschwinden.“ Er erhob sich halb aus dem Sessel, packte Ernesto am Oberarm und zog ihn zu sich. „Verstehst du, solche Arschlöcher kann ich einfach nicht leiden. Der hat sie vor aller Augen vergewaltigt.“

„Wohl nicht ganz“, sagte Ernesto ächzend und sah auf die Finger, die sich grob in seine Muskeln gruben.

„Den Schwanz hat er jedenfalls schon heraußen gehabt.“

„Das ist ja noch einmal gut gegangen, trotz allem“, sagte Ernesto und wand sich unter dem Griff. „Das tut übrigens weh.“

„Tschuldigung.“ Friedl ließ los. „Aber die Geschichte ist noch nicht aus.“

Die junge Frau blutete. Sie hatte eine Rissquetschwunde an der Stirn und Blutergüsse am ganzen Körper. Sie wollte keine Rettung und keine Polizei, nur einen Schnaps. Friedl stand neben ihr, während sie sich selbst das Blut aus dem Gesicht wischte und einen Obstler trank und dann noch einen.

Es sei ja nicht wirklich etwas passiert, und nein, sie habe den Kerl noch nie vorher gesehen. Er sei einfach dagewesen, hätte sie gepackt und auf den Tisch geworfen. Schneller, als sie überhaupt schauen konnte. Während sie erzählte und Friedl ihr zuhörte, schlich sich der Mann wieder ins Lokal, näherte sich Friedl von hinten und packte ihn an der Schulter.

Zuerst dachte Friedl, jemand wolle ihn begrüßen, und drehte sich um. Da sah er die Faust auf sich zukommen und konnte nicht ausweichen. Er stürzte und sah, wie der Mann die Frau vom Barhocker riss. Er schob sie vor sich her Richtung Ausgang.

Friedl sprang auf, holte den Mann ein und schlug ihm ins Gesicht, einmal, zweimal, bis er die Frau losließ. Dann trat er ihm gegen den Oberschenkel und warf ihn aus dem Lokal, schloss die Tür hinter sich.

„Du musst schnell sein", sagte Friedl und schnorrte sich die mittlerweile dritte Zigarette aus Ernestos Päckchen. „Schnell und brutal, sonst verlierst du. Ich hab die Tür zugeschlagen, und ich dachte, jetzt ist er weg. Aber er hat gegen die Tür gehämmert. Immer wieder."

Auf Augenhöhe befand sich eine kleine Klappe in der Tür, eine Art Guckloch. Friedl öffnete es, um zu sehen, was draußen vor sich ging. Aber er hatte die Klappe kaum berührt, als eine geballte Faust durch die Öffnung auf ihn zuschoss. Er packte die Faust und zog daran. Der Angreifer krachte mit dem Gesicht gegen die Tür.

„Die Wut hat mich gepackt", sagte Friedl. „Verstehst du, die Wut." Er schlug mit der Faust auf den Tisch, dass die leeren Bierdosen in die Höhe katapultiert wurden und scheppernd am Boden landeten. „Also die Tür auf und raus. Da ist er gelegen, der Drecksack. Ich hab ihn genommen und vom Eingang weggeschleift, zwischen die Autos. Da hab ich auf ihn eingeprügelt. Ich hab gespürt, wie ihm die Zähne aus dem Maul fallen. Bamm." Er donnerte seine Faust wieder auf den Tisch. „Bamm", schrie er. „Immer wieder, bis er nicht einmal mehr gestöhnt hat. Ganz blutig war er, und seine Nase war Brei. Das sag ich dir. Dann hab ich ihn getreten. Gegen den Kopf, gegen die Rippen. Es hat geknackt. Die Rippen haben geknackt. Er hat sich nicht mehr gewehrt. Wenn du so eine Wut hast.

Dieses Arschloch. Ich hab ihn hochgehoben und wollte ihm das Genick brechen. Aber da waren dann die Kieberer."

„Die Polizei hat dich aufgehalten? Sonst hättest du ihn umgebracht?"

„Verdient hätte er es jedenfalls."

2

Das Gericht verurteilte Friedl wegen schwerer Körperverletzung zu einem Jahr Haft, davon sechs Monate bedingt. Für den Besitz und Handel mit illegalen Suchtmitteln gab es noch einmal sechs Monate unbedingt dazu. Über die Zeit im Gefängnis erzählte Friedl wenig. Es sei nicht besonders lustig gewesen, aber auch nicht so schlimm, wie er zuerst gedacht hatte. Gefängnis eben. Man gewöhnt sich daran.

Während Friedl erzählte, kam die Frau zurück, die Ernesto so brüsk abgefertigt hatte. Sie stand in der Tür und rauchte. Erst als Friedl mit seiner Geschichte zu Ende war, kam sie näher und setzte sich.

„Willst du einen Kaffee?"

„Immer", sagte Ernesto.

„Sylvia." Sie streckte ihm die Hand entgegen.

„Ernesto. Ich schreibe eine Geschichte über euch", sagte Ernesto und erzählte von dem Zeitungsartikel.

„Ja, das kannst du ruhig schreiben", sagte Sylvia, während die Caffettiera zu blubbern anfing. „Sie haben uns hierher abgeschoben, weil wir ihnen nicht passen, diesen feinen Herren. Der Krobath war sogar da, als sie uns aus der Wohnung gejagt haben. Weißt du, was er gesagt hat?"

Ernesto schüttelte den Kopf.

„Wir sollen froh sein, dass er uns nicht nach Sibirien deportiert. Dort gehören solche Leute wie wir nämlich hin, ins Arbeitslager."

„Kann ich mir denken."

„Als ob sich unsereins das ausgesucht hat." Sie wusch drei Tassen aus und schenkte Kaffee ein. „Milch hab ich keine. Aber Maresi."

„Passt schon." Ernesto nippte am schwarzen Kaffee. Er schmeckte widerlich.

„Den Ausländern stecken sie es vorne und hinten hinein", sagte Sylvia. „Aber uns schieben sie ab und lassen uns hier verrecken."

„Ich glaub, der Krobath hat mit Ausländern auch keine Freude", sagte Ernesto. Er wusste, wohin sich diese Unterhaltung zu entwickeln drohte, und er hatte keine Lust, sich das anzuhören. „Mich interessiert etwas anderes viel mehr."

Sylvia setzte sich auf Friedls Schoß und schnappte sich eine Zigarette aus Ernestos Schachtel. Sie erzählte davon, wie mühsam es war, hier zu leben. Die Fenster schlossen nicht richtig, und erst vor zwei Wochen hatten sie bemerkt, dass das Abzugsrohr eines Ofens undicht war.

„Wo willst du hier ein neues Ofenrohr herkriegen? Der Friedl und der Rudi haben unten beim Bergbau gefragt, ob sie ein Schweißgerät haben können und ein Stück Blech. Aber die haben sie davongejagt."

„Der Chef, der Jölli, ist ein Ungustl", sagte Friedl.

„Und dann das Holz und die Kohle. Weißt du, was das kostet? Weißt du, was die verlangen, wenn sie das liefern?"

„Die Bauern da in der Gegend?", warf Ernesto ein.

„Ja, der Zenz", sagte Sylvia. „Aber das ist der einzige."

„Wir haben ihm beim Schlägern geholfen. Das Holz da draußen ist die Bezahlung", sagte Friedl. „Kaufen könnten wir uns das nicht. Aber wenn du das Buch schreibst, dann sind wir alle reich."

„Ist ja schon gut." Ernesto hob abwehrend die Hände. „Das schauen wir uns noch an. Du hast gesagt, hier leben noch andere Leute. Verstecken die sich?"

„Zwei sind beim Bauern oben und helfen ihm im Wald. Die hab ich schon eine Woche nicht gesehen. Vielleicht sind sie irgendwo anders untergekrochen, oder was weiß ich. Und der Rest ist auch irgendwo unterwegs. Arbeitsamt, Gemeinde, beim Arzt. Sie lassen einen ja nicht in Ruhe. Jedes Monat muss ich aufs Arbeitsamt. Einen Umschulungskurs habe ich gemacht. Computerführerschein. So ein Blödsinn. Glaubst du, jemanden wie mich nimmt irgendwer?"

„Das weiß man nie", sagte Ernesto. „Als du damals zum ersten Mal aus dem Knast gekommen bist, hast du auch Arbeit gefunden, wenn ich das richtig verstanden habe."

„Das war etwas ganz anderes. Da war ich jung, und meine Mechanikerlehre hab ich im Gefängnis auch fertig gemacht. Da hat mich der alte Thonhauser genommen. Weil er ein guter Mensch ist."

Die Thonhauser KG in St. Andrä war, was man allgemein einen Traditionsbetrieb nennt. Seit über hundert Jahren in Familienbesitz, hatte sich die Schlosserei zu einem Maschinenbauunternehmen gewandelt. Ernesto hatte die Zahlen nicht im Kopf, aber derzeit beschäftigte die Firma sicher um die hundert Mitarbeiter. In den 80er Jahren waren es vermutlich nicht einmal halb so viele, aber ein wichtiger Arbeitgeber war die Thonhauser KG schon damals.

„Der Alte hat mich nicht einmal gefeuert, als sich seine Tochter in mich verliebt hat."

„Deine Frau war seine Tochter?"

„Sie war ein paar Jahre jünger als ich. Ich war fünfundzwanzig, sie gerade achtzehn. Das hat ihm am Anfang nicht gefallen, dem Thonhauser."

„Nur am Anfang?"

„Vielleicht hat er sich auch nie damit abgefunden", sagte Friedl.

Was seine Zeit bei der Firma Thonhauser anbelangte, war Friedl nicht besonders gesprächig. Er hatte dort gearbeitet. Zuerst als ganz normaler Geselle in der Fabrik, dann war er immer wieder auf Montage gefahren. Einmal sogar bis nach China. Irene sah er zum ersten Mal auf einer Weihnachtsfeier, aber dort sprachen sie noch nicht miteinander. Erst Monate später traf er sie wieder.

„Beim Raab. Sie ist da bei der Jukebox gestanden, und ich hab sie angeredet. Hätte ich besser bleiben lassen sollen. Vielleicht wär sie dann noch am Leben."

Kapitel 4

1

Der Morgenkaffee wurde langsam kalt, während Ernesto die Artikel für die nächste Woche sortierte. Da hatte er einen Dreißigzeiler über die Mostbarkeiten in St. Paul. Die Bauernkooperation stellte am kommenden Freitag zum ersten Mal die Produkte der Saison vor, sortenreinen Apfelmost, Schnäpse und Fruchtsäfte. Die Imker schlossen sich an, und auch andere Direktvermarkter waren in den Zogglhof eingeladen, um Fleisch, Wurst, Haden und Käse zu präsentieren. Ernesto notierte sich den Termin in seinem Terminkalender. Da würde er selbst hingehen und eine große Geschichte daraus machen.

Von der Polizei hatte er eine Meldung über einen Auffahrunfall in Reichenfels. Ein Betrunkener hatte gestern Nacht im Sommerauer Graben einen Traktor nicht gesehen. Der Traktor fuhr ohne Beleuchtung, und auch der Fahrer war nicht nüchtern. Daraus machte Ernesto einen Einspalter und setzte ihn für morgen in die Außenspalte der rechten Seite.

Die Fußballvereine des Tales hatten vorgestern ein Sitzfußballturnier zugunsten Licht ins Dunkel veranstaltet. Der Fotograf hatte ein paar Fotos geschickt und eine E-Mail mit dem Ergebnis. Die Jugendmannschaft von Maria Rojach hatte in einem spektakulären Finale gegen Eitweg mit 15 zu 9 gewonnen. Ernesto konnte sich ungefähr vorstellen, was sich da abgespielt hatte. Das Zusammentreffen dürfte nur knapp an einer Massenschlägerei vorbeigeschrammt sein. Die fünf roten Karten zeugten von der Heftigkeit, mit der hier gekämpft worden war. Aber das war nicht weiter erstaunlich. Die beiden Orte, kaum fünfhundert Meter Luftlinie voneinander entfernt, pflegten eine ausgeprägte Feindschaft.

Die Geschichte schob er auf nächste Woche, und während er so vor sich hinarbeitete und einen Wochentag nach dem anderen mit Geschichten füllte, klingelte kein einziges Mal das Telefon. Das fiel ihm erst auf, als Natascha seine Tasse nahm und sie auswusch, bevor sie ihm neuen Kaffee einschenkte.

„Sag einmal, ist unsere Telefonanlage kaputt?"

„Mein Telefon geht", sagte Natascha.

„Komisch ist das schon, dass keiner anruft."

„Das Wochenende und dann die Feiertage. Die Leute sind wahrscheinlich gerade dabei, die Supermärkte leerzukaufen. Langes Wochenende und so."

„Als ob die Geschäfte danach nie wieder aufsperren würden", sagte Ernesto. „Danke." Er nahm die Kaffeetasse und ging vor die Tür. „Ich glaube, wir können bald Schluss machen."

„Ich gehe ohnehin um zwölf, also in einer halben Stunde", sagte Natascha und kam ebenfalls ins Freie. „Sauwetter."

Ernesto hielt sein Gesicht in den Nieselregen.

„Du wirst dir eine Lungenentzündung holen", sagte Natascha.

„Dann muss ich mir diesen blöden Perchtenlauf nächste Woche nicht anschauen. Ein Perchtenlauf am 12. November. Ich bitte dich."

„Das ist eben Tradition."

„Es kann ja sein, dass ich einen anderen Begriff von Tradition habe als die meisten. Aber eine Veranstaltung, die es seit acht Jahren gibt, ist ganz sicher keine Tradition."

„Wie meinst du das?" Natascha sah ihn erstaunt an.

„Ich hab's nachgeschaut. Der erste Perchtenlauf in der Wolfsberger Innenstadt hat vor acht Jahren stattgefunden. Selbst wenn man großzügig ist, ist das keine Tradition, sondern neumodischer Schwachsinn."

„Aber die Leute mögen das. Die kommen und schauen sich das an."

„Früher haben sich die Leute öffentliche Hinrichtungen angesehen. Das ist kein Argument."

„Heute sind wir aber wieder bestens gelaunt", meinte Natascha.

„Ja, entschuldige, aber ich glaube, das hat mit Brauchtum schon rein gar nichts zu tun."

Ernestos Mobiltelefon schrillte. Er legte seine Zigarette in den Aschenbecher und ging nach hinten zu seinem Schreibtisch. Es war eine SMS.

„heute abend 19 uhr kornettkeusche im schloss friedl"

Ernesto las die Nachricht zweimal, dann drückte er sie weg. Zurück im Freien rauchte Ernesto seine Zigarette fertig und sah dem Regen zu, wie er auf die Straße fiel und auf dem Gehsteig Pfützen bildete.

2

Die Kornettkeusche auf Schloss Waldenstein. Natürlich wusste Ernesto davon. Jedes Kind in Wolfsberg lernte die Geschichte in der Volksschule. Um die Kornettkeusche, ein Gefängnis hoch oben in einem Teil des Burgfrieds, rankt sich eine Erzählung, die schon vielen Kindern schlaflose Nächte bereitet hat.

Vor vielen Jahren hatte Ernesto eine Reportage über das Schloss geschrieben. Der Burgherr ließ damals das

Dach erneuern, um den Verfall des schon ziemlich desolaten Baus zu stoppen. Bei dieser Gelegenheit konnte Ernesto das Schloss von außen bewundern und durfte für einen Moment in den Schlosshof, aber ins Schloss selbst wurde er nicht vorgelassen. Die Einsturzgefahr sei zu groß, hieß es. Deshalb hatte Ernesto auch keine Ahnung, wo genau sich die Kornettkeusche befand. Wenn er Friedls Botschaft aber richtig deutete, dann sollte er heute Abend um 19 Uhr genau dort auftauchen.

Die Seiten für morgen waren fertig. Ernesto telefonierte noch kurz mit Auer und machte sich dann auf den Weg Richtung Stadtbücherei. Er querte den Fluss beim Rathaus und schlenderte dann bergauf über den Hohen Platz. Es kamen ihm ein paar Beamte der Gemeinde entgegen, die gerade Dienstschluss hatten, aber sonst war in der Innenstadt nicht viel los.

Bei der Trafik am oberen Ende des Hohen Platzes kaufte Ernesto Zigaretten und unterhielt sich mit der Besitzerin kurz über das miserable Wetter und die Gräbersegnung am Dienstag. Sie sagte, sie würde nicht hingehen, auch wenn ihre Mutter darauf bestehe. Ernesto fragte sie, was sie dann machen würde.

„Ich kann ihr ja nicht sagen, dass ich nicht hingehe. Deshalb setze ich mich ins Kaffeehaus und warte, bis es vorbei ist", sagte sie und lächelte.

„Wir sehen uns", sagte Ernesto und winkte ihr beim Hinausgehen zu.

Die Stadtbücherei war in einer ehemaligen Kirche untergebracht. Über eine Stahltreppe gelangte man in den ersten Stock, und dort öffnete sich das Kirchenschiff, links und rechts mit Regalen gefüllt. In der Mitte des Raumes gab es eine weitere Treppe, die zu einer Galerie führte. Dort oben, ganz rechts, standen zwei Regale mit Büchern zur Kärntner Geschichte.

Zuerst konsultierte Ernesto Hugo Henckel von Donnersmarcks zweibändige Sammlung „Burgen und Schlösser in Kärnten“. Da Henckel von Donnersmarck selbst viele Jahrzehnte Besitzer von Schloss Waldenstein gewesen war, hoffte Ernesto auf einen Grundriss des Gebäudes. Aber er wurde enttäuscht. Immerhin erfuhr er, dass sich die Kornettkeusche im Osttrakt des Schlosses befand.

Erbaut gegen Mitte des 12. Jahrhunderts, vom Bistum Bamberg errichtet, diente das Schloss seit 1156 dem Geschlecht derer von Ungnad als Stammsitz.

Dietrich von Ungnad war der erste Herr auf Schloss Waldenstein. Sein Beiname „von Ungnad“ soll auf eine seiner ersten Taten im Lavanttal zurückgehen. Wie eine fränkische Chronik berichtet, kämpfte er so ungnädig und hart gegen Turpin von Schachtenstein, dass von dessen Schloss nicht einmal die Grundmauern stehen blieben.

Bis ins 16. Jahrhundert stiegen die Ungnads immer höher in der Gunst der Kirche und des Kaisers. Aber dann kam Johann III. von Ungnad und Sonnegg. Er war ein überaus gebildeter und weithin bekannter Mann. Er kaufte und installierte die erste Druckerpresse auf dem Gebiet des heutigen Österreich und beherbergte neben vielen anderen Gelehrten angeblich auch Paracelsus in seinem Schloss.

Diese Druckerpresse, oder vielmehr was darauf gedruckt wurde, sollte Johann aber zum Verhängnis werden. Als einer der ersten Adeligen in Kärnten, der zum lutherischen Glauben übertrat, war er davon überzeugt, dass alle Menschen die Bibel in ihrer Muttersprache lesen können sollten. So ließ er in Waldenstein Bibeln in deutscher, slowenischer und kroatischer Sprache drucken.

Da es zu gefährlich gewesen wäre, die Bücher mit Booten oder Kutschen zu verteilen, steckte man sie in Fässer und warf sie in den Waldensteiner Bach. Von dort gelangten sie in die Lavant und wurden in Wolfsberg zum ersten Mal angehalten. Dort entnahm man die deutschsprachigen Exemplare, der Rest schwamm über die Lavant und die Drau weiter nach Süden.

Ernesto fand noch ein weiteres Buch. Eine Monografie über Waldenstein, verfasst von Ludwig Joham. Aber auch da gab es keinen Grundriss des Gebäudes. Der Dehio half ihm auch nicht weiter. Zwar listete der Dehio alle möglichen Kragsteine und Ornamente auf, die von kunstgeschichtlicher Bedeutung waren, aber einen Grundriss der Burg fand Ernesto nicht.

Als letzte Chance blieb die „Carinthia", die Zeitschriftenreihe des Kärntner Geschichtsvereins. Die Zeitschrift bzw. die Sammelbände erschienen seit 1855, und die Stadtbücherei Wolfsberg verfügte über eine fast lückenlose Sammlung. Irgendwo in diesen mehr als 150 Bänden gab es mit großer Wahrscheinlichkeit eine Karte des Schlosses und außerdem eine ganze Reihe von Aufsätzen. Ernesto sah auf die Uhr. Er hatte Zeit, aber Lust hatte er keine. Trotzdem zog er den ersten Registerband heraus und suchte nach dem Stichwort Waldenstein. Bald füllte sich der Tisch vor ihm mit aufgeschlagenen Bänden, und Ernesto hatte Material genug, um eine Diplomarbeit über das Schloss zu schreiben. Aber einen Bauplan oder Grundriss suchte er vergeblich.

Er packte die Bücher zusammen und sah sich noch einmal die beiden Regale an. Vielleicht hatte er etwas übersehen. Da fiel sein Blick auf das Kärntner Sagenbuch von Wilhelm Kuehs. Er zog es heraus und schlug es auf. Dann setzte er sich noch einmal hin und begann zu lesen.

Richter, richte recht

Tief im Twimberger Graben erhebt sich auf einem Felsstock die Burg Waldenstein. Heute streichen Eulen durch die Gänge, und im Innenhof wächst ein kleiner Wald. Verlassen sind die großen Säle. In der alten Kanzlei fällt der Regen durch die zerbrochenen Fenster auf Bücher und Akten. Düsternis hat sich über die Burg gelegt.

Früher lebten hier die Herren von Ungnad, und wie ihr Name schon sagt, waren sie harte und oft brutale Gesellen. Sie erbauten diese Burg, und ihnen folgten andere, ebenso unfreundliche Ritter nach. Einer von ihnen, er lebte im 17. Jahrhundert auf Burg Waldenstein, heiratete eine wunderschöne und um viele Jahre jüngere Frau. Viel zu lachen hatte die Frau nicht. Auf Burg Waldenstein wurden keine Feste gefeiert, und auch die großen, barocken Empfänge auf Schloss Wolfsberg durfte sie nicht besuchen. Das war alles nur Tand und verschwendete Zeit in den Augen des Herrn von Waldenstein. Seine Leidenschaft galt der Jagd. Jede Stunde, die er sich von seinen Geschäften lösen konnte, verbrachte er in den Wäldern. Ob Tag oder Nacht, Sommer oder Winter, wann immer es ging, stellte er den Rehen und Wildschweinen nach, lag im Dickicht auf der Lauer und schoss auf Wölfe und Hirsche.

Als der Cousin der Burgherrin, der Kornett Eckhart von Peckern, zu Besuch kam, lud ihn der Ritter von Waldenstein natürlich zur Jagd ein. Ein Mann musste einfach Freude daran haben, ein paar Hasen oder Rehe zu schießen. Was konnte ein Mann denn sonst wollen?

Kornett Eckhart von Peckern war kein großer Jäger. Es machte ihm keinen Spaß, auf Tiere zu schießen, aber er wollte seinen Gastgeber nicht verärgern, und deshalb nahm er die Jagdeinladung an. Doch als er sah, wie grausam und brutal der Ritter die Tiere erlegte, suchte er schon am nächsten Tag eine Ausrede, um nicht mehr mit in den Wald reiten zu müssen. Zunächst dachte sich der Ritter wenig dabei. Wird halt ein Schwächling sein, dieser Kornett, ein Stubenhocker und Tintenkleckser.

So machte sich der Ritter alleine auf den Weg, und bei der Jagd vergaß er seinen Gast beinahe. Die nächsten Tage und Wochen blieb der Kornett bei seiner Cousine in der Burg, und ein aufmerksamer Beobachter konnte sehen, wie die junge Frau aufblühte, wie sie lachte und scherzte. Dem Ritter entging diese Veränderung nicht, und was er da sah, machte ihn eifersüchtig. Über seine Witze lachte sie nie, ihn sah sie niemals so an, und es war doch sehr verdächtig, wie sie seine Hand hielt.

Hinter dieser Vertrautheit vermutete der Ritter mehr. Er glaubte, seine Frau hätte sich in den Kornett verliebt. Das konnte er sich nicht gefallen lassen.

In Wahrheit freute sich die junge Frau nur, endlich einen Gesprächspartner gefunden zu haben, der sich in der Welt ein wenig auskannte, der ihr Neuigkeiten aus den großen Städten erzählte und nicht immer nur von so langweiligen Dingen wie der Jagd sprach. Wenn es nach ihr gegangen wäre, hätte sie den Kornett für immer bei sich behalten.

Der Ritter von Waldenstein heckte einen Plan aus. Mit viel Geschick und sanftem Druck überrede-

te er den Kornett zu einem weiteren Jagdausflug. „Die Herbstjagd ist eine große Sache“, sagte er. Da dürfe niemand fehlen, und so ließ auch der Kornett sein Pferd satteln, und sie ritten gemeinsam davon.
Zurück allerdings kam der Ritter von Waldenstein ohne den Kornett. „Es waren Räuber“, sagte der Ritter. „Wir konnten gar nichts machen. Sie haben den armen Kornett entführt und uns niedergeschlagen.“
Die junge Frau weinte und betete. Sie hoffte, die Räuber würden eine Lösegeldforderung stellen oder der Kornett könnte sich befreien und würde wieder zu ihr zurückkehren. Dabei befand sich der Kornett Eckhart von Peckern die ganze Zeit kaum fünfzig Meter von ihr entfernt. Es gab keine Räuber, und Überfall hatte es auch keinen gegeben. Der Ritter von Waldenstein selbst hatte den Kornett gefangen setzen und ins Burgverlies sperren lassen. Hinter acht Meter dicken Mauern saß der Kornett nun und verhungerte.
Erst viele hundert Jahre später entdeckte man das Gerippe des Kornetts. Er hatte sich einen Finger abgebissen und mit dem Blut folgenden Spruch an die Wand geschrieben:

Richter richte recht,
denn du bist Herr und ich bin Knecht.
Wie du hast gerichtet mich,
so soll Gott richten dich.

Kornett Peter Eckhart von Peckern 1669

3

Beinahe hätte Ernesto einen Abendtermin verpasst. Bevor er nach Waldenstein fahren konnte, musste er noch zum Kriegerdenkmal beim Friedhof in Wolfsberg. Dort marschierten der Kameradschaftsbund und der Kärntner Heimatdienst auf. Gedenken für die Toten des Krieges. Der Männer, die für unser Land gefallen sind.

Ernesto konnte die Reden quasi auswendig. Ein Typ im Kärntneranzug stellte sich vor das Kriegerdenkmal, flankiert von Tattergreisen, die sich an Fahnenstangen festhielten, und pries die Tapferkeit der Soldaten, die in zwei Weltkriegen unsere Heimat verteidigt hatten.

Diese Geschichtsklitterung ging Ernesto vor allem deshalb auf die Nerven, weil sie ihn jedes Jahr aufs Neue dazu zwang, einen Kommentar zu schreiben. Sowohl der Erste als auch der Zweite Weltkrieg waren Angriffskriege. Die Österreicher und die Deutschen hatten angefangen, und sie hatten verloren. Verteidigt hatten sie gar nichts. Aber das wollte nicht in die Dickschädel der Kärntneranzugträger.

Als Ernesto gegen 17 Uhr dort ankam, waren die Ansprachen schon im Gang. In Zweierreihen standen die Kameraden im braunen Anzug neben der Tafel mit den Namen der Gefallenen. Sie froren, und viele rieben immer wieder ihre Hände aneinander, traten von einem Fuß auf den anderen.

Die Fahnenträger mit den weißen Handschuhen wirkten, als würden sie jeden Moment vor Erschöpfung in Ohnmacht fallen. Einem zitterten die Knie, ein anderer wankte und musste sich immer wieder zusammenreißen, um nicht mitsamt der Fahne umzukippen.

Beim Rednerpult wechselten sich gerade der Obmann des Kameradschaftsbundes und der Landtagsabgeordnete Martin Wutscher ab. Wutscher räusperte sich und begrüßte die Kameraden. Ernesto hörte nur halb hin, aber er bekam trotzdem mit, dass Wutscher betonte, wie wichtig eine funktionierende Landesverteidigung sei. Gerade in Zeiten wie diesen, wo von allen Seiten Gefahr drohe, der Terror weltweit ungeahnte Ausmaße annehme und die abendländischen Werte in Gefahr seien. Die Rede dauerte keine fünf Minuten, und schon war Wutscher wieder verschwunden. Ein Kurzauftritt im Wahlkampf zum Europaparlament. Bei den Kameraden konnte er mit seinen Sprüchen vom Untergang des Abendlandes punkten. Diese Stimmen hatte er ziemlich sicher.

Lange hielt sich auch Ernesto nicht beim Kriegerdenkmal auf. Das Foto hatte er, und eine Bildunterschrift konnte er auch schreiben, ohne den nächsten fünf Rednern zu lauschen, deshalb ging er durch den Stadtpark zum Friedhof.

Ein paar Tage vor Allerheiligen brannten auf jedem Grab Kerzen. Ein gelblicher Schein wölbte sich über den Friedhof, und hier und da sah Ernesto jemanden, der ein Gesteck auf die Grabplatte stellte oder einfach still vor dem Grab stand, die Hände vor dem Bauch gefaltet.

Den Weg entlang Richtung Norden spazierte Ernesto durch die Dämmerung. Vor ihm an der Ecke befand sich das Mausoleum der Familie Heyrowsky. Die Grabfiguren wirkten im flackernden Licht der Kerzen beinahe lebendig. Die größte Statue, eine Frau, stand direkt vor dem Eingang zum Grabmal und drehte sich zum Betrachter um. Ihr Kleid floss um ihren Körper, vor den Augen trug sie den Schleier des Todes, und ihre rechte Hand raffte das Kleid vor der Brust.

Ein kleiner Engel stand vor der Frau, die Hände vors Gesicht geschlagen, und weinte. Ein zweiter Engel trug ihr einen Rosenkranz hinterher.

Draußen auf der Straße rauschte der Verkehr, Füße tapsten durch den Kies. Ernesto blieb vor dem Grab stehen, die Hände in den Jackentaschen, und wartete, bis die Kälte unter seine Kleider kroch.

Kapitel 5

1

Ernesto parkte vor der Volksschule und ging den Rest des Weges zum Schloss zu Fuß. Das Flutlicht, das den Vorplatz des Bergwerkes erhellte, reichte knapp bis hierher, sodass Ernesto die Stabtaschenlampe von seinem Handgelenk baumeln ließ und durch die Düsternis auf das Schloss zustrebte.

Der Asphalt war feucht vom Regen, und aus dem Wald wehte die Kälte des beginnenden Winters. Ernesto zog den Reißverschluss seiner Jacke nach oben und beschleunigte seinen Schritt. Dann trat er in den Schatten des Schlosses. Für einen Moment blieb er stehen, bis sich seine Augen an die Dunkelheit gewöhnt hatten.

Das Tor zeichnete sich vor ihm ab. Ein dunkler Fleck. Ernesto ging darauf zu, legte eine Hand aufs Holz. Der Bolzen, der das Tor sonst versperrte, war zurückgeschoben. Ernesto drückte das Tor auf und trat in den Innenhof des Schlosses. Vor ihm ragte ein Eisenträger aus dem Boden, der im Halblicht der beginnenden Nacht aussah wie ein Drachenkopf. Bäume wuchsen dicht an der Mauer, und neben der Freitreppe türmten sich vermoderte Bretter und Schutt.

Im Schutz des Torbogens blieb Ernesto stehen und rekapitulierte. Dieses Treffen in der Kornettkeusche fand er überaus theatralisch. Eigentlich sollte er hier wieder umdrehen, sich in sein Auto setzen und nach Hause fahren. Friedl hegte schon jetzt ein paar übertriebene Ideen über seine Zukunft als Held einer Biografie. Wenn Ernesto da hinaufging und sich auf dieses Spiel einließ, wurde das sicher nicht besser.

Nur kurz beunruhigte Ernesto der Gedanke, dass sein Eindringen in das Schloss mit ziemlicher Sicherheit illegal war und er sich im schlimmsten Fall eine Besitzstörungsklage einhandeln konnte. Heute Abend würde außer Friedl wohl kaum jemand hier herumstreunen. Außerdem, wenn er schon einmal die Gelegenheit hatte, die Kornettkeusche zu sehen, dann wollte er sich das nicht entgehen lassen. Angeblich konnte man die blutige Schrift aus dem 17. Jahrhundert immer noch an der Wand sehen.

Als Ernesto die Taschenlampe anknipste, gab es einen Knall. Im ersten Moment klang es wie eine Explosion, und Ernesto duckte sich. Dann hörte er das Schlagen von Flügeln. Im Licht der Taschenlampe tauchte eine Eule auf. Sie breitete ihre Schwingen aus und glitt quer über den Innenhof, verschwand auf der anderen Seite durch eine Fensteröffnung.

Ernesto wartete, bis sich sein Herzschlag beruhigt hatte. Dann stand er auf und ging auf die Freitreppe zu. Die aus Marmor gehauenen Stufen wurden nach oben hin schmaler und führten in ein enges Treppenhaus. Ernesto sah da und dort ein Ornament, und an den Kapitellen der Säulen bemerkte er orientalisch anmutende Verzierungen.

Auf der Holzstiege lag ein Blatt Papier. Ernesto lenkte den Strahl der Taschenlampe darauf.

„Geh bis in den dritten Stock, nimm die erste Tür rechts und dann die zweite Tür links“, stand da in ungelenker Handschrift. Daneben eine Zeichnung, die so etwas wie einen Plan darstellen sollte. Ernesto nahm das Blatt und steckte es ein.

Seine Schritte polterten auf den hölzernen Stufen. Friedl musste ihn eigentlich schon längst hören. Links öffnete sich ein Gang. Ein dunkles Loch. Als

Ernesto ein paar Schritte hineinging, spürte er, wie die Bretter unter ihm nachgaben. Er sprang zurück. Langsam ließ er den Strahl der Taschenlampe über den Boden gleiten. Er stand am Eingang eines großen Saals, und direkt vor seinen Füßen klaffte ein Loch, durch das er die Möbel ein Stockwerk tiefer sehen konnte.

Vom nächsten Zwischenstock aus blickte Ernesto durch ein zerschlagenes Fenster ins Freie. Von hier aus ging es etwa zwanzig Meter in die Tiefe.

Die Finsternis schien sich zu verdichten, je weiter Ernesto das schmale Stiegenhaus hinaufstieg. Als ob der Strahl der Taschenlampe schwächer würde. Aber das konnte nicht sein. Ernesto hatte erst heute die Akkus gewechselt.

Dann erreichte Ernesto den dritten Stock. Die Treppe endete hier, und Ernesto trat in einen dreieckigen Vorraum. Die Tür zur Rechten war von einem gemeißelten Türsturz gekrönt, in dessen Mitte ein Engelsgesicht prangte. Das musste der Eingang sein. Ernesto wollte schon darauf zugehen, als ihm ein scharfer Geruch in die Nase stieg.

2

Durch die Tür gelangte Ernesto in einen fensterlosen Raum. Beinahe stolperte er über einen Stuhl, der umgestoßen am Boden lag. Ernesto stützte sich an einem Eisenteil ab, es war die Kochplatte eines Holzherdes. Er rappelte sich auf. Links gab es zwei Durchgänge. Der Geruch wurde stärker.

Am Ende des zweiten Durchgangs stieß Ernesto auf eine Holztür. Er versuchte, sie zu öffnen, aber es ging nicht. Zwar ließ sich die Schnalle nach unten drücken, aber das Türblatt bewegte sich keinen Millimeter.

„Friedl?"

Keine Antwort.

Ernesto schlug gegen die Tür.

„Friedl, bist du da drinnen?"

Ernesto gab der Tür einen Tritt. Sie ächzte und bewegte sich. Noch ein Tritt. Die Tür knirschte in den Angeln und sprang auf.

Der Gestank kroch Ernesto in die Nase und legte sich ihm auf die Zunge. Noch bevor er hinsah, wusste er, dass etwas Schreckliches geschehen war. Dieser Geruch nach Eisen und verbranntem Pulver konnte nur eines bedeuten.

Friedls Oberkörper lehnte an der Wand. Seine Beine ragten ausgestreckt in den Raum. Auf dem Boden stand Blut in mehreren Pfützen.

Ernesto bewegte sich nicht. Das Licht der Taschenlampe ruhte auf Friedl. Sein Kopf war nach vorne gesunken. Ein Gewirr aus Haaren und Blut und Knochen umrahmte ein faustgroßes Loch am Hinterkopf. Das T-Shirt hatte sich mit Blut vollgesogen. Ein dunkles V zeigte mit der Spitze nach unten. Die Jeans waren mit dunklen Punkten gesprenkelt. Blut, das aus der Wunde gespritzt war.

Als Ernesto die Taschenlampe bewegte, sah er, dass die Mauer hinter Friedls Körper mit etwas Glibbrigem bedeckt war. Kleine Stücke der Gehirnmasse hatten sich auf der Wand verteilt.

Ohne sich von der Stelle zu bewegen, ließ Ernesto das Licht der Taschenlampe durch den Raum gleiten. Außer Friedls Leiche gab es wenig zu sehen. Ein paar Bretter, ein vergittertes Fenster und einen direkt an die Wand montierten Rahmen. In diesem Rahmen konnte Ernesto so etwas wie eine Schrift erkennen. In eine dicke Schicht Putz hatte jemand folgende Zeilen geschrieben:

„Richter richte recht
denn du bist Herr und ich bin Knecht
wie du hast gerichtet mich
so wird Gott richten dich

Kornett Peter Eckhart von Peckern 1669“

3

Das Mobiltelefon hatte im Vorraum schwachen Empfang. Ernesto setzte sich auf den Treppenabsatz und überlegte, wen er zuerst anrufen sollte. Die Polizei, selbstverständlich würde er die Polizei anrufen, aber bei dem Gedanken, einfach den Notruf zu wählen, hatte er kein gutes Gefühl. Ein Streifenwagen würde hier auftauchen. Uniformierte Beamte würden herumstehen und Fragen stellen. Fragen, die Ernesto dann noch einmal beantworten musste, sobald die Kriminalpolizei eintraf. Also konnte er gleich Major Steinkellner anrufen. Seine Mobilnummer hatte er. Doch zuerst wählte Ernesto die Nummer der Redaktion in Klagenfurt. Es war jetzt fast 20 Uhr, und außer dem Journaldienst war sicher niemand mehr da. Ernesto hoffte, dass der oder die nicht gerade am Klo oder im Pausenraum war.

„Edlinger, Kärntner Tagespost.“

„Franziska, Ernesto hier. Ich brauche eine halbe Seite irgendwo vorne im Lokalteil. Wir haben“, Ernesto zögerte, „einen Toten. Ich stehe hier im Schloss Waldenstein, und da in der Kornettkeusche liegt ein Toter. Erschossen. Ich kenne den Toten, und ich werde jetzt die Polizei verständigen."

„Ist gut, Ernesto. Langsam. Du stehst da also vor einem Toten?"

„Genau. Er ist sicher noch nicht sehr lange tot. Als ich ..."

„Wie bist du da hingekommen?", unterbrach sie ihn.

„Das ist jetzt nicht wichtig."

„Du hast damit doch nichts zu tun?"

„Ich habe ihn nicht umgebracht, wenn du das meinst. Bitte, eine halbe Seite, ja?"

„Hast du Fotos?"

„Woher denn?"

„Du bist ganz schön durch den Wind für jemanden, der dauernd diese Krawallgeschichten macht", sagte Franziska. „Hör zu. Nimm dein Handy und mach ein paar Fotos. Die schickst du mir dann. Schauen wir, ob wir damit etwas anfangen können."

Ernesto legte auf und vergrub sein Gesicht in den Händen. Er wollte da nicht wieder hineingehen, wollte sich nicht hinstellen und mit der Taschenlampe die Leiche ausleuchten.

„Scheiße", sagte er und nestelte die Zigarettenpackung aus seiner Jackentasche. Während er rauchte, sah er geradeaus in die Dunkelheit und überlegte. Es fühlte sich an, als würde er ein Verbrechen begehen, wenn er noch länger hier saß und wartete. Aber bevor er Steinkellner anrief, brauchte er noch einen Moment. Er stellte sich vor, was in den nächsten Stunden geschehen würde, und welche Szenarien er auch durchspielte, es gefiel ihm nicht.

Nachdem er sich die zweite Zigarette angezündet hatte, wählte er Steinkellners Nummer. Er erzählte ihm mehr oder weniger dasselbe wie Franziska, und er versprach, den Tatort nicht zu betreten. Steinkellner stellte kaum Fragen. Er wollte im Grunde nur wissen, ob die Tat gerade erst verübt worden war.

„Rühren Sie sich nicht vom Fleck“, sagte Steinkellner. „Gehen Sie nicht an den Tatort, und machen Sie auch sonst nichts. Am besten, Sie bleiben irgendwo in Deckung. Wenn Sie den Pulverdampf gerochen haben, ist die Tat noch nicht lange her. Der Täter ist vielleicht noch in der Nähe.“

Noch während er telefonierte, drehte sich Ernesto im Kreis und leuchtete mit der Taschenlampe in die dunklen Ecken. Auf der rechten Seite des dreieckigen Vorraums öffnete sich ein kleines Zimmer. Dort türmten sich Gerümpel und Ziegel. Hinter diesem Haufen Dreck konnte sich leicht ein Mensch verstecken. Ernesto betrat den Raum und sah hinter den Schutthaufen. Nein, da war niemand. Aber vielleicht versteckte er sich im nächsten Zimmer, oder er war nach unten gelaufen und schon längst aus dem Schloss verschwunden. Warum sollte ein Täter warten? Damit ihn die Polizei fand und gleich verhaften konnte?

Die Fotos. Er musste die Fotos machen, bevor der erste Polizist hier auftauchte. Murrend ging er zurück in die Kornettkeusche und begann zu fotografieren. Die Bilder auf dem Display des Smartphones wirkten körnig und unscharf. Der Lichtkegel der Taschenlampe reichte nicht, um den Raum auszuleuchten. Vielleicht hätte es besser funktioniert, wenn Ernesto in den Raum hineingegangen wäre und sich vor die Leiche hingehockt hätte. Aber Ernesto betrat den Tatort nicht.

So gut es ging, fotografierte er den Kopf der Leiche, den Oberkörper, die Beine. Dann machte er Aufnahmen von der ganzen Leiche. Auf den Bildern war eine verschwommene Silhouette zu sehen. Trotzdem machte Ernesto weiter. Er schoss ein paar Fotos von der Inschrift an der Wand und versuchte es mit zugeschaltetem Blitz.

4

Als die ersten Polizisten die Stiege heraufpolterten, saß Ernesto schon längst wieder auf dem Stiegenabsatz. Er kniff die Augen zusammen, als ihn der Strahl der Taschenlampe traf.

„Penz", stellte sich der uniformierte Beamte vor und streckte Ernesto eine Hand hin. „Sie haben den Toten gemeldet?"

„Da drinnen." Ernesto zeigte über seine Schulter.

Die drei anderen Beamten standen noch auf den letzten Stufen. Ernesto erhob sich und ließ sie vorbei. Er selbst blieb, wo er war, und wartete ihre Rückkehr ab.

Es dauerte auch nicht lange, bis der jüngste Polizist wieder zum Vorschein kam und die Treppe hinunterlief. Soweit Ernesto das in dem trüben Licht sehen konnte, war der junge Mann ein bisschen blasser als bei seinem Eintreffen.

Ernesto wollte ihm folgen. Hier stand er nur im Weg herum, und er konnte auch im Innenhof auf Major Steinkellner warten. Aber kaum hatte er ein paar Stufen hinter sich gebracht, kam ihm ein Mann in dunkler Jacke und Schnürlsamthose entgegen. In der einen Hand hielt er eine Taschenlampe, in der anderen eine Ledertasche.

„Doktor Schratter." Er streckte Ernesto die rechte Hand entgegen. „Wo ist der Tote?"

„Ich zeige es Ihnen." Ernesto schüttelte seine Hand.

„Sind Sie von der Kriminalpolizei? Ein Major Steinkellner hat mich angerufen."

„Ab hier übernimmt Gruppeninspektor Penz", sagte Ernesto und geleitete den Arzt durch den ersten Raum, zog sich dann gleich wieder zurück. Er hatte keine Lust, die Leiche noch einmal zu sehen. Die Unterhaltung hörte er aber mit.

„Dass er tot ist, können Sie auch von hier aus feststellen, oder?", sagte Penz.

„Ich muss mir die Leiche schon ein bisschen genauer ansehen. Major Steinkellner hat gesagt, er möchte eine Einschätzung des Todeszeitpunkts. Ich bin ja kein Pathologe, und das habe ich ihm auch gesagt, aber wenn er das so möchte."

„Meinetwegen." Penz trat zur Seite. „Aber passen Sie auf. Die Spurensicherung war noch nicht da."

„Dann leuchten Sie mir."

Ernesto ging wieder in den Vorraum. Da begegnete ihm der junge Beamte mit einem Bauscheinwerfer unter dem Arm.

„Major Steinkellner ist gerade eingetroffen. Sie sollen hier warten", sagte er und quetschte sich mit seinem Gepäck durch die Tür. Wolfgang Havlicek, der Chef der Spurensicherung, kam als Nächster die Treppe herauf. Neben einer Kabelrolle trug er den Koffer mit der üblichen Ausrüstung. Seine Assistentin folgte mit einem Stapel weißer Overalls über dem Arm.

„Jetzt finden Sie die Leichen schon selbst, Valenti", sagte Havlicek und stellte den Koffer neben ihm ab. „Alles aus einer Hand sozusagen."

„Das finde ich nicht lustig", sagte Ernesto.

„Ich auch nicht.“ Steinkellners Kopf tauchte über den Treppenabsatz auf. „Das ist gruselig hier.“

„Halloween“, sagte Havlicek, schlüpfte in den weißen Overall und zog sich die Kapuze über den Kopf. „Ich wollte mit meiner Frau ein paar Filme ansehen, und jetzt das.“

„Sie sehen sich Horrorfilme an?“, fragte Ernesto.

„Aber nein. Bei dem Beruf. Meine Frau steht auf diese alten Historienschinken. Ben Hur und so. Hat schon wer den Tatort verunreinigt? Valenti, Sie vielleicht?“

„Der Arzt ist drinnen. Ich habe den Raum nicht betreten.“

„Schwer zu glauben.“

5

Während sich Havlicek und sein Team um den Tatort kümmerten, erzählte Ernesto, warum er hierhergekommen war und wie er die Leiche gefunden hatte. Steinkellner unterbrach ihn erst, als Ernesto schilderte, wie er die Kornettkeusche wieder verlassen und ihn angerufen hatte.

„Damit ich das richtig verstehe“, sagte Steinkellner. „Wie war das mit der Tür? Sie mussten sie aufbrechen?“

„Aufbrechen würde ich nicht sagen. Also, ich glaube nicht, dass sie von innen versperrt war oder verbarrikadiert. Nein, das sicher nicht.“

„Und dann haben Sie die Leiche gleich gesehen?“

„Das habe ich Ihnen schon erzählt.“

„Und Sie werden es dem Staatsanwalt gleich noch einmal erzählen müssen. Er ist schon auf dem Weg hierher", sagte Steinkellner und drehte sich zu Doktor Schratter, der gerade aus der Kornettkeusche kam.

„Und?", fragte Steinkellner.

„Sie sind Major Steinkellner?"

Steinkellner nickte und reichte dem Arzt die Hand.

„Der Mann ist noch nicht sehr lange tot. Eine Stunde, vielleicht etwas mehr, vielleicht etwas weniger. Die Todesursache ist ein Kopfschuss. Die Kugel trat am Stirnbein ein, durchschlug das Gehirn und sprengte den Schädelknochen beim Austritt. Der Mann war sofort tot."

„Haben Sie den Schuss gehört?", fragte Steinkellner. „Wenn Sie das Pulver noch gerochen haben, kann der Schuss nicht sehr lange her gewesen sein."

„Da war nichts." Ernesto zog die Stirn in Falten. „Oder? ... Warten Sie. Einen Schuss habe ich nicht gehört. Aber ..." Er verstummte.

„Jetzt reden Sie schon", sagte Steinkellner.

„Ich glaube nicht, dass das möglich ist", sagte Ernesto. „Aber da war diese Eule. Haben Sie schon einmal gehört, wie es klingt, wenn eine Eule auffliegt? Wenn sie sich erschreckt und davonfliegt? Das hat sich angehört wie eine Explosion."

„Könnte das der Schuss gewesen sein?", fragte Steinkellner.

„Sie meinen, der Mörder war noch da?"

„Es wäre möglich. Der Schuss könnte gefallen sein, als Sie schon im Schloss waren", sagte Steinkellner.

Er forderte über Funk noch einen Streifenwagen an, und die vier Beamten vor Ort wies er an, das Schloss zu durchsuchen. Der Befehl versetzte die Mannschaft in Betriebsamkeit. Taschenlampen wurden überprüft, Funkgeräte aus- und wieder eingeschaltet. Gruppeninspektor Penz übernahm die Leitung und ordnete an, das Schloss von unten nach oben zu durchkämmen.

„Sie sollten vorsichtig sein", sagte Ernesto, als Penz an ihm vorbeiging. „Ich glaube, einige Teile des Gebäudes sind in ziemlich schlechtem Zustand."

Penz nickte ihm zu und ging weiter.

„Die machen das schon", sagte Steinkellner. „Und wir beide gehen nach draußen und warten auf den Staatsanwalt."

Draußen im Innenhof stand eine Reihe von Bauleuchten. Der Weg zwischen der Freitreppe und dem Ausgang war hell ausgeleuchtet, und mittlerweile hatten die Beamten einen Pfad ausgetreten. Ernesto lehnte an der Mauer am unteren Ende der Treppe und sah den Leuten von der Spurensicherung zu, wie sie ein Zelt aufbauten.

Ernesto und Steinkellner standen schweigend da und warteten. Für eine Minute hatte Ernesto Zeit, seine Gedanken zu sammeln. Während er ein paar Techniker dabei beobachtete, wie sie Klapptische aufbauten und weitere Leuchten installierten, fragte er sich, wie er in dieses Schlamassel hineingeraten war.

Neugierige Leute sterben früh, hatte seine Großmutter gemeint, als er bei der Zeitung angefangen hatte. Das stimmt vermutlich nicht, aber die Chance, über eine Leiche zu stolpern, erhöht sich beträchtlich, wenn man seine Nase in fremde Angelegenheiten steckt. Nur glaubte Ernesto nicht, dass er es hier mit einem Zufall oder einem schicksalshaften Ereignis zu tun hatte.

„Staatsanwalt Auffenstein", sagte Steinkellner und unterbrach Ernestos Gedankengang. Er ging auf Auffenstein zu und schüttelte ihm die Hand. Ernesto rührte sich nicht vom Fleck.

„Jetzt finden Sie die Leichen schon selbst, was, Valenti?“, sagte Auffenstein und streckte Ernesto seine rechte Hand entgegen.

„Nicht lustig“, sagte Ernesto.

„Jetzt haben Sie sich nicht so. Kommen Sie, Valenti, zeigen Sie uns den Weg.“

„Kein Bedarf“, sagte Ernesto. „Sie finden mich dann unten in der Volksschule.“

„Aber führen Sie keine Befragungen durch“, sagte Steinkellner.

„Das würde ich doch nie machen“, antwortete Ernesto.

6

Auf sein Klopfen antwortete niemand, also öffnete Ernesto die Haustür und sah, dass in der Küche Licht brannte.

„Ist irgendwer zu Hause?“

Er erhielt keine Antwort, aber aus der Küche drangen Geräusche.

„Ich bin’s, Ernesto“, sagte er und ging durch den Vorraum, stolperte über einen prall gefüllten Plastiksack und hielt sich auf den Beinen, indem er sich am Türrahmen der Küche abstützte. Sylvia fläzte auf der Küchenbank. Sie hob kurz den Kopf, um Ernesto zu begrüßen. Neben ihr saß ein Kerl mit langen Haaren, der Ernesto ansah, ohne eine Miene zu verziehen.

Am Herd stand ein anderer Mann, der sich jetzt zu Ernesto umdrehte. Er hielt ein Messer in der Hand. Ernesto machte einen Schritt zurück. Da erst sah er die Braunschweiger auf dem Schneidbrett.

„Was willst du?“, fragte der Mann und ließ das Messer sinken.

„Ich muss euch etwas sagen“, meinte Ernesto.

„Lass ihn in Ruhe, Rudi“, sagte Sylvia. „Das ist ein Freund vom Friedl.“

„Ah, dann bist du der Zeitungstyp“, sagte der Kerl mit den langen Haaren.

„Habt ihr den Friedl gesehen?“, fragte Ernesto.

„Der ist hinauf ins Schloss“, sagte Sylvia. „Wollte sich mit dir treffen. Hast du ihn nicht getroffen?“

„Wann ist er von hier weggegangen?“

„Wo ist er denn überhaupt?“, fragte Sylvia.

„Kannst du dich wenigstens ungefähr erinnern, wann er gegangen ist?“

„Ich will wissen, was mit ihm los ist“, sagte Sylvia und stemmte sich mit den Armen am Tisch ab.

„Er ist tot.“

Sylvia fiel zurück auf die Bank und schlug die Hände vors Gesicht. Das Messer fiel zu Boden, und Rudi packte Ernesto an der Schulter.

„Ich habe ihn gefunden“, sagte Ernesto, während er versuchte, Rudis Unterarm von seiner Kehle wegzudrücken. „Lass mich los.“ Er stemmte sich von der Wand ab, fasste Rudis rechtes Handgelenk, und mit Schwung befreite er sich aus der Umklammerung. „Deshalb habe ich gefragt, wann er weg ist.“

„Ich weiß nicht.“ Sylvia schluchzte. „Jetzt kann ich mich an gar nichts mehr erinnern.“

„Die Polizei wird gleich hier auftauchen“, sagte Ernesto.

Der Typ mit den langen Haaren schob den Tisch von sich und stand auf.

„Karl, wo gehst du hin?“, fragte Sylvia.

„Hast ja gehört. Die Kieberer. Die stellen uns die Bude auf den Kopf, aber finden werden sie gar nichts."

„Erinnert sich jetzt einer, wann Friedl gegangen ist?"

Karl zuckte mit den Schultern und verließ den Raum.

„Du vielleicht, Rudi?"

„Was weiß ich? Halb fünf vielleicht. Es war jedenfalls noch nicht finster." Er hob das Messer auf und setzte sich an den Tisch. Aus einem Tetrapak goss er sich Wein in eine Kaffeetasse. „Wie ist er gestorben?" Er trank den Wein in einem Zug.

„Das soll euch Major Steinkellner erzählen. Hat Friedl irgendetwas gesagt, bevor er gegangen ist?"

„Was meinst du?" Rudi schob ihm eine Tasse hin und schenkte ein.

„Nein danke, keinen Wein", sagte Ernesto.

„Warte, ich mach dir einen Kaffee." Sylvia wischte sich die Tränen von den Wangen.

Rudi wollte sie umarmen, als sie aufstand, aber sie entzog sich ihm.

„Ist schon gut", sagte sie und begann wieder zu weinen. Schluchzend wusch sie die Caffettiera aus und füllte sie mit Kaffeepulver. Ernesto und Rudi sahen ihr schweigend zu. Sie stellte ein paar Gläser in die Abwasch, spülte eine Tasse aus und trocknete sie ab. Dann stellte sie die Tasse hin und drehte sich vom Herd weg.

„Ich muss ihn sehen", sagte sie und lief in den Vorraum.

Ernesto reagierte schneller als Rudi. Beinahe hatte er Sylvia eingeholt, als die Tür aufging und Major Steinkellner eintrat. Sylvia lief ihm in die Arme, und nur mit Mühe konnte Steinkellner es verhindern, dass sie an ihm vorbei ins Freie schlüpfte.

Kapitel 6

1

Am Samstagmorgen saß Ernesto alleine in der Redaktion. Die Müdigkeit drückte ihm auf die Augenlider, und selbst der extrastarke Kaffee konnte nichts dagegen ausrichten. Gestern, oder besser gesagt heute, war er erst nach vier Uhr nach Hause gekommen, hatte geduscht und sich kurz aufs Bett gelegt. Geschlafen hatte er nicht. Erst jetzt ebbte die Aufregung ab, und Ernesto spürte, wie erschöpft er war.

Während er die morgigen Seiten noch einmal durchging, überfiel ihn die Erinnerung. Nachdem Steinkellner und seine Leute in der Volksschule aufgetaucht waren, nahm Ernesto seinen Kaffee und ging ins Freie. Er setzte sich auf den Hackstock in der Nähe des Küchenfensters und rief in der Redaktion an. Franziska hatte die Fotos schon längst verworfen. Ernesto gab ihr seinen Bericht durch.

Die Polizei und der Staatsanwalt gingen von Mord aus. Jemand hatte Alfred „Friedl" Schatz in der Kornettkeusche auf Schloss Waldenstein in den Kopf geschossen. Der Tod war zwischen halb sieben und sieben Uhr abends eingetreten. Vom Täter und der Waffe fehlte noch jede Spur.

Ernesto rauchte eine Zigarette und trank seinen Kaffee, während in der Volksschule der Tumult weiterging. Sylvia gesellte sich zu ihm. Den Anorak fest um die Schultern gezogen, lehnte sie an der Hauswand. Sie schnorrte sich eine Zigarette von Ernesto, weinte und rauchte. Sie schwiegen.

Oben im ersten Stock wurde ein Fenster geöffnet, Decken und Polster purzelten ins Freie. Kleider flatterten durch die Luft und legten sich wie große Schmetterlinge auf das gefrorene Gras.

„Diese Schweine", sagte Sylvia leise.

Die Hausdurchsuchung dauerte über eine Stunde. Ernesto konnte es auch jetzt noch kaum fassen, welche Verwüstung die Beamten angerichtet hatten. Die Volksschule war schon vorher kein besonderer Hort der Ordnung und Sauberkeit gewesen. Aber danach lagen aufgebrochene Nudelpackungen auf dem Boden in der Küche. Das Kaffeepulver war über die Anrichte verteilt, und der Inhalt des Kühlschranks lag über das ganze Zimmer verstreut. Den Plastiksack, über den Ernesto im Vorraum gestolpert war, hatte jemand aufgeschlitzt. Der Müll ergoss sich fast bis zur Eingangstür. Es stank nach Verwesung.

Noch jetzt hatte Ernesto diesen Geruch in der Nase. Er scrollte auf die zweite Seite und überprüfte die Bildunterschriften. Die Reportage über die Grabsteine gefiel ihm ganz gut. Der Fotograf hatte einen interessanten Römerstein gefunden. Darauf waren mehrere Generationen derselben Familie verewigt. Der Vater trug noch einen eindeutig keltischen Namen. Der Vorname des Sohnes war schon latinisiert, und der Enkel hatte einen römischen Namen angenommen. Ein schönes Beispiel von Assimilation und Akkulturation aus dem ersten Jahrhundert nach Christus. Die Römer hatten das keltische Königreich Noricum annektiert, und binnen zweier Generationen hatte sich die Kultur gewandelt.

Als letzte Grabinschrift hatte Ernesto den Grabstein für Anna Söllner am Portal der Urnenkapelle am Friedhof von Wolfsberg gewählt. Die Grabinschrift lautete:

„Doch die Lieb' ist nicht geschieden.
Engel Gottes! Ruh in Frieden.
Anna Söllner
geb. 7. April 1806, gest. 30. August 1809
Das hoffnungsvolle und einzige Kind unserer Ehe.
Ihr Dasein gab uns höchste Freude, ihr Scheiden
größten Schmerz, der Glaube und die Hoffnung, sie
wiederzusehen, gibt alleine Trost.
Johann und Elisabeth Söllner."

An die Familie Söllner und ihr Schicksal erinnerte sich heute kaum noch jemand im Lavanttal. Dabei zählte die Familie sicherlich zu den interessantesten und gleichzeitig tragischsten Erscheinungen des 19. Jahrhunderts.

Johann Söllner reformierte den Obstbau und leitete gemeinsam mit seiner Gattin Elisabeth einen Kreis von Aufklärern und Freigeistern. Erzherzog Johann war regelmäßig bei ihnen zu Gast, und Elisabeth stand unter anderem mit Immanuel Kant in Kontakt. Der Tod ihrer Tochter allerdings zerstörte sie. In einem Brief vom 12. August 1812 an Johann Benjamin Erhard schreibt sie: „Die Natur schien mir ein weites Grab, und nur geschäftig hervorzubringen, um wieder zu verschlingen; der Schmetterling wie der Greis wandelten nur einen Weg, zum Grabe –, Kunst, Fleiß, Schönheit, Jugend, Tugend sogar, führte nur ein Weg, zum Grabe –; nur eins blieb ewig, – der Schmerz! – der ward nie begraben! – dies und noch tausenderlei solche Gedanken machen mir eine Stimmung, welcher kein Laut der Freude mehr entquoll, – tiefste Melancholie bemächtigte sich meiner Seele, – die Gegenwart machte mir Grauen und die Zukunft erschien mir als ewige Wiederholung der Gegenwart, – nirgend Trost, nirgend Ruhe –, nur Verwesung."

Am 14. Juli 1826 beging Elisabeth Söllner Selbstmord. Sie war fünfzig Jahre alt und, wie eine Obduktion zeigte, körperlich völlig gesund. Im Totenschein steht, ein „homo melancholicus in summo gradu" sei Elisabeth Söllner gewesen, und dies habe auch zur Selbsttötung geführt.

Ernesto machte sich eine Notiz. Als Ankündigung für die Mostbarkeitenmesse am kommenden Sonntag würde er etwas über Johann und Elisabeth Söllners Beitrag zum Wohlstand im Lavanttal schreiben. Eine Geschichte, die kaum jemand kannte.

2

Nach dem zweiten Kaffee rief Ernesto in der Klagenfurter Redaktion an und sagte der Sekretärin, er habe seine Arbeit für heute erledigt, und wenn noch jemand etwas von ihm wolle, dann erreiche er ihn am Mobiltelefon. Aber er hatte den Hörer kaum aufgelegt, als es läutete.

„Auer hier."

„Ich habe mich gerade abgemeldet."

„Nur ganz kurz. Wegen der Mordgeschichte."

„Mhmm."

„Gibt's da schon etwas Neues? In deinem Artikel steht gar nicht, ob sie bei der Hausdurchsuchung etwas gefunden haben."

„Nichts Relevantes", sagte Ernesto. „Ein bisschen Haschisch, ein paar Springmesser, aber keine Schusswaffen."

Die Polizei stöberte im oberen Stockwerk noch eine Frau auf. Roswitha Scherr, 46 Jahre alt. Sie hatte geschlafen, und während Steinkellner die anderen befragte, saß sie auf der Küchenbank und nickte wieder ein. Ernesto hatte den Verdacht, dass die Frau ziemlich zugedröhnt war. Die anderen Bewohner der Volksschule waren auch nicht nüchtern, aber wenigstens ansprechbar.

Steinkellner spulte sein übliches Programm ab und kam damit nicht allzu weit. Niemand hier hatte den geringsten Grund, der Polizei irgendetwas zu erzählen. Sylvia wiederholte immer nur, dass sie die Leiche sehen wolle, und Steinkellner verweigerte es ihr auch beim zehnten und zwanzigsten Mal.

Dann tauchte Wolfgang Havlicek auf, nahm Fingerabdrücke und suchte nach Schmauchspuren. Es schien ihm peinlich zu sein, als Ernesto an der Reihe war.

„Machen Sie nur", sagte Ernesto. „Ich habe nichts zu verbergen, und mir ist lieber, wir räumen einen möglichen Verdacht gleich aus."

„Ich würde Sie doch nie verdächtigen", sagte Havlicek.

„Sie vielleicht nicht, aber wer weiß schon, auf welche Ideen Ihr Kollege Steinkellner kommt."

„Machen Sie sich nicht verrückt, Valenti", sagte Steinkellner. „Die Sache wird sich sicher rasch aufklären."

Was das anbelangte, hatte Ernesto seine Zweifel. Wenn Havliceks vorläufige Ergebnisse stimmten, dann hatte keiner der Anwesenden Schmauchspuren an seinen Händen, und damit fielen er und die Bewohner der Volksschule als Tatverdächtige mehr oder weniger aus. Natürlich konnte der Täter oder die Täterin Handschuhe getragen und die Kleider gewechselt haben, aber dann mussten sich diese Handschuhe und Kleidung irgendwo finden lassen. Im Haus waren sie offenkundig nicht, und auch eine Nachschau entlang des Weges hatte nichts ergeben.

Die Durchsuchung des Schlosses hatte ebenfalls nichts gebracht, kein Verdächtiger, keine Waffe.

Der Tatort selbst lieferte eine Menge Hinweise. Soweit Havlicek das schon sagen konnte, gab es dort Fasern und Fingerabdrücke. Vor allem auf den Bierflaschen, die direkt unter dem vergitterten Fenster standen, hatte das Team mindestens vier unterschiedliche Sätze gefunden. Aber die Fingerabdrücke mussten nicht mit dem Mord in Zusammenhang stehen. Wie es aussah, hatte es hier öfters das eine oder andere Saufgelage gegeben.

Das Spritzmuster des Blutes und der Gehirnmasse zeigte, dass Alfred Schatz aus nächster Nähe direkt in die Stirn getroffen worden war. Der Angreifer musste in etwa gleich groß wie das Opfer gewesen sein. Ob es sich um einen Mann oder eine Frau handelte, konnte Havlicek nicht sagen.

Steinkellner machte weiter. In der nächsten Runde stellte er noch einmal die gleichen Fragen und blitzte wieder ab. Friedl war gegen halb fünf gegangen, vielleicht ein paar Minuten früher, vielleicht ein paar Minuten später. Nein, einen Schuss habe niemand gehört, und gesehen habe man auch nichts.

Ernesto blieb nur, weil er hoffte, Steinkellner würde bald aufgeben und ihm das Feld überlassen. Aber der Major dachte gar nicht daran. Immer und immer wieder fing er von vorne an, appellierte an ihr Gewissen, ihre Freundschaft mit Friedl, und als das nichts half, drohte er mit Untersuchungshaft.

Gegen drei Uhr packte Ernesto seine Jacke und verabschiedete sich. Die Temperatur war unter null Grad gefallen. Das Gras knirschte unter Ernestos Schritt, und weit oben am Himmel begannen die Wolken aufzureißen.

3

Am frühen Nachmittag legte sich Ernesto im Wohnzimmer auf die Couch. Es dauerte nicht lange, bis er eingeschlafen war. Diesmal plagte ihn keine Erinnerung an die vergangene Nacht. Er schlief traumlos und erwachte in der beginnenden Dämmerung des Abends durch das Läuten des Telefons.

Das Display zeigte Sonjas Namen.

„Ich schlafe", sagte Ernesto.

„Du träumst?"

„Ich glaub, ich schaff es heute nicht. Ich bin erst in der Früh nach Hause gekommen." Ernesto setzte sich auf und streckte sich. „Ich hab es dir noch gar nicht gesagt, aber es ist etwas Schreckliches passiert."

Er begann, vom gestrigen Abend zu erzählen, aber Sonja unterbrach ihn. Sie habe den Artikel schon gelesen. „Du klingst total fertig. Du solltest dich ausruhen", sagte sie.

„Aber das ist doch Unsinn. Wir haben ausgemacht, dass wir heute essen gehen."

„So wichtig ist das auch wieder nicht. Wir verschieben das auf Montag. Am Dienstag ist Allerheiligen. Da können wir ausschlafen."

„Es ist aber wirklich nichts", sagte Ernesto. „Ich bin jetzt wach. Wenn ich mich anziehe und losfahre, bin ich in einer Stunde bei dir, spätestens."

„Nein, hör zu, Ernesto, du musst kein schlechtes Gewissen haben. Mir ist das sogar recht, weißt du. Ich hätte heute sowieso abgesagt. Deshalb rufe ich eigentlich an."

„Was ist denn los?"

„Weihnachten ist los, und ich werde mit den Aufträgen nie fertig, wenn ich nicht am Wochenende arbeite. Ich habe da gerade eine Partie Duftlampen fertig und jede Menge Zeug, das glasiert werden muss."

„Ich kann ja trotzdem ..."

„Nein, ist schon gut", unterbrach sie ihn. „Komm am Montag."

Noch während er mit Sonja sprach, stand Ernesto auf und machte sich Kaffee. Dann setzte er sich auf den Küchentisch, die Füße stellte er auf die Sitzfläche des Stuhls, und sah nach draußen. Er erzählte Sonja vom gestrigen Abend und sagte, er würde trotzdem versuchen, morgen gegen Mittag bei ihr zu sein.

„Am Montag muss ich nicht unbedingt ins Büro. Ich kann bleiben und dir ein bisschen bei der Arbeit helfen."

Sie lachte.

„Nicht unbedingt in der Werkstatt, mit meinen zwei linken Händen."

„Schauen wir einmal." Sie lachte wieder. „Ich warte auf dich."

Nachdem Ernesto aufgelegt hatte, blieb er noch eine ganze Weile sitzen und beobachtete die Dämmerung, wie sie sich allmählich über die Hänge der Koralpe legte, wie die ersten Lichter aufflammten und sich der Tag allmählich zurückzog.

Seit er die Regionalredaktion im Lavanttal leitete, sah er Sonja öfter, vor allem aber telefonierten sie jetzt mindestens einmal am Tag miteinander. Heute Vormittag hatte er darauf vergessen, und er wusste, dass Sonja bemerkt hatte, was mit ihm los war. Er dachte an Friedl Schatz, an die Leiche, die mit dem Rücken zur Wand dalag, an das viele Blut. Sonja wusste Bescheid. Sie würde es verstehen, wenn er in den nächsten Tagen nicht anrief, sie nicht besuchte.

4

Es war jetzt halb fünf am Nachmittag, und Ernesto wusste, dass Viko bald im Lokal sein würde. Die Weinstube Raab sperrte am Wochenende offiziell erst um 18 Uhr auf, aber wenn man Stammgast war und an der Scheibe klopfte, dann kam man auch schon früher rein.

Das leere Lokal roch nach kaltem Zigarettenrauch. Aber als Viko die Lüftung einschaltete, verzog sich der Gestank ziemlich schnell. Vor Ernesto stand ein kunstvoll verzierter Cappuccino, und daneben lag ein selbstgebackener Linzerstern.

„Kleine Aufmerksamkeit in der Weihnachtszeit", sagte Viko.

„Wir haben erst Ende Oktober."

„Iss dein Keks, und dann red."

„Du hast mich in diese Scheiße hineingeritten."

„Ich habe mir schon gedacht, dass du vorbeikommst, wie ich heute die Zeitung gelesen habe."

„Erzähl einmal. Wie seid ihr beiden Schlaumeier auf die Idee gekommen, mir dieses Buch aufs Aug zu drücken?"

„Hab ich dir schon gesagt, oder? Du bist der einzige Schreiberling, den ich kenne."

„Das ist alles, was dir dazu einfällt?"

Viko zuckte mit den Schultern.

„Ist jetzt auch völlig nebensächlich." Ernesto schüttete Zucker in seinen Cappuccino und rührte um. „Folgendes. Friedl hat mir eine Geschichte erzählt. Er hat jemanden krankenhausreif geschlagen, weil der versucht hat, eine junge Frau zu vergewaltigen."

„Ah, die Geschichte. Das hat er gerne erzählt, da war er Türsteher in der Schickeria, glaube ich."

„Exakt", sagte Ernesto. „Ich brauch den Namen von diesem Typ. Am besten auch noch Adresse und Telefonnummer."

„Du glaubst, der hat ihn ...?" Viko fuhr sich mit der Handkante über die Gurgel.

„Irgendwo muss ich anfangen, und der gibt einen ganz guten Verdächtigen ab. Er hat jedenfalls ein Motiv, ob er auch eine Gelegenheit hatte, wird sich weisen."

„Woher soll ich wissen, wie der heißt? Vielleicht lebt der gar nicht mehr."

„Aber dir fällt doch sicher jemand ein, der das wissen könnte. Kennst du nicht die ehemaligen Pächter der Schickeria?" Ernesto kratzte sich an der Stirn.

„Die sind schon lange geschieden. Die Maria hat eine Bar in der Johann-Offner-Straße, und den Josef, den hab ich ewig schon nicht mehr gesehen. Warte einen Moment." Viko kramte in einer Schublade, nahm einen Stapel Papier heraus, befeuchtete seinen Daumen und blätterte in den Zetteln. Ernesto schlürfte von seinem Cappuccino und fragte sich, ob das wirklich eine Spur war.

„Hier, seine Handynummer. Ich ruf ihn gleich an."

Im Gang hinter der Theke krachte etwas Hartes auf die Fliesen. Eine Tür wurde geöffnet, und Ernesto hörte undeutliche Stimmen. Es dauerte nicht lange, bis ein junger Mann auftauchte. Er schleppte eine Verstärkerbox, stellte sie ab und wischte sich das Haar aus dem Gesicht.

„Tut mir leid", sagte er. „Mir ist ein Ständer umgefallen, ist aber nichts passiert."

Viko nickte ihm zu und hielt sich weiter den Hörer ans Ohr. Offensichtlich hatte am anderen Ende gerade jemand abgehoben.

„Josef?“, begann er. „Viko hier. Du ... Ja, ewig nicht gehört ... Geht so, eh okay, hör zu, warum ich anrufe ... Ja, genau, eine Schande. Hat er nicht verdient, der Friedl ... Du, kannst du dich erinnern, wie du und die Maria die Schickeria gehabt habt, da war der Friedl doch Türsteher ...“ Viko nickte Ernesto zu. „Ja eben, genau um diese Geschichte geht's. Hast du eine Ahnung, wie der Typ geheißen hat? ... Nein? Okay, falls es dir noch einfällt, ruf mich an. Oder komm vorbei, und wir trinken was.“

Mittlerweile waren noch zwei junge Männer mit Gitarren und Teilen eines Schlagzeugs aufgetaucht. Sie rückten ein paar Tische zur Seite und begannen, das Equipment aufzubauen.

„Halloweenparty“, sagte Viko. „Später schminken sie sich noch.“

„Na bravo. Er kann sich an den Namen auch nicht erinnern, oder?“

„Frag doch deinen Kieberer, den Steinkellner.“

„Das ist keine so knusprige Idee, glaub ich“, sagte Ernesto. „Ich will ihn nicht auf irgendwelche dummen Gedanken bringen.“

„Dann frag die Maria, wenn sie aufmacht. Die hat ihr Hirn noch nicht versoffen wie der Josef.“

„Später vielleicht. Ich mach jetzt noch einen Abstecher nach Waldenstein. Aber wir zwei sehen uns heute noch.“

5

Das ehemalige Klassenzimmer lag im Dunkeln. Nur auf einem Beistelltisch brannte eine Nachttischlampe, und Ernesto musste vorsichtig sein, um nicht über irgendein Gerümpel zu stolpern. Direkt vor ihm stand eine Schachtel mit Kleidern, die nicht besonders gut rochen. Er machte einen Bogen darum und hätte beinahe einen Stapel dreckiges Geschirr umgestoßen. Vor ihm auf der Couch lag Sylvia. Sie hob eine Hand, als sie Ernesto bemerkte, und versuchte sich aufzurappeln. Aber ihr Arm rutschte weg, und sie sackte wieder zurück auf den Polster. Sie stöhnte.

„Mach dir keine Umstände“, sagte Ernesto und ließ sich im Ohrensessel daneben nieder. Er überschlug seine Beine, kramte die Zigarettenschachtel hervor und hielt sie Sylvia hin. Dabei sah er den Tetrapak Rotwein und eine angebrochene Schachtel Rohypnol.

„Wie geht es dir?“, fragte Ernesto und gab ihr Feuer.

Sie sah ihn an. Ihre Pupillen waren so geweitet, dass Ernesto kaum etwas von der Iris sehen konnte. Er fragte sich, wie viele Tabletten sie wohl schon mit dem Rotwein hinuntergespült hatte. Sie sog heftig an der Zigarette, sodass die Spitze hellrot aufleuchtete. Dann ließ sie sich wieder zurück aufs Sofa fallen.

„War die Kriminalpolizei heute schon hier?“, fragte Ernesto.

Sie schüttelte den Kopf.

„Nicht einmal ansehen durfte ich ihn“, sagte sie lallend.

„Das ist auch besser so“, sagte Ernesto.

„Das Tor haben sie verschlossen.“

„Seine Leiche ist schon längst in der Gerichtspathologie in Graz.“ Ernesto stippte die Asche in eine leere Bierdose. Er fragte sich, ob diese Unterhaltung überhaupt einen Sinn hatte.

„Ich habe ihn aber trotzdem gesehen.“ Sie versuchte sich wieder aufzusetzen. „Heute Vormittag war er da. In der Küche. Furchtbar." Sie wischte sich eine Träne von der Wange. „So viel Blut."

„Wann hast du damit angefangen?" Ernesto hob die Schachtel Rohypnol auf und hielt sie ihr unter die Nase.

„Och", machte Sylvia. „Irgendwo sind noch welche, bedien dich."

„War sonst irgendwer hier?"

Sie schüttelte den Kopf.

Von draußen kamen Schritte. Füße raschelten durch den Dreck, der seit gestern im Vorraum verstreut lag. Ernesto sah zur Tür. Eine Frau mit wirren Haaren streckte ihren Kopf herein, und im spärlichen Licht sah Ernesto ihre scharfen Gesichtszüge.

„Lass sie in Ruh", sagte die Frau. „Die ist total dicht."

„Renate?", riet Ernesto. Er hatte gestern ein paar Namen aufgeschnappt, aber wie immer hatte er sie sich nicht gemerkt.

„Roswitha", sagte die Frau.

„Tschuldige. Mein Namensgedächtnis ist ziemlich am Arsch."

„Schlecht für einen Journalisten."

„Komm her." Sylvia fuchtelte mit dem Arm. „Komm her zu mir, Schatzi."

Roswitha schlängelte sich zwischen Kartons und Kleiderstapeln hindurch und setzte sich neben Sylvia. Sie suchte ein leeres Glas und schenkte sich Rotwein ein.

„Trinkst du nichts?" Ihre Stimme war etwas fester als Sylvias, aber nüchtern war Roswitha auch nicht mehr.

Ernesto schüttelte den Kopf und hielt ihr die Zigarettenpackung hin.

„Du hast ihn gefunden?“

Ernesto nickte.

Sylvia umarmte Roswitha und schluchzte kurz auf. Dann nahm sie Roswitha das Glas aus der Hand und trank es in einem Zug leer.

„Aus der bekommst du heute nichts mehr heraus“, sagte Roswitha.

„Und was ist mit dir?“

„Ich knall mir jedenfalls keine Benzos in die Birne.“

Wenn Ernesto an gestern Nacht dachte, war er sich da nicht so sicher. Roswitha war kaum ansprechbar gewesen. Sie war mit nackten Füßen draußen im Schnee gestanden. Wenn nicht Benzodiazepin, dann nahm sie etwas anderes, und was immer es war, sie ging nicht gerade sparsam damit um.

„Besonders gut gekannt hab ich den Friedl nicht“, sagte sie. „Aber wenn man zusammenwohnt.“ Sie zuckte mit den Schultern. „Die blauen Flecken hat sie jedenfalls nicht, weil sie wo ang'rennt ist.“ Roswitha deutete einen Faustschlag an.

„Mhmm“, machte Ernesto.

„Wenn sie sich darüber aufgeregt hat, wenn er wieder in der Früh heimgekommen ist.“ Sie ließ ihre Faust durch die Luft sausen. „Du musst schon ziemlich bedürftig sein, wenn du dich mit so einem einlässt.“

„Und sonst? Hat er dich auch geschlagen?“

„Mich?“ Sie blies den Rauch der Zigarette heftig aus. „Das hätte er versuchen sollen. Bin nicht sicher, ob er die Antwort vertragen hätte.“

„Über einen Toten redet man nicht schlecht“, meldete sich Sylvia und küsste Roswitha auf die Wange.

„Wäh. Pfui Teufel“, sagte Roswitha und wischte sich die Spucke aus dem Gesicht.

„Hat sonst noch irgendwer Wickel mit ihm gehabt?“

„Du bist genauso lästig wie die Bullen.“

„Ich stell euch aber nicht die Bude auf den Kopf“, sagte Ernesto. „Und wenn du mir etwas erzählst, wanderst du nicht gleich in den Knast. Was glaubst du, warum Friedl mit mir reden wollte?“

„Du hast ihm die Kugel verpasst“, sagte Roswitha.

„Ja, sicher“, sagte Ernesto. „Was für einen Grund hätte ich?“

„Grund? Bah. Was weiß denn ich. Der Jölli hat doch auch keinen Grund, auf dem Friedl herumzuhacken, und trotzdem macht er es.“

„Welcher Jölli?“

„Der Chef vom Bergwerk. Der hat es auf den Friedl abgesehen. Würde mich nicht wundern, wenn der ihn umgebracht hat.“

„Jetzt musst du dich schon entscheiden. Ich oder der Jölli.“

„Vielleicht wart ihr es auch zusammen.“

„Ihr wart es zusammen“, lallte Sylvia. „Ihr wart es zusammen, zusammen“, schrie sie und versuchte, sich auf Ernesto zu stürzen. Ernesto stand auf und fing ihre Arme in der Luft ab, drückte sie wieder auf die Couch zurück.

„Das ist absurd“, sagte er, während er versuchte, Sylvia festzuhalten. Sie konnte sich seinem Griff entwinden und schlug mit ihrer zur Kralle gekrümmten Hand nach seinem Gesicht. „Jetzt ist aber gut“, sagte er und fing ihren Arm wieder ein.

„Du musst ihr ein paar knallen“, sagte Roswitha. „Dann gibt sie Ruhe.“

„Kommt ja gar nicht infrage.“ Ernesto stieß Sylvia von sich und brachte sich außer Reichweite ihrer Arme.

Sie wand sich und drehte sich. Dann hatte sie sich so weit im Griff, dass sie aufsitzen konnte. Aber als sie aufzustehen versuchte, gaben die Beine nach, und sie sackte wieder zurück.

„Arschloch", sagte sie und griff nach dem Tetrapak. Sie goss sich den Wein in den Mund, konnte aber nicht schnell genug schlucken, und deshalb lief er ihr aus den Mundwinkeln und über die Brust. Sie beugte sich vor und spuckte den Wein aus. Dann drehte sie sich zur Seite und erbrach sich.

Der Geruch von saurem Wein stieg auf. Ernesto hörte Sylvia, wie sie würgte und ausspuckte. Dann nur mehr ihr Keuchen.

„Scheiße", sagte sie und übergab sich noch einmal.

Nach einer Weile setzte sie sich wieder auf, wischte sich mit dem Handrücken über den Mund und spuckte seitlich aus. Sie nahm einen Schluck Wein, atmete durch.

„Hast du eine Zigarette für mich?", fragte sie.

Sie wechselten vom Klassenzimmer in die Küche. Roswitha kochte Kaffee, und Sylvia schnorrte sich noch eine Zigarette aus Ernestos Päckchen. Die zerplatzten Nudelpackungen lagen immer noch am Boden. Die Nudeln krachten, wenn Roswitha auf sie trat, aber das schien sie nicht weiter zu stören.

„Zucker?"

Ernesto nickte. Er steckte sich die nächste Zigarette an, noch bevor er die letzte abgetötet hatte. Der Geruch nach Erbrochenem und der Gestank des Mülls im Vorzimmer waren anders nicht auszuhalten.

„Saustall, verdammter", sagte eine Männerstimme, und Ernesto hörte, wie jemand gegen einen Plastikbecher kickte. „Waren das die Bullen?"

„Reg dich ab, Armin", rief Sylvia und hustete.

„Ihr könntet trotzdem einmal aufräumen, verdammt noch einmal." Armin hielt sich die Nase zu, als er die Küche betrat. „Hier schaut's vielleicht aus."

„Ich hab echt was Besseres zu tun als zu putzen“, sagte Sylvia. „Hast du es noch nicht gehört?“ Sie begann zu weinen.

„Entschuldige.“ Er kam zu ihr und nahm sie um die Schultern. „Deshalb bin ich ja hier.“

Sylvia legte ihren Kopf an seine Brust.

„Und Sie?“ Armin sah dabei Ernesto an.

Ernesto stellte sich vor und trank zwischendurch einen Schluck von seinem Kaffee. Diesmal schmeckte er besser als beim ersten Mal. Gewöhnungssache, dachte er. „Sie sind Armin Taferner, wenn ich mich nicht irre“, sagte Ernesto dann. „Betriebsratsvorsitzender der Thonhauser KG.“

„Stellvertretender Geschäftsführer, schon seit fünf Jahren.“

„Beeindruckend.“ Ernesto hob eine Augenbraue.

„Er ist der beste Freund vom Friedl“, sagte Sylvia und schluchzte.

„Und der älteste“, sagte Armin. „Ich war heute Vormittag noch in Zagreb, auf Geschäftsreise. Aber als ich die Nachricht gehört habe, bin ich sofort zurückgefahren.“

Kapitel 7

1

Die Bar befand sich im Innenhof eines Hauses in der Johann-Offner-Straße. Ernesto blieb davor stehen und sah zu dem Wappenschild hinauf, das das Renaissanceportal schmückte. Die wenigsten Besucher der Bar dürften der Inschrift je auch nur die geringste Aufmerksamkeit geschenkt haben. Ernesto wusste jedoch so gut wie alles, was es darüber zu wissen gab. Der Text besagte, dass Lorenz Schnepf, Vizedom des Hochstiftes Bamberg, und seine Frau Felicitas Schemlin dieses Haus 1558 erbauen ließen. Lorenz Schnepf stammte aus Staffelstein in Oberfranken. Er war nicht von Adel und konnte sich nur durch Intelligenz und durch Intrige im Reich der bambergischen Bischöfe nach oben arbeiten. Urkundlich ist er erstmals 1555 erfasst. Damals war er noch Sekretär des Vizedoms in Wolfsberg. Wenig später allerdings musste er die Stelle selbst eingenommen haben.

Ernesto trat durch das Portal in eine lange Torpassage. Linker Hand hatte es bis vor ein paar Jahren eine Holztür gegeben, durch die man in ein Kellergewölbe gelangte. Der Weinkeller des Lorenz Schnepf, fertiggestellt 1560. Jetzt diente der Weinkeller als Disco. Eine Genugtuung für den Geist des alten Vizedoms, der angeblich immer noch durch das Gebäude spukte.

Die Geschichte von den Geistererscheinungen im ehemaligen Haus des Lorenz Schnepf war einer der ersten Artikel, den Ernesto für die Kärntner Tagespost geschrieben hatte. Er war damals sechzehn und hatte im Grunde keine Ahnung von Journalismus. Er hatte nur einen Artikel in der Schülerzeitung „Fliegenklatsche" veröffentlicht. Darin beschuldigte er eine Professorin des Bundesoberstufenrealgymnasiums, die Unterlagen für die Mathematura an Schüler verkauft zu haben.

Die Sache erzeugte einen gehörigen Wirbel, und die Zeitungen brachten die Geschichte. Der damalige Redakteur des Regionalbüros der Kärntner Tagespost rief Ernesto an. Bei seinem ersten Besuch in den Redaktionsräumen war Ernesto ein wenig mulmig. Da wurde tatsächlich eine richtige Zeitung gemacht, nicht so ein kopiertes Schmierblatt wie die Fliegenklatsche. Was, wenn der Redakteur ihn auseinandernahm, ihn vorführte und ihm klarmachte, dass sein Artikel nicht nur schlecht recherchiert und miserabel geschrieben war, sondern dass er sicher mit einer Anzeige der Lehrerin und möglicherweise sogar mit einem Schulverweis rechnen musste?

Aber nichts dergleichen geschah. Der Redakteur sah sich Ernestos Recherchen an und fragte ihn, ob er nicht als freier Mitarbeiter bei der Kärntner Tagespost anfangen wolle. Er schickte Ernesto in den Innenhof des ehemaligen Hauses von Lorenz Schnepf. Es ging das Gerücht, es spuke hier. Ganz besonders in dem Lokal ganz hinten rechts sollten die Geister ihr Unwesen treiben, berichtete eine weiße Hexe. So nannte sich diese Frau jedenfalls. Als Ernesto sich mit ihr traf, trug sie schwarze Hosen und einen schwarzen Umhang, ihr Haar war schwarz gefärbt und ihr Lidschatten war ebenfalls schwarz. Das einzig Weiße an ihr war ihre Haut, die offenbar schon seit Jahren keine Sonne mehr gesehen hatte.

Gläser sprangen von den Regalen, erzählte sie, Kerzen flackerten auf, und immer wieder waren Schritte zu hören, obwohl sich niemand im Raum bewegte. Das erzählte auch der damalige Pächter des Lokals. In den anderen Teilen des Gebäudes ging es dem Vernehmen nach noch wilder zu.

Die weiße Hexe hatte dazu auch eine Theorie. Bei Bauarbeiten im angrenzenden Klostergebäude hatte man die Totenruhe gestört, und deshalb machten sich jetzt die Seelen der dort ermordeten Kinder bemerkbar.

Tatsächlich hatte man bei Umbauarbeiten in der Stadtgalerie menschliche Überreste gefunden. Im Boden der Altarapsis der ehemaligen Klosterkirche wurde ein Grab mit mehreren Kinderschädeln entdeckt. Die Hexe meinte, Lorenz Schnepf hätte gemeinsam mit den Mönchen satanistische Rituale abgehalten, und die Überreste der Toten hätte man hier verscharrt, hier, wo nie jemand nachsehen würde.

Ernesto hielt diese Theorie für Unfug, aber er schrieb, was die weiße Hexe und der Lokalbetreiber ihm erzählten.

Als er jetzt vor dem Eingang des Lokals stand, erinnerte er sich daran. Erinnerte sich an seine Recherchen über Lorenz Schnepf und die toten Kinder und wie er herausgefunden hatte, dass Lorenz Schnepf gar nichts mit den Kindern zu tun haben konnte, weil sie über hundert Jahre nach ihm gelebt hatten.

Die Tür knarrte, als Ernesto das Lokal betrat. Über der Theke stand eine Rauchwolke, und die Frau am Bierhahn ließ eine Zigarette im Mundwinkel wippen, während sie einschenkte. Sie drehte sich zu Ernesto.

„Was kriegst du?“

„Einen Kaffee.“ Ernesto stellte sich an den Rand der Theke. „Ich nehme an, Viko hat schon angerufen.“

„Der Journalist?“ Die Zigarette klebte an der Unterlippe und bewegte sich bei jeder Silbe.

„Genau der.“

„Was für eine Scheißgeschichte. Mitten in den Kopf. Ist das zu fassen?“ Sie streckte ihm die Hand über die Theke entgegen. „Maria. Aber das weißt du ja schon.“

Ernesto sah sich die anderen Gäste an. Gleich links von ihm lehnte ein Mann mit zerfurchtem Gesicht, vielleicht um die fünfzig. Er sah geradeaus, senkte dann seinen Kopf und schien irgendetwas in seinem Bierglas zu beobachten. Weiter hinten in einer Ecke saßen ein Mann und eine Frau. Die Kerze auf ihrem Tisch erhellte ihre Gesichter nur schwach. Auf dem Tisch standen eine Flasche Prosecco und zwei Gläser. Ein Liebespaar, dachte Ernesto. Sonst war hier nichts los.

„Was willst du wissen?“, fragte Maria.

„Wen Friedl damals zusammengeschlagen hat in der Disco.“

„Da musst du schon ein bisschen genauer werden. Der Friedl hat schnell einmal zugeschlagen.“

„Ich meine die Vergewaltigung.“

„Ah, die Vergewaltigung. Das war der Bernie. Den hat er fast totgeschlagen damals.“

„Hat der Bernie auch einen Nachnamen?“

„Glaubst du, ich merk mir so etwas? Ich hab keine Ahnung.“ Sie drehte sich weg und schenkte sich einen Schluck Rotwein ein.

Ernesto drehte sich um, als die Tür aufging. Eine Gruppe verkleideter Männer betrat das Lokal. Die Gesichter weiß geschminkt, schwarze T-Shirts, auf denen Skelette aufgedruckt waren. Der erste knallte seinen Hut auf die Theke und bestellte eine Runde Bier.

„Wir sind die lebenden Toten“, sagte er und versuchte ein schauriges Lachen.

Hinter den Männern war noch eine Gruppe Jugendlicher eingetreten. Mädchen, die sich Knochen in die Haare geflochten hatten, und Burschen mit Freddy-Krueger-Masken. Einer der Burschen beugte sich vor und streifte Ernesto beinahe. Aus der Nähe sah die Imitation verbrannter Haut eher aus wie geschmolzener Käse. Ernesto wich aus, und jetzt erst sah er, dass noch jemand aufgetaucht war.

Ein großer Mann mit einem enormen Bauch schob sich auf Ernesto zu, schlug ihm auf die Schulter und drängte die anderen Gäste beiseite.

„Walter“, sagte Ernesto. „Da sehen aber die Halloweenmonster blass aus, wenn du auftauchst.“

„Nicht frech werden. Ein Bier, Maria.“

„Du hast es schon gehört?“

„Nicht, dass mich das besonders wundert. Er war eine Krätze.“

„Okay“, sagte Ernesto. „Klingt, als ob ihr beide ganz große Freunde gewesen wärt.“

„Ha.“ Walter nahm einen großen Schluck von seinem Bier.

„Und? Ist er dir in die Quere gekommen?“

„Erzähl lieber, wie du ihn gefunden hast.“

„Lies die Zeitung“, sagte Ernesto.

„Sag einmal, Walter“, mischte sich Maria ein. „Kannst du dich noch an den Namen von dem Typen erinnern, den der Friedl krankenhausreif geschlagen hat, damals in der Disco? Der Typ, der das Mädchen vergewaltigen wollte?“

„War das nicht der Bernie?“

„So weit waren wir auch schon“, sagte Ernesto. „Aber der Typ hat sicher auch einen Nachnamen.“

„Ihr könnts Fragen stellen. Vallant, glaub ich, heißt der. Aber warum wollt ihr das wissen?“

„Irgendwer hat den Friedl erschossen“, sagte Ernesto.

„Der Bernie Vallant?“ Walter lachte. „Das ist nicht dein Ernst, oder? Das ist doch schon ewig her, und ich glaub nicht, dass sich der auch nur in die Nähe vom Friedl getraut hätte.“

„Soll ich dich jetzt darauf hinweisen, dass du dir widersprichst? Entweder ist das schon so lange her, dass keiner mehr daran denkt, oder dieser Bernie Vallant hat immer noch Angst. Beides kannst du nicht haben.“

„Ach, leck mich doch am Arsch.“ Walter verwarf die Hand. „Hast du dich schon einmal gefragt, von was der Friedl so gelebt hat, du Superdetektiv?“

„Von der Mindestsicherung, nehme ich einmal an.“

„Ja, sicher. Da könnt man gerade glauben, du bist genauso blöd, wie du ausschaust.“

„Ist er dir vielleicht in die Quere gekommen?“ Ernesto sah Walter herausfordernd an. „Hat er dir deine Kunden ausgespannt? Ein bisschen mitgemischt im Schneegeschäft?“

„Mach dich nicht lächerlich“, sagte Walter und streckte Ernesto seinen Bauch entgegen. „Meine Kunden gehen zu keinem anderen Dealer. Die sind ja nicht deppert.“

„Was hat er dann gemacht?“

„Also, ich hab das auch nur gehört, verstehst du?“

„Was hast du gehört?“

„Man redet halt so. Aber angeblich soll der Friedl ein paar Sachen gewusst haben, die ein paar Leuten ziemlich peinlich waren.“

„Er hat sie erpresst? Wen genau hat er erpresst?“

„Was weiß denn ich?“

„Jetzt hab dich nicht so. Dir werden doch ein paar Namen einfallen.“

„Ich werd dir die Namen meiner Kunden verraten, so weit kommt's noch."

„Dann schuldest du mir einen Gefallen weniger", sagte Ernesto.

„Bah. Du bist vielleicht ein Arschloch."

„Wenn ich einmal viel Zeit hab, dann erinnere mich, dass ich dich bemitleide."

„Wichser."

„Also, spuck es aus", sagte Ernesto.

„Aber von mir hast du das nicht, verstanden?"

„Ich verrate meine Informanten nicht." Ernesto schnaufte.

„Kennst du den Rechtsanwalt?"

„Welchen?"

„Den Landtagsabgeordneten."

„Den Wutscher?"

„Genau den."

„Was ist mit dem?"

„Den würde ich an deiner Stelle einmal genauer unter die Lupe nehmen", sagte Walter. „Und seinen Kumpel, den Dohr, diesen Doktor, den solltest du dir auch anschauen. Ich würde jedenfalls sagen, die hatten viel mehr Grund, dem Friedl das Licht auszublasen, als sonst wer."

2

Ungefähr eine Stunde später war Ernesto zurück in der Weinstube Raab. Das Halloweenkonzert hatte schon begonnen, und das Lokal war so voll, dass man sich kaum umdrehen konnte. Drüben bei der Dartscheibe hatte sich die Schwarze Truppe gesammelt. So nannte Ernesto die Anhängerschaft eines Malers, die sich, wie ihr Idol, immer und überall in schwarze Jeans, schwarze T-Shirts und schwarze Jacken kleidete.

Die Band hatte sich ebenfalls in Schwarz gewandet. Der Sänger ließ sein langes Haar tief über die Stirn hängen, sodass man weder sein Gesicht noch die Hand mit dem Mikrofon sehen konnte. Nur das Röhren, wie von einem waidwunden Hirsch, drang unter dem Haarvorhang hervor. Der Gitarrist schnellte seinen Kopf im Takt nach vor und zurück. Sein Haar klatschte einmal auf seine Brust und dann wieder auf seinen Rücken.

Viko grüßte Ernesto mit einem Nicken, während er über die Theke hinweg ein Tablett mit Bier- und Weingläsern an einen Kellner reichte. Am Tisch neben der Jukebox saß ein alter Bekannter. Dieter Gressl, besser bekannt als Eisenbahnerdieter, weil er bis zu seiner Frühpensionierung bei der Eisenbahn gearbeitet hatte und noch heute gerne wilde Geschichten von seinen Fahrten auf den Dächern der Waggons erzählte. Bei einer dieser Fahrten, oder war es bei Verschubarbeiten, Ernesto erinnerte sich nicht mehr genau, wurde Dieter schwer verletzt. Irgendetwas zertrümmerte ihm die Schädeldecke, und seitdem schützte eine Metallplatte sein Gehirn.

„Servas“, brüllte Dieter, als er Ernesto sah, stand auf und umarmte ihn. Sein Griff war eisern, und Ernesto beugte sich unter dem Schwitzkasten, damit ihm Dieter nicht die Halsschlagader abdrückte.

„Und?“ Dieter klopfte auf den freien Platz neben sich. „Was sagst du zu dem neumodischen Gejaule?“

„Ich hör lieber Klassik. Stones und so“, brüllte Ernesto zurück.

„Feste Scheiße mit dem Friedl.“

„Kannst du laut sagen. Hast du ihn gut gekannt?“

„Wie man jemanden kennt, der dauernd im Häfn sitzt. Aber sechs Jahre waren wir zusammen in Australien.“

Ernesto nickte. Australien, natürlich. Jedes Mal, wenn er erwischt wurde und ein paar Monate absitzen musste, machte Dieter eine Australienreise.

„Sechs Jahre Australien?“, brüllte Ernesto. „Wie hast du dir denn das verdient?“

„Raubüberfall.“ Dieter schüttelte den Kopf, dann zeigte er auf die Stelle, wo die Metallplatte in seinem Schädel saß. „Du weißt ja.“

„Dass du sie nicht mehr alle hast, ist keine gute Ausrede.“

Dieter grinste.

„Hör zu. Gehen wir ins Tanger, da ist es nicht so laut“, sagte Ernesto.

Draußen auf der Straße sah Ernesto, dass Dieter schon ein bisschen Schlagseite hatte. Er hielt sich am Geländer der Radlstegbrücke fest und atmete heftig. Ernesto hielt ihm seinen Arm hin, aber Dieter schüttelte den Kopf.

„Ich bekomm in letzter Zeit so schwer Luft“, sagte er. „Wasser in der Lunge, sagt der Doktor.“

Sie gingen langsam weiter. Erst jetzt im Freien nahm Ernesto den Geruch wahr. Dieters Kleidung verströmte den Gestank von getrocknetem Urin und altem Mann.

„Lass dir Zeit“, sagte Ernesto.

Auf dem Gassersteig entlang der Lavant tauchten zwei Gestalten auf. Sie trugen Hörner auf dem Kopf, und als sie sich bewegten, hörte Ernesto die Glocken, die sie sich um den Bauch gebunden hatten. Perchten zu Halloween.

Im Café Tanger fanden sie ganz hinten bei den Toiletten einen Platz. Immer wieder quetschten sich Leute an ihnen vorbei, und die Kellnerin brauchte über eine halbe Stunde, bis sie Dieter und Ernesto bemerkte.

„Sechs Jahre in der Karlau", nahm Ernesto das Thema wieder auf.

„In Australien", sagte Dieter. „Wir haben direkt nebeneinander gewohnt und zusammen gearbeitet."

„Was hat er dir erzählt?"

„Dass er unschuldig ist. Das hat er immer wieder gesagt."

„Wahrscheinlich sagen das alle."

„Nein." Dieter schüttelte den Kopf. „Wenn du lange genug einsitzt, dann vergeht dir das Lügen."

„Mhhm", machte Ernesto.

„Ich habe ihm geglaubt. Nicht nur, weil er immer wieder davon angefangen hat. Er hat immer wieder Einsprüche gemacht. Ich glaub, er hat sogar studiert. Aber eines sage ich dir. Er hat vielleicht seine Frau nicht umgebracht, aber unschuldig war er nicht."

„Was meinst du?"

„Diesen Spruch, den hat er dauernd gesagt. Ich wurde nicht als Mörder geboren. Hat er dich auch damit genervt? Wer wird schon als Mörder geboren. So ein Schwachsinn."

Ernesto antwortete nicht.

„Weißt du, was ihm wirklich das Genick gebrochen hat?", fuhr Dieter fort.

„Keine Ahnung", sagte Ernesto.

„Er hat das Gleiche vorher schon einmal gemacht. Weißt du, er hatte vor seiner Frau schon ein paar Freundinnen und eine davon ..."

„Hat er umgebracht?"

„Nein, das nicht." Dieter trank sein Bier aus und bestellte ein neues. Dann begann er zu erzählen. Friedls damalige Freundin stammte von einem Bauernhof im Weißenbachgraben. Als sie einander kennenlernten, war sie sechzehn und machte eine Lehre als Verkäuferin bei einem Fleischhauer in St. Jakob. Dort dürften sie einander auch zum ersten Mal begegnet sein. Friedls Vater war Fleischhauer, und damals arbeitete er noch gelegentlich.

Dem Mädchen musste der junge Bursche gefallen haben. Er war groß und muskulös, fuhr ein Moped, und er verdiente schon sein eigenes Geld.

„Was weiß ich, was die an ihm gefunden hat", sagte Dieter. „Er war damals schon ein Gauner. Da ein Bruch, dort eine Rauferei. Im Häfn war er da auch schon für ein paar Monate."

Das Mädchen bewunderte Friedl maßlos. Die Einwände ihrer Eltern interessierten sie nicht. Ja, Friedl war ein wilder Kerl, aber er war auch ein richtiger Mann. Sie wollte nicht mit so einem Langweiler zusammen sein. Und überhaupt verstand sie nicht, warum sich ihr Vater so aufregte.

Am Wochenende zogen die zwei durch die Lokale, betranken sich und tanzten in der Schickeria bis zum Morgengrauen. Oder sie trafen sich mit Friedls Freunden und feierten irgendwo eine Party. Manchmal gingen sie einfach in den Stadtpark oder ins Trattl, setzten sich dort auf die Bänke und tranken billigen Rotwein und rauchten Joints, bis die Nacht hereinbrach und die Polizei sie vertrieb.

An einem heißen Augusttag zog sich Friedl nackt aus und setzte sich in den Springbrunnen im Trattlpark. Passanten verständigten die Polizei, und als Friedl das Blaulicht sah, sprang er aus dem Brunnen und lief nackt den Gassersteig hinauf und über den Hohen Platz bis zu seiner Wohnung.

„Eine Heldentat“, sagte Ernesto.

„Das fand die Kleine auch“, sagte Dieter. „Aber was danach kam, das fand sie nicht mehr so witzig.“

Eines Tages warf Friedl seine Freundin aus dem Fenster. Sie landete zwei Stockwerke tiefer in einem Kletterrosenbeet. Das rettete ihr das Leben, wie die Ärzte später behaupteten. Aber die Dornen fuhren ihr tief in die Haut, zerrissen ihr das Gesicht.

„Sie hat Glück gehabt“, sagte Dieter. „Sie hat sich nicht einmal etwas gebrochen. Nur geblutet hat sie. Wie eine abgestochene Sau. Narben im Gesicht verheilen gut, sagt man, und über die anderen Narben muss sie halt etwas drüberziehen. Aber dem Friedl haben sie das immer wieder vorgehalten. Ein Wiederholungstäter. Du verstehst.“

Kapitel 8

1

Aus dem Nebel tauchten schwarze Helmbüsche auf. Sie wirkten wie die Schwanzfedern toter Krähen, wie sie da vor sich hin wippten. Die Männer unter den Helmen sah Ernesto erst, als er auf Armeslänge an ihnen vorbeifuhr. Sie trugen Instrumente, eine Tuba, Klarinetten und Trompeten.

Am Parkplatz vor dem Friedhof fädelte Ernesto sich zwischen einen BMW und einen kleinen Fiat. Menschen standen wie Schatten im Nebel. Ihre Bewegungen verschwammen im Grauweiß.

Gedämpft hörte Ernesto die Gespräche. Er selbst klappte den Kragen seiner Jacke hoch, nahm seinen Notizblock und machte sich auf den Weg in den Friedhof. Parfumschwaden streiften ihn. Der Duft alter Frauen, schwer und leicht süßlich. Ernestos Großmutter hatte das gleiche Parfum getragen. Sie war schon seit zwanzig Jahren tot, aber der Geruch weckte immer noch Erinnerungen.

Erst ganz aus der Nähe konnte Ernesto die Gesichter der Friedhofsbesucher erkennen. Direkt vor ihm gingen der Bürgermeister mit seiner Frau, der Vizebürgermeister und daneben der Kulturstadtrat. Sie strebten alle den Mittelgang entlang. Links vom Eingang, nicht ganz in der Mitte des Friedhofs, erhob sich eine Skulptur. Ein Kreuz aus Metall, verbogen und verzerrt, barg es in einer seiner Höhlungen zwei Monde, die einander durchdrangen. Der Bildhauer hatte das Kreuz für Christine Lavants Ehrengrab gefertigt, und als Ernesto es jetzt im Nebel schimmern sah, wünschte er, die anderen Menschen würden wieder verschwinden.

Am Eingang des Friedhofs formierte sich die Bergwerkskapelle. Der Bergbau war seit 1968 geschlossen. In Sonntagsreden hatten Politiker bis in die 80er Jahre hinein versprochen, den Kohlebergbau wieder zu eröffnen, aber geschehen war nichts. Die Kohle aus China war inklusive Transportkosten viel billiger als die Braunkohle aus dem Lavanttal. Etwa 1500 Männer verloren damals ihren Arbeitsplatz. Aber nicht für lange. Die sozialistische Partei sorgte für ihre Anhänger und brachte sie im Landeskrankenhaus und bei der Eisenbahn unter.

Jetzt hier im Nebel stimmte die Bergmannskapelle einen Trauermarsch an. Die Menschen entlang des Weges traten zur Seite und ließen die Musiker passieren. Sie stellten sich im Geviert auf und spielten das Stück zu Ende. Dann traten der Bürgermeister und der Kulturstadtrat vor, gemeinsam trugen sie einen Kranz. Den lehnten sie an den Sockel des Kreuzes und arrangierten die Schleifen. Sie traten zurück und verneigten sich vor dem Kreuz.

„Wir gedenken heute der großen Tochter unserer Stadt“, begann der Bürgermeister seine Ansprache. „Christine Lavant hat zu ihrer Zeit gezeigt, wie man aus ärmlichen Verhältnissen und ohne Hilfe zu Ruhm und Ehre aufsteigen kann. Trotz vieler schwerer Krankheiten wurde sie zu einer der bedeutendsten Lyrikerinnen des zwanzigsten Jahrhunderts. Ihre Naturlyrik hat sie weit über Kärnten hinaus berühmt gemacht, und ihre ans Herz gehenden Gedichte über den Herbst sind schon längst Allgemeingut geworden.“

Ernesto runzelte die Stirn, und mit jedem Wort des Bürgermeisters wurde sein Gesichtsausdruck verkniffener. Unterstellte Bürgermeister Teuffenbach Christine Lavant hier so etwas wie einen neoliberalen Masterplan? Zunächst glaubte Ernesto, das sei nur eine unglückliche Formulierung. Christine Lavant war seit ihrer Kindheit schwer krank gewesen. Skrofulose, Lungentuberkulose, Taubheit und Sehschwäche zwangen sie zu einem Leben in Abgeschiedenheit. Sie kapselte sich ab, scheute den Kontakt, und in ihrem Inneren keimte etwas.

„Sie überwand alle Hindernisse", sagte der Bürgermeister, „und darin ist sie uns ein leuchtendes Vorbild in diesen schwierigen Zeiten. Auch wir müssen unser eigenes Schicksal in die Hand nehmen und uns nicht länger auf die soziale Hängematte des Staates verlassen."

Als Ernesto schnaufte, drehten sich ein paar Leute zu ihm um. Ein älterer Mann sah ihn böse an. Ernesto zuckte mit den Schultern. Er hatte über Christine Lavant schon jede Menge Unsinn gehört, aber das war neu. In der Regel strichen die Redner hervor, wie ungebildet das alte Weiblein aus St. Stefan war und wie unbegreiflich daher ihre Lyrik. Ihre vielen Erkrankungen wurden dann oft als Begründung für die mangelnde Bildung angeführt, und hinter vorgehaltener Hand konnte man schon hier und da hören, sie hätte die Gedichte ja gar nicht selbst geschrieben.

Der Kulturstadtrat schob noch ein Klischee hinterher. Christine Lavant sei zu Lebzeiten eine verkannte Dichterin gewesen. Das widersprach zwar der Ansprache des Bürgermeisters, es störte aber niemanden. Die Leute klatschten genauso wie beim Bürgermeister.

„Ich möchte auch so verkannt sein, dass ich den Großen Österreichischen Staatspreis für Literatur bekomme", murmelte Ernesto vor sich hin. Er klopfte mit dem Notizblock gegen die Oberschenkel, und wieder drehten sich ein paar Leute zu ihm um. Er ignorierte sie.

Als Nächstes traten Schüler der Neuen Mittelschule St. Stefan auf. Drei Mädchen stellten sich in einer Reihe auf und leierten je eine Gedichtstrophe herunter. Selbst im dichten Nebel war ihnen anzusehen, dass sie keine Ahnung hatten, was sie da aufsagten. Vom Schmerz, der so tief in deiner Seele sitzt, dass nicht einmal Gott fähig ist, ihn zu lindern, von der Verstoßenheit des eigenen Selbst aus der Gemeinschaft der Menschen und aus der Gnade des Allmächtigen. Davon handelten die Gedichte. Doch das rührte niemanden. Die Kinder ernteten Applaus und traten wieder ab. Die Blasmusik stimmte noch einen Marsch an, und dann zerstreute sich die Festversammlung.

2

Irgendwo unter den Besuchern befanden sich die Mitglieder des Kulturbeirates der Stadtgemeinde Wolfsberg. Es gehörte zwar nicht zu ihren unmittelbaren Aufgaben, bei solchen Veranstaltungen aufzutauchen, aber Ernesto wusste, dass sie sich so eine Gelegenheit nicht entgehen lassen würden. Da konnte man sich als wichtiger Bürger der Stadt, als Stütze der Gesellschaft und vor allem als gebildet und kunstsinnig präsentieren.

„Doktor Dohr“, sagte Ernesto, als er einen Mann in Lederjacke Richtung Mittelgang gehen sah.

Harald Dohr blieb stehen und reichte Ernesto die Hand.

„Eine furchtbare Rede“, sagte Dohr. „Aber schreiben Sie bloß nicht, dass ich das gesagt habe.“ Er lächelte. „Wir müssen das vom Teuffenbach ertragen, so lange er Bürgermeister ist. Aber es werden andere Zeiten kommen."

„Na, wenn Sie das sagen. Ich würde dieses Geplapper ignorieren, wenn ich nicht für die Zeitung arbeiten würde. Aber so ..." Ernesto breitete die Arme aus. „Mich wundert nur, dass die Erde nicht bebt."

„Warum?"

„Weil die gute Christine Lavant jetzt sicher in ihrem Grab rotiert."

„Ganz so streng dürfen Sie das nicht sehen, Valenti. Die Menschen bemühen sich, aber nicht jeder verfügt über Ihre Bildung und Ihr Wissen."

„Das hat doch damit gar nichts zu tun", sagte Ernesto. „Man muss nicht sehr intelligent sein, um den Schmerz zu spüren. Dafür braucht man nur ein Herz, eines das mehr tut, als das Blut durch die Adern zu pumpen."

Dohr lächelte und legte Ernesto den Arm um die Schultern. Ernesto ließ es sich gefallen und ging gemeinsam mit dem Arzt Richtung Ausgang.

„Wissen Sie, Doktor. Wenn ich Sie schon einmal hier habe, dann muss ich Sie etwas fragen."

„Schießen Sie los."

„Sie kennen, oder besser kannten, doch den Friedl Schatz."

„Der Name sagt mir gerade nichts", meinte Dohr nach kurzem Zögern und ließ den Arm von Ernestos Schulter gleiten.

„Das ist eigenartig. Alfred Schatz. Das sagt Ihnen wirklich nichts?"

Dohr machte ein nachdenkliches Gesicht.

„Ich kann mich irren", fuhr Ernesto fort. „Aber ich glaube, er war ein Jugendfreund von Ihnen."

„Sie reden immer in der Vergangenheit von ihm. Ist ihm etwas zugestoßen?“

„Sie haben es nicht gehört? Spektakulärer Fall. Er wurde erschossen aufgefunden.“

„Ah, den meinen Sie. Das habe ich natürlich gelesen.“

Sie hatten das Tor des Friedhofs erreicht. Dohr blieb stehen und signalisierte so, dass er das Gespräch beenden wollte.

„Eine Frage noch“, sagte Ernesto. „Wenn Sie den Friedl Schatz nicht kennen, wie sieht es dann mit Dieter Gressl aus?“

Dohr schüttelte den Kopf.

„Gar nichts? Vielleicht kennen Sie ihn unter dem Namen Eisenbahnerdieter.“

„Warum wollen Sie das wissen?“, fragte Dohr.

„Nichts Besonderes. Ich bin eben neugierig.“

„Dass Sie neugierig sind, das ist die Untertreibung des Jahrzehnts“, sagte ein Mann, der von hinten an sie herantrat.

„Martin.“ Dohr klopfte ihm auf die Schulter.

„Doktor Wutscher.“ Ernesto nickte ihm zu.

„Sag, kennst du einen, wie hieß der noch?“

„Friedl Schatz“, half Ernesto.

„Das ist doch der, der erschossen wurde“, sagte Wutscher.

„Exakt“, sagte Ernesto.

„Irgendetwas dämmert da.“

Ernesto beobachtete die beiden. Wutschers Augenbrauen zogen sich zusammen, als ob er tatsächlich nachdenken würde. Um Dohrs Mundwinkel spielte ein winziges Zucken, kaum zu sehen. Dabei sah Dohr Wutscher unverwandt an.

„Vielleicht nur, weil ich von ihm in der Zeitung gelesen habe“, sagte Wutscher dann. „Einen schönen

Tag noch. Harald, sehen wir uns später im Golfclub? Schreiben Sie etwas Schönes, Valenti."

„Bei dem Nebel werden Sie aber lange suchen, bis Sie den Ball wieder finden", sagte Ernesto.

„Heute geht's nicht ums Spielen", sagte Wutscher und winkte.

3

Von seiner Couch aus konnte Ernesto nur das Weiß des Nebels sehen. Schon bald nach Mittag begann das Licht abzunehmen, und der Nachmittag dunkelte in den Abend. Dort draußen machte sich die Herbstkälte breit, und Ernesto dachte über zwei Morde nach.

Dass er bei Dohr und Wutscher abgeblitzt war, wunderte ihn nicht. Sie waren vorsichtig, und allein die Frage nach einem Mordopfer hatte sie in Alarmbereitschaft versetzt. Dohr und Wutscher gehörten zum Wolfsberger Bürgertum, zu jenen Leuten, die in der Stadt das Sagen hatten.

Wenn jemand nicht gleich verstand, wie die Dinge hier liefen, dann halfen solche Leute wie Wutscher und Dohr schon einmal mit einer kleinen Drohung nach. Nicht so, dass man damit vor Gericht gehen konnte, um Himmels willen, nein. Aber deutlich genug, um jemandem Angst zu machen.

Bei Ernesto hatten sie es anders versucht. Er könne doch ihrem Serviceclub beitreten, und als Journalist bekäme er auch eine Ermäßigung auf den Jahresbeitrag im Golfclub. Das hätte sicher viele Vorteile für ihn.

Aus Neugier hatte sich Ernesto damals auf die Terrasse des Golfclubs gesetzt und den Leuten dabei zugesehen, wie sie die kleinen weißen Bälle mit Schwung von der Driving Range hinaus auf den Rasen pfefferten. Es hatte ihn nicht sehr beeindruckt. Nach zwei oder drei Zigaretten war er aufgestanden und gegangen.

Martin Wutscher war, soweit Ernesto das beurteilen konnte, ein sehr ambitionierter Golfer. Obmann des Vereins, bei jedem Turnier dabei, und mit einem Handicap von zwölf gehörte er zu den besseren Spielern des Clubs. Angeblich hatte er sich am Dachboden seines Hauses eine elektronische Driving Range eingerichtet, um auch nachts und bei Regen üben zu können.

Sportberichterstattung hatte Ernesto noch nie interessiert, aber als Leiter des Regionalbüros musste er sich auch darum kümmern. Deshalb war es nicht bei dem einen Besuch im Golfclub geblieben. Dort und auf den Vernissagen, die Wutscher veranstaltete, traf man alle Leute, die sich in dieser Stadt für wichtig hielten.

Ernesto hatte Friedl weder im Golfclub noch bei einer der Vernissagen gesehen, aber das bedeutete gar nichts. Wutscher und Dohr konnten ihn dennoch gekannt haben. Der große Walter hatte ihre Namen nicht deshalb genannt, weil er sie so mochte. Die hatten Dreck am Stecken. Ernesto wusste nur noch nicht, wie der Dreck genau aussah.

Das würde er hier auf seiner Couch auch nicht herausfinden, und der Sonntagnachmittag war ein denkbar ungeeigneter Zeitpunkt, um an der Sache weiterzuarbeiten. Die Weinstube Raab öffnete erst in ein paar Stunden, und in der Volksschule Waldenstein würde Ernesto sicher nur ein paar zugedröhnte Typen finden, die heute auch nicht mehr wussten als gestern.

Diese Leute waren für Major Steinkellner die Hauptverdächtigen. Er würde sie in den nächsten Tagen vorladen und ausquetschen. Sylvia, Roswitha, Rudi und Karl. Sicher hatte jeder von ihnen den einen oder anderen Grund, Friedl zu hassen. Wenn die Geschichten stimmten, die Ernesto bis jetzt gehört hatte, neigte Friedl zur Gewalttätigkeit. Da machte er auch keinen Unterschied zwischen Männern und Frauen.

Ernesto setzte sich auf und griff zu seinem Notizblock. Er schlug eine neue Seite auf und schrieb den Namen Bernie Vallant in die obere linke Ecke. Egal, wie die Sache damals ausgegangen war, Friedl hatte ihn schwer verprügelt. Das war ein ganz hervorragendes Motiv. Die Frage war allerdings, warum er so lange gewartet hatte.

Bernie Vallant war ein mittelmäßiger Verdächtiger. Wert, dass man näher hinsah, aber kein besonders heißer Kandidat.

Das galt noch viel mehr für die Nächste. Den Namen der Freundin, die Friedl aus dem Fenster geworfen hatte, wusste Ernesto noch nicht. Sie kam als Verdächtige infrage, auch wenn Ernesto sie nur deshalb nicht von der Liste strich, weil er keine Möglichkeit ausschließen wollte.

Sylvia hingegen hatte ein Motiv und die Gelegenheit. Friedl hatte sie geschlagen. Wie Ernesto Friedl einschätzte, war er einerseits eifersüchtig gewesen, und andererseits hatte es ihm gefallen, wenn Frauen kuschten.

Einer der Männer in der Volksschule? Ernesto notierte ihre Namen. Auch sie hatten sicher Motiv und Gelegenheit. Oft genug steckt ein banaler Streit hinter einem Mord. Die Männer hatten sich dort oben in der Kornettkeusche einen Partyraum eingerichtet. Die vielen Bierflaschen, die Kerzenstumpen und der Dreck zeugten davon. Bei solchen Saufgelagen geht es nicht immer friedlich zu. Ein Wort gibt das andere, und dann kommt es schon einmal zu ein paar Ohrfeigen oder Faustschlägen.

Auch wollte Ernesto nicht ausschließen, dass etwas Größeres dahintersteckte. Ein Coup, der aus dem Ruder gelaufen war, ein Überfall, ein Einbruch, vielleicht sogar eine Geiselnahme.

4

Als Ernesto den Laptop einschaltete und sich ins Redaktionssystem einloggte, war es schon längst Nacht geworden. Die Notizen lagen auf dem Tisch neben ihm, aber Ernesto beachtete sie nicht. Er würde keinen Artikel über die Rede des Bürgermeisters und den Aufmarsch der Bergmannskapelle schreiben. Das verbannte er in einen Infokasten mit Bild.

Gedenken an Christine Lavant

Vergangenen Sonntag fand am Friedhof von St. Stefan eine Gedenkveranstaltung für die Dichterin Christine Lavant statt. Neben einem Platzkonzert der Bergmannskapelle traten Schüler der NMS St. Stefan auf und trugen Gedichte vor. Am Bild v. l. n. r. Bgm. Christian Teuffenbach, Kulturstadtrat Heiko Traussnig, die Mitglieder des Kulturbeirates LAbg. Dr. Martin Wutscher und Dr. Harald Dohr.

Mehr würde Ernesto auf der Regionalseite nicht bringen. Er hatte keine Lust, die Rede des Bürgermeisters zusammenzufassen, und er fand auch, dass der Bürgermeister es nicht verdient hatte, ausführlich zitiert zu werden. Diesen Unfug konnte er in voller Länge in den nächsten Rathausnachrichten drucken, wenn ihm danach war. Ernesto wollte den Platz lieber Christine Lavant selbst widmen.

Mit den Augen des Paradieses

Für Christine Lavant, die dem Tod immer ganz nah war, ist Allerseelen der richtige Gedenktag.
Von Ernesto Valenti

Als Christine Lavant am 7. Juni 1973 in der Geriatrie im LKH Wolfsberg starb, hatte sie die Dichtung schon lange hinter sich gelassen. Die Gedichte waren nur eine Etappe auf ihrem Lebensweg, wenn auch eine, die ihr Glück gebracht hat. Das Schreiben rettete Christine Lavant in der Depression und hielt sie davon ab, in letzter Verzweiflung selbst gewaltsam den Weg in den Tod anzutreten.

Die Sache ist also ernst, viel zu ernst, um sie dem Deutschunterricht und Universitätsseminaren zu überlassen. Auch die öffentlichen Gedenkveranstaltungen scheinen nur bedingt dazu geeignet, der Dichterin und ihrem Werk gerecht zu werden. Viel besser, man liest nur für sich. Dann erst kann über mehr als vierzig Jahre hinweg eine Verbindung entstehen, ein Gefühl, als ob einem die Dichterin aus dem Herzen spricht.

Christine Lavant schrieb um ihr Leben, und deshalb, jenseits aller Kunstfertigkeit, rauben uns diese Texte heute noch den Atem. Wie einst Werner Berg können auch wir der Dichterin verfallen. Werner Berg lernte Christine Lavant am Tonhof in Maria Saal kennen. Dort, unter den aufstrebenden und wichtigen Schriftstellern und Malern, sah er eine ausgemergelte Frau, große Augen, Finger gleich Spinnenbeinen.

Über die Beziehung von Christine Lavant und Werner Berg wird viel gemunkelt. Das Geheimnis scheint die Fantasie anzuregen. Wir wissen nur, dass Werner Berg 1955 einen Selbstmordversuch verübte. Ob das mit dem Bruch zwischen ihm und Christine Lavant zusammenhing, bleibt Spekulation. Werner Berg hat Christine Lavants Wunsch respektiert und Mitte der 70er Jahre alle Briefe verbrannt, wie sich sein Sohn Veit Berg erinnert.

Doch jeder, der die Bilder betrachtet, die Werner Berg von Christine Lavant gemalt hat, der ahnt, hier haben sich zwei gefunden, hier sahen einander zwei mit den Augen des Paradieses an.

Sowohl Christine Lavant als auch Werner Berg rangen in ihrem Sein und in ihrem Werk mit existentialistischen Fragen. Von der Depression in den Abgrund gerissen, von Krankheit geplagt und immer wieder gescheitert, so stehen sie uns heute gegenüber. Sie haben das nicht verschwiegen, nicht darüber hinweggelebt, und gerade darin liegt ihre Anziehungskraft. Weil sie uns in ihren Werken in existentieller Verzweiflung gegenübertreten, berühren sie uns und greifen sogar den Menschen in China und den USA ans Herz.

Bei all den Kämpfen waren aber weder Lavant noch Berg verkannte Künstler. Die Mär von der armen Frau aus St. Stefan, die nebenbei ein paar Gedichte schrieb, ist falsch. Schon zu Lebzeiten wurde sie geehrt. Sie erhielt u.a. zweimal den Trakl-Preis und 1970 den Großen Staatspreis für Literatur. Die drei Gedichtbände „Die Bettlerschale", „Spindel im Mond" und „Der Pfauenschrei" gehören zum zentralen Bestandteil der Weltliteratur.

Der Weltruhm Christine Lavants wächst langsam, von ihrer Heimat aus gesehen beinahe unbemerkt. Das ist vielleicht der Grund für das zwiespältige Verhältnis. Einerseits ist man stolz auf die große Tochter, andererseits ließ man schon vor Jahren sowohl den Lavant-Lyrikpreis wie auch das Lavant-Symposion sterben. Nur zu Allerheiligen und zum Todestag treffen sich ein paar Unentwegte, aber es sieht fast so aus, als wäre dies das Äußerste an Ehrung, wozu man sich durchringen kann. Wichtig wären solche Veranstaltungen aber allemal. Nur so werden die Menschen auf Christine Lavant aufmerksam, nur so lernen sie die Gedichte kennen und merken: Das geht mich an, da schreibt eine über meinen Schmerz und meine Freude. Dann ist man nicht mehr alleine.

Kapitel 9

1

Die Auslagenscheibe klirrte, als Ernesto die Tür hinter sich zuzog. Er steckte die Zigaretten ein und hörte, wie Natascha am Telefon einen Zeitungsausträger zurechtwies. Irgendein Doktor Sowieso hatte sich beschwert, dass die Zeitung am Sonntag nicht auf der Türmatte, sondern im Schlamm gelandet war. Der Austräger solle doch so gut sein und die Zeitung entweder zur Tür tragen oder wenigstens besser zielen.

Ernesto schenkte sich Kaffee ein. Die Hände waren klamm von der feuchten Kälte, und obwohl es erst acht Uhr morgens war, wettete Ernesto, dass sich der Nebel heute nicht mehr lichten würde.

Das E-Mail-Programm zeigte 57 ungelesene Nachrichten. Im Spam-Ordner warteten weitere 34 Mails. Ernesto löschte die Werbung und klickte auf eine Presseaussendung der landwirtschaftlichen Fachschule. Der Fachlehrer für Bienenkunde bat darum, die Kurse für Imkeranfänger anzukündigen. Die nächste Nachricht war eine Einladung zur Ausstellung einer Künstlergruppe in Reichenfels. Das angefügte Foto ließ Schlimmes erwarten. Eine Gruppe Hausfrauen, Pensionisten und ein Wirt hatten sich zusammengefunden, um die Welt mit ihren Aquarellen und Collagen zu beglücken. Ernesto leitete das Mail an den Fotografen weiter. Wenn er in der Nähe war, sollte er bei der Vernissage ein Foto machen.

Die Freiwillige Feuerwehr St. Georgen meldete, dass ihre Jugendmannschaft einen nationalen Wettbewerb gewonnen hatte. Die Gemeinde Lavamünd lud zu einer Gemeinderatssitzung am nächsten Montag, und der Landesrat für Jagd und Tierschutz eröffnete kommenden Freitag die Jagdausstellung des Hegerings Wolfsberg.

Auf den ersten Blick könnte man glauben, es gäbe kaum etwas Öderes als eine Jagdausstellung. Wände voller Trophäen, Männer in Knickerbocker und Hut mit Gamsbart. Aber da wurden auch die Jahresberichte präsentiert. Ernesto interessierte vor allem, ob man in den drei Fällen von Wilderei schon neue Erkenntnisse hatte. Vor einem halben Jahr war der Kopf eines Rehbocks gefunden worden. Jemand hatte ihn an die Jagdhütte der Gräflichen Forstverwaltung genagelt. Zwei Monate später erlitt eine Autofahrerin einen Schock, als sie bei Allersdorf die Ortstafel passierte, die von der blutigen Haut eines Rehbocks bedeckt war. Der dritte Fund war noch keine drei Wochen her. Ebenfalls in der Gegend um Allersdorf fanden Spaziergänger den Kadaver eines Hirsches im Gebüsch.

In Slowenien hatte es in den letzten Monaten ebenfalls mehrere Fälle gegeben. Sogar ein Bär war getötet worden. Der Wilderer hatte ihm die Pfoten und den Kopf abgeschnitten. Es wurde vermutet, dass all diese Fälle auf das Konto desselben Täters gingen.

Ernesto rief den Bezirksjägermeister an und bekam ein ziemlich interessantes Interview. Die Jägerschaft im Raum Unterkärnten arbeitete seit zwei Monaten mit den Jägern in Slowenien zusammen, und man hatte mittlerweile eine heiße Spur. Es schien sich wirklich um ein und denselben Täter zu handeln. Das könne man vermuten, weil etwa die Reifenspuren in der Nähe der Tatorte übereinstimmten und laut ballistischem Gutachten in allen Fällen dasselbe Gewehr verwendet worden war.

Nach zehn Minuten hatte Ernesto das Interview. Der Bezirksjägermeister schickte ihm per E-Mail Fotos von den getöteten Tieren, und Ernesto wählte den Kopf des Rehbocks an der Tür der Jagdhütte. Das sah am wenigsten schlimm aus. Dazu noch ein Bild des Bezirksjägermeisters, und die erste Seite war fast fertig. In die rechte Außenspalte stellte Ernesto die Einladung zur Hegeringschau und eine Polizeimeldung über einen betrunkenen Autofahrer, der in der Nacht auf Montag eine Thujenhecke ruiniert hatte.

Als die Glastür aufschwang, sah Ernesto vom Bildschirm auf. Er kannte den Mann, der da vor Nataschas Schreibtisch stand. Er konnte ihn nur nicht zuordnen. Erst als er die Stimme hörte, erinnerte er sich.

„Herr Taferner“, sagte Ernesto und stand auf. „Was kann ich für Sie tun?“

„Ich wollte kurz mit Ihnen sprechen, weil Sie ihn ja gefunden haben.“

„Setzen Sie sich“, sagte Ernesto und zeigte auf den Stuhl neben seinem Schreibtisch. „Oder warten Sie. Was halten Sie davon, wenn wir auf einen Kaffee gehen? Ich kann eine Pause vertragen.“

2

Sie spazierten Richtung Innenstadt. Ernesto wechselte die Straßenseite und steuerte auf den Eingang des Gasthauses Dölder zu. Er öffnete die Schwingtür und wartete, bis Taferner ihm gefolgt war. Im Gastraum roch es nach abgestandenem Bier. Ganz hinten beim Eingang zur Küche saßen ein paar alte Männer. Sie spielten Karten. Der Kellner lehnte an der Kaffeemaschine und schaute ihnen zu.

Das Nebenzimmer war leer. Ernesto drehte sich zum Kellner um, und der nickte.

„Wie kann ich Ihnen helfen?", fragte Ernesto.

„Haben Sie schon etwas Neues?", fragte Taferner.

Ernesto sah ihn fragend an.

„Ich meine, von der Polizei."

„Bei den Pressemeldungen war nichts dabei." Es war noch nicht einmal halb elf, deshalb hatte Ernesto Steinkellner noch nicht angerufen. Vermutlich hatte Steinkellner schon ein paar Verhöre durchgeführt. Vielleicht gab es auch schon einen Obduktionsbericht. „Ich werde nachfragen. Aber ich glaube nicht, dass die Polizei schon etwas sagt."

„Und Sie? Haben Sie etwas herausgefunden?"

„Ich?" Ernesto schüttelte den Kopf. „Ich ermittle nicht. Ich bin Journalist. Ich berichte, sonst gar nichts."

„Aber Friedl hat immer erzählt, dass Sie besser sind als die Polizei."

„Nein", sagte Ernesto. „Da hat er sich getäuscht. Aber ich rufe Major Steinkellner heute sicher noch an. Ich kann Ihnen dann Bescheid geben, wenn Sie das interessiert."

„Was passiert eigentlich mit der Leiche?"

„Vermutlich wird sie in einem Armengrab beigesetzt. Das heißt, wenn sich niemand meldet, der ein Begräbnis bezahlen will."

„Ich möchte das übernehmen", sagte Taferner.

„Sie waren eng mit ihm befreundet?", fragte Ernesto.

„Immer schon. Wir haben uns im Pfarrhof kennengelernt. Kann man das glauben?"

Taferner erzählte, wie er seine Mutter in den Pfarrhof in Wolfsberg begleitet hatte. Sie leitete dort eine Firmgruppe, und der kleine Armin durfte währenddessen in die Spielecke der Bibliothek. Eines Tages war da noch ein anderer Junge. Sein Name war Alfred Schatz. Seine Mutter war die neue Pfarrköchin.

Von da an trafen sie einander regelmäßig. Die Mütter freundeten sich an und schickten die Kinder in dieselbe Volksschule. Auch die Hauptschule besuchten Armin und Alfred gemeinsam. Dann machte Armin die Aufnahmeprüfung für die HTL, und Alfred begann eine Mechanikerlehre.

„Von da an ging irgendetwas schief beim Friedl", sagte Taferner. „Die meisten Freunde von ihm damals, die waren mir ein bisschen unheimlich. Aber ich bin trotzdem sein Freund geblieben. Auch als er im Knast war. Nach dem ersten Mal hab ich ihm dann einen Job besorgt, und so gesehen bin ich am Tod von Irene mitschuld."

„Sie haben ihm damals den Job bei der Thonhauser KG verschafft?"

„Und damit alles in Gang gesetzt. Hätte er dort nicht gearbeitet, hätte er Irene nicht kennengelernt. Der Mord wäre nie passiert."

„Aber das konnten Sie nicht wissen", sagte Ernesto.

„Und wer weiß, vielleicht würde er noch leben, wenn ich ihm damals einen anderen Job besorgt hätte."

„Und nach dem Gefängnis?"

„Da wollte Friedl nicht mehr. Bei den Thonhausers, das wäre irgendwie schwierig geworden. Aber ich hätte ihn schon untergebracht. Ich kenne viele Leute, und ich bin stellvertretender Geschäftsführer der Thonhauser KG. Da wär schon was gegangen."

„Er hat die Hilfe nicht einmal angenommen, als er nach Waldenstein ziehen musste?"

„Nein." Taferner schüttelte den Kopf. „Ich hab ihm alles Mögliche angeboten. Er hätte sogar bei mir wohnen können. Meine Frau hätte das nicht gerne gesehen, aber für den Friedl hätte ich das gemacht. Aber er war eisern."

„Ich hatte nicht den Eindruck, als hätte er sich aufgegeben", sagte Ernesto.

„Keine Ahnung. Jedenfalls wollte er meine Hilfe nicht."

Ernesto nippte an seinem Kaffee, sah auf seinem Mobiltelefon nach, wie spät es war, und rief nach dem Kellner. „Eines wollte ich Sie noch fragen", sagte er in Richtung Taferner. „Kannte der Friedl eigentlich den Doktor Dohr oder den Doktor Wutscher?"

„Wie kommen Sie darauf?"

„Nur so."

„Das ist eigenartig, dass Sie das fragen."

„Alles zusammen, und schreiben Sie mir bitte eine Rechnung", sagte Ernesto zum Kellner.

„Ich meine, das können Sie eigentlich gar nicht wissen", sagte Taferner.

„Was kann ich nicht wissen?"

„Den Wutscher kannte er gut. Das weiß ich. Ich kenn ihn ja auch. Der war früher immer mit von der Partie. Da war er noch Student und noch nicht so ein feiner Herr wie jetzt."

„Und der Dohr?"

„Natürlich hat er ihn gekannt. Ich meine, wer kennt den nicht? Der ist doch bei jedem Sauschwanzaufheben dabei."

„Aber den Wutscher hat er wirklich gekannt, wenn ich das richtig verstehe."

„Ja, natürlich. Früher war der Martin sogar ein ziemlich guter Freund von uns. War immer mit dabei. Aber dann." Taferner verwarf die Hand. „Dann ist er in die Politik gegangen, und da will man mit so Leuten wie dem Friedl nicht gern in Verbindung gebracht werden, wenn Sie verstehen, was ich meine."

3

Die Plakate der Halloween-Retrospektive waren aus der Auslage des Kinos verschwunden. An ihrer Stelle warb nun Daniel Craig für den neuen James-Bond-Film, und daneben grinste Bruce Willis vom Plakat. Der Filmclub kündigte für Ende November einen Jim-Jarmusch-Filmabend an. Gezeigt wurden „Down by Law" und „Night on Earth".

Immer wieder wanderte Ernestos Blick vom Bildschirm hinaus auf die Plakate auf der anderen Straßenseite. Geistesabwesend zündete er sich eine Zigarette an.

„Du kannst hier nicht rauchen", sagte Natascha und drehte sich zu ihm um.

„Können schon", sagte Ernesto und ging nach draußen. Er wählte Steinkellners Nummer.

„Ich habe nichts für Sie", sagte Steinkellner statt einer Begrüßung.

„Ihnen auch einen schönen guten Tag. Wie wäre es mit einem Obduktionsbericht?"

„Den würde ich Ihnen nicht geben, auch wenn ich ihn schon hätte."

„Sonst geht das aber schneller."

Steinkellner schwieg.

„Und? Was ist mit den Befragungen?"

„Kommt noch."

„Was soll das heißen? Haben Sie die Leute aus der Volksschule noch nicht befragt?"

„Die laufen nicht weg, oder?"

„Aber Sie glauben schon immer noch, dass es sich um einen Mord handelt?“, fragte Ernesto.

„Ein Tötungsdelikt. Ja, davon gehen wir derzeit aus.“

„Und?“

„Die Ermittlungen laufen.“

„Das sehe ich.“

„Hören Sie, Valenti, das ist ein komplizierter Fall. Allein die Auswertung der Spuren kann noch Wochen dauern.“

„Aha“, machte Ernesto.

„Wir haben jede Menge Fingerabdrücke, Haare, Stofffasern und was weiß ich noch was. Das muss alles erst untersucht werden. Erst dann können wir Genaueres sagen.“

„Sie behaupten also, Sie können keine Befragungen durchführen, solange die Analyse der Spuren nicht abgeschlossen ist?“

„Das habe ich nicht gesagt.“

„Schon gut. Ich schreib es schon nicht. Aber eigenartig ist das schon.“

„Sie fantasieren sich da etwas zusammen. Wir behandeln jeden Fall gleich. Wenn Sie darauf hinauswollen.“

„Ja, ich habe Sie schon verstanden.“

„Und noch etwas, Valenti. Nur weil wir zwei uns schon so lange kennen. Halten Sie sich raus.“

„Ich?“

„Wir brauchen Ihre Hilfe nicht. Sie haben die Leiche gefunden, lassen Sie es damit gut sein.“

„Ich werde mich hüten.“

„Das wäre schön, aber ich glaube Ihnen nicht.“

Nach dem Telefonat ging Ernesto die heutigen Termine noch einmal durch. Das meiste hatte er schon den Fotografen zugeteilt. Eine Halloween-Party fand in der Sonderbar statt, eine andere in einer Disco in St. Stefan. Dann gab es in einem Gasthaus in Siegelsdorf einen Halloween-Maskenball. Dort schickte er einen der neuen freien Mitarbeiter hin und hoffte, dass der diesmal einen einigermaßen brauchbaren Text und ein nicht allzu unscharfes Foto lieferte.

Die Geschichte über Major Steinkellners mageren Fortschritt bei den Ermittlungen war schnell geschrieben, und Ernesto platzierte sie auf Seite vierzehn im Lokalteil. Er rief Auer an, um ihm zu sagen, dass er am Nachmittag nicht im Büro sein würde und dass die Regionalausgabe im Prinzip schon bis zum kommenden Sonntag fertig war.

„Die Jägergeschichte. Darüber sollten wir noch reden“, sagte Auer.

„Das ist nur der Anfang. Daraus kann man mehr machen.“

„Glaubst du, es ist gescheit, diese Geschichte zu veröffentlichen?“

„Wo ist das Problem?“

„Einige Leute könnten das in den falschen Hals kriegen. Es sieht fast so aus, als wollten wir den Wilderer warnen.“

„Aber der Bezirksjägermeister ...“

„... wird sagen, du hast ihn überrumpelt, und er hätte das Interview nicht autorisiert.“

„So weit kommt’s noch.“

„Es ist deine Entscheidung. Ich wollte es nur gesagt haben.“

„Dann bringen wir die Geschichte“, sagte Ernesto. „Und ich gehe am Freitag selbst zu dieser Hegeringausstellung.“

4

Es war früher Nachmittag, als Ernesto in Waldenstein ankam. Zu dieser Zeit bestand die beste Chance, Sylvia wach und einigermaßen nüchtern anzutreffen. Im Vorhaus lag immer noch der Müll aus dem aufgebrochenen Sack auf dem Boden. In der Küche hatte jemand den Boden gekehrt, aber auf der Anrichte und am Tisch stapelten sich dreckige Teller. Eine Pizzaschachtel lag auf der Eckbank.

Ernesto sah im ehemaligen Klassenzimmer nach. Dort lag Sylvia in mehrere Decken eingehüllt auf der Couch und zitterte. Sie blickte auf, als Ernesto den Raum betrat, und zog sich dann wieder den Schal vors Gesicht.

„Was ist los mit dir?“

„Mir ist kalt.“

„Und warum heizt du dann nicht ein?“

Ernesto bekam keine Antwort. Stattdessen lugte Sylvias Kopf wieder hervor. Ein Arm fädelte sich aus dem Deckengewirr und suchte nach einer Zigarette.

„Hier“, sagte Ernesto und gab ihr eine von seinen. Dann hob er Papier auf und zerknüllte es, steckte es in den Ofen und baute aus Holzspänen eine Pyramide. Das Feuer fraß sich ins Papier, knisterte im Holz, und Ernesto legte drei größere Holzscheite nach.

„Es wird gleich warm“, sagte er und setzte sich in den Lehnsessel.

Sylvia rappelte sich auf. Sie zitterte immer noch und rieb sich die Hände, die klamm von der Kälte waren. Die Schultern hochgezogen, saß sie nun im Schneidersitz auf der Couch und sah Ernesto an.

„Die Polizei war noch nicht da?“

Sylvia schüttelte den Kopf.

„Die kommen noch."

Sylvia führte ihre zitternde Hand mit der Zigarette zum Mund und nahm einen Zug.

„Ich will herausfinden, wer Friedl umgebracht hat. Verstehst du das?"

Sylvia nickte.

„Okay. Die Polizei wird dich verdächtigen."

Sylvia starrte Ernesto an. „Scheiße", sagte sie.

„Aus ihrer Sicht ist das naheliegend."

„Ha." Sylvia stand auf und zog die Decken hinter sich her. Sie bückte sich neben dem Ofen, und Ernesto hörte, wie zwei Flaschen aneinanderklirrten.

„Da können sie ja auch den Karl und den Rudi verdächtigen." Sylvia setzte die Schnapsflasche an die Lippen und trank.

„Das kommt auch noch."

„Oder Roswitha." Sylvia lachte.

„Besonders lustig ist das nicht. Motive gibt es genug. Die Waffe und die Handschuhe hast du weggeworfen, und jetzt dröhnst du dich zu, weil du die Schuld nicht erträgst."

„Das glaubst du doch selber nicht."

„Ich muss es nicht glauben."

„Da." Sylvia streckte ihm die Schnapsflasche entgegen. Ernesto nahm sie und stellte sie neben sich auf den Boden.

„Hey."

„Du kannst sie gleich wieder haben. Aber vorher unterhalten wir uns."

Sylvia setzte sich wieder, zog die Decken um ihren Oberkörper.

„Rauch noch eine." Ernesto hielt ihr die Packung hin. „Wir fangen ganz am Anfang an. Erinnerst du dich, wann Friedl das Haus verlassen hat?"

„Das habe ich doch schon gesagt. Halb sechs, vielleicht war es erst fünf. Woher soll ich das wissen? Ich war total dicht."

„Ist ihm irgendwer aus dem Haus gefolgt?"

„Gib mir die Flasche."

„Noch nicht. Hast du etwas gehört? Ein Auto vielleicht?"

„Weiß nicht."

„Aber mein Auto hast du schon gehört?"

Sie zuckte mit den Schultern.

„Also gut." Ernesto gab ihr die Schnapsflasche, stand auf und legte Holz nach.

„Der Friedl hat mir den Schnaps auch immer weggenommen." Sylvia trank, wischte sich mit dem Handrücken den Mund ab. „Ich hab ihn geliebt, aber den Schnaps darf man mir nicht wegnehmen."

„Und deshalb hast du ihn umgebracht."

„Geh scheißen. Ich bring doch niemanden um."

„Hast du etwas gehört oder nicht?"

Wieder Schulterzucken.

„Du musst dich doch erinnern, ob du etwas gehört hast."

„Ja, wie denn? Wie soll ich mich erinnern? Ich weiß doch nicht einmal, wann er gegangen ist."

„Du liebe Güte", sagte Ernesto und setzte sich neben dem Ofen auf den Boden. „Dann versuchen wir es anders. Hat er sich mit irgendjemandem gestritten?"

„Er hat sich mit allen gestritten."

„Ich meine, hat er sich mit jemandem geprügelt, oder hat er jemandem gedroht?"

Sylvia lachte.

„Das ist schon verflucht mühsam mit dir." Ernesto stippte eine Zigarette aus der Packung, rauchte schweigend.

„Wirklich, ich möchte dir ja helfen", sagte Sylvia nach einer Weile. „Aber da oben." Sie tippte sich an die Stirn. „Da bleibt nichts hängen, verstehst du?"

Ernesto nickte.

„Kann schon sein, dass da ein Auto war. Ich hab nicht aufgepasst." Sie kniff die Augen zusammen und sah ins Leere. „Warte einmal. Vielleicht war da doch etwas. Ich bin mir nicht sicher. Mir kommt vor, ich hätte Friedl gehört, wie er noch einmal zurückgekommen ist."

„Wann war das?"

„Irgendwann. Es kann auch wer anders gewesen sein. Ich hab ihn nicht gesehen."

„Fällt dir sonst noch etwas ein?"

„Da war noch was", sagte sie nach längerem Schweigen. „Der Friedl hat mir etwas aufgetragen. Irgendetwas soll ich machen, wenn du kommst."

„Wenn ich komme?"

„Ja, wenn ihm etwas passiert und du auftauchst. Dann soll ich ..." Sie sah Ernesto an. „Warte, ich komm gleich drauf. Er hat gesagt ..." Sie schüttelte den Kopf. „Es war etwas Wichtiges."

Ernesto seufzte.

„Wirst du wohl still sein? Ich versuche mich zu konzentrieren."

„Ich hab doch gar nichts gesagt."

„Psst." Sie stand auf und zog die Decken hinter sich her, stieg über einen Karton und schob einen Stapel Zeitungen zur Seite. „Die hat der Rudi hier liegen lassen. Hätte er austragen sollen, aber dann hat er es nicht mehr geschafft, und das Auto ist ihm auch bald darauf verreckt. Der Friedl hat versucht, es zu reparieren. Aber da war nichts mehr zu machen." Sie öffnete einen Schrank und sah sich das Durcheinander an. „Roswitha hat einfach alles wieder hineingestopft, was die Bullen herausgeschmissen haben“, sagte sie. „Ich hab ihr versprochen, ich helfe ihr.“ Sie drehte sich zu Ernesto um und blieb einen Moment so stehen. „Aber dann haben die Bullen es gefunden. Oder nicht? Nein, ich glaub, die Bullen haben es nicht gefunden, weil es zu gut versteckt ist. Ich weiß es nicht mehr.“

„Was gefunden?“

„Halt die Klappe, hab ich gesagt.“ Sie schloss den Schrank. Ihr Blick glitt über die umgestürzten Stühle, die durchwühlte Kleidung und die ausgeleerten Kartons. „Wenn es hier gewesen wäre, dann ... Er hat gesagt, die Polizei darf es auf keinen Fall finden.“ Sie bedeckte ihren Mund mit einer Hand und redete dann weiter. „Die Polizei darf es nicht finden. Scheiße, Scheiße, Scheiße.“ Sie ließ die Decken von ihren Schultern gleiten, nahm noch einen kräftigen Schluck aus der Schnapsflasche und kam zurück zur Couch. „Ich kann mich nicht erinnern, verdammte Scheiße. Er hat etwas gesagt. Die Polizei darf das auf keinen Fall finden, denn dann ... Ich weiß nicht mehr, warum die Polizei das nicht finden darf. Aber jedenfalls hat er es deshalb nicht hier im Haus versteckt.“

„Das ist doch schon etwas“, sagte Ernesto. „Nicht hier im Haus. Denn die Polizei würde das Haus durchsuchen, falls Friedl etwas zustößt. Und das hat sie ja auch.“

„Genau, deshalb nicht hier im Haus. Sondern ...“

„Im Schloss“, sagte Ernesto.

„Das ist es.“ Sylvia reckte einen Arm in Siegerpose in die Höhe. „Im Schloss. Komm mit.“

5

Auf dem Weg zum Schloss setzte Nieselregen ein. Die Tropfen glitzerten in Sylvias Haar, wenn sie der Strahl der Taschenlampe streifte. Ernesto sah, wie Sylvia die Wolljacke enger um ihre Schultern zog. Sie sog die Luft scharf ein und klapperte mit den Zähnen.

Als sie zum Tor kamen, sahen sie, dass der Riegel vorgeschoben und mit einem neuen Vorhängeschloss gesichert war. Ernesto rüttelte daran, aber der Riegel ließ sich nicht bewegen.

„Mist“, sagte er.

„Wir gehen bei der Seitentür hinein.“ Sylvia packte ihn am Ärmel und zog ihn nach rechts die Schlossmauer entlang. Sie drückte eine Haselnussstaude beiseite und machte einen großen Schritt nach vorne, verlor fast das Gleichgewicht und klammerte sich an Ernesto.

„Pass auf, es ist rutschig“, sagte sie. Dann ließ sie Ernesto los und verschwand im Gestrüpp.

Als Ernesto sie eingeholt hatte, zeigte sie auf eine Holztür, die schief in den Angeln hing.

„Du musst sie aufheben und dann drücken. Für mich ist sie zu schwer.“

Ernesto konnte die Tür einen Spalt weit aufschieben. Dann setzte er die Tür ab, atmete tief ein und versuchte es noch einmal.

„Der Friedl war aber stärker als du.“

Endlich hatte Ernesto die Tür so weit aufgedrückt, dass sie durch den Spalt ins Innere des Schlosses konnten. Die Wände waren von speckigem Ruß überzogen, die Eisengeräte verrostet und zerbrochen.

„Die Schmiede, das hat der Friedl jedenfalls gesagt“, meinte Sylvia. „Er war oft hier und hat gebastelt.

Ich weiß nicht." Ernesto hörte das Schluchzen in ihrer Stimme. Sie wischte sich Tränen von der Wange.

„Hat er es hier versteckt?"

„Glaub nicht." Sie ging an ihm vorbei, durchquerte den Raum und verschwand hinter einer Biegung. „Komm", rief sie. „Wir müssen da hinüber."

Im Innenhof war es heller als in der Schmiede. Ernesto konnte durch den Nebel die Freitreppe erkennen und kämpfte sich durch das hohe Gras, duckte sich unter Zweigen hindurch und hörte, wie Äste an seiner Jacke entlangscheuerten. Unter seinen Sohlen knackte eine Bierdose. Das Licht der Taschenlampe traf auf Eisenteile und leere Flaschen. Für einen Moment sah Ernesto vor seinem inneren Auge, wie er auf eine versteckte Schaufel trat, die hochschnellte und ihm mitten ins Gesicht knallte.

„Komm jetzt", sagte Sylvia, die schon am unteren Ende der Freitreppe stand.

Ernesto sah nur ihre verschwommene Silhouette, so dicht war der Nebel.

„Wir müssen nach oben. Komm", sagte sie und ging voraus.

Die Freitreppe mündete in jenes schmale Stiegenhaus, das Ernesto schon kannte. Von hier aus gelangten sie in den zweiten Stock. Linker Hand führte ein Gang in einen der Renaissancesäle. Die Galerie öffnete sich zur Talseite hin, und Ernesto konnte die Lichter sehen, die den Vorplatz des Bergwerks beleuchteten. Dort unten standen dicht aneinandergedrängt weiße Säcke, bis an den Rand mit grauschwarzem Gestein gefüllt.

Ein Mann in Arbeitsmontur überquerte den Platz, verschwand in einer Lagerhalle.

„Was machst du da?" Sylvia winkte ihm. „Wir haben nicht ewig Zeit." Sie verschwand durch einen Mauerbogen. „Das ist die untere Kanzlei“, hörte Ernesto sie sagen. „Hier muss es sein. Beeil dich.“

Ernesto wusste nicht, was die Hektik zu bedeuten hatte. Sie waren allein hier, und sie hatten alle Zeit der Welt, um nach Friedls Schatz zu suchen. Er schlenderte an den Fenstern vorbei, hörte die Bretter unter seinen Schritten knarren und hielt sich am Rand des Raumes.

Der Boden war mit Papier übersät. Akten lagen wie Fächer auf den Holzbrettern, Regale neigten sich von den Wänden. Manche waren nach vorne gegen andere Regale gekippt und hingen jetzt schräg im Raum. Die Bücher und Ordner lagen ihnen wie ausgekotzt zu Füßen.

Neben der Fensteröffnung erhoben sich zwei Stapel Schnellhefter. Ausgebleicht und vom Regen aufgequollen lehnten sie zur Seite, und ein Hauch hätte ausgereicht, um sie einstürzen zu lassen.

Ernesto trat vorsichtig auf das verstreute Papier. Die ineinander verkeilten Ordner gaben nach, und Ernesto musste sich an der Wand abstützen, um nicht auszurutschen.

„Hier muss es irgendwo sein“, sagte Sylvia und zog an einem Aktenordner. Der Stapel wankte und fiel ihr vor die Füße.

„Warum bist du dir da so sicher?“

„Wo würdest du in diesem Schloss Unterlagen verstecken? Friedl hat immer gesagt, wenn du eine Kuh verstecken willst, dann steck sie in eine Kuhherde.“

„Okay. Wie sehen diese Unterlagen aus?“

„Das weiß ich nicht.“

„Das sind aber viele Kühe, um im Vergleich zu bleiben“, sagte Ernesto. „Such nach etwas, das nicht ganz so abgefuckt ausschaut.“

„Warum?“

„Die meisten dieser Akten liegen hier seit den Fünfziger- oder Sechzigerjahren. Friedls Unterlagen können nicht so alt sein." Ernesto hob ein paar Blätter auf. Eine Rechnung über Seile für das Bergwerk. Noch eine Rechnung für einen Keilriemen. Ein Schreiben an die gräfliche Verwaltung in Wolfsberg mit Angaben zur Abbaumenge im April 1964.

Für ein paar Augenblicke überlegte Ernesto, was für einen Schatz er hier vor sich hatte. Vielleicht reichten die Akten zurück bis zum Beginn des Abbaus von Eisenglimmer in Waldenstein. Vielleicht fanden sich Notizen über ältere Schächte. Es gab hier in der Nähe einige Stollen aus der Römerzeit, und es war nicht ausgeschlossen, dass hier in diesem Wust aus Papier das eine oder andere Geheimnis verborgen lag.

Wenn es nach ihm gegangen wäre, hätte er sich jetzt auf den Boden gesetzt und eine Akte nach der anderen durchgeblättert. Selbst wenn es keine Erkenntnisse über Römerstollen zu finden gab, alleine die Aussicht, anhand von Rechnungen und Briefen in ein seit Jahrzehnten verdämmertes Leben einzutauchen, faszinierte ihn.

Ob man anhand des Stils der Briefe auf den Charakter des damaligen Werksleiters schließen konnte? Es schien ein Mann gewesen zu sein, der sich gut überlegte, was er schrieb, und der sich kurzfasste. Keine Floskeln, nur Zahlen und Anweisungen.

„Ich glaub, das ist es", sagte Sylvia.

Nur widerwillig ließ Ernesto die Akten sinken.

„Ich sagte, ich habe es. Und jetzt verschwinden wir", sagte Sylvia und zupfte Ernesto an der Jacke.

„Warum hast du es so eilig? Hier ist doch niemand."

„Das kann sich aber ändern." Sie trat von einem Bein auf das andere.

„Oder musst du dringend aufs Klo?“

„Geh, jetzt mach keine Witze.“

„Das ist es also.“ Er zeigte auf das verschnürte Paket.

„Ja, ganz sicher.“

Von Sylvias Paranoia ein bisschen angesteckt, drehte sich Ernesto ein paarmal um, während sie die Treppe hinunterstiegen und dann den Innenhof erreichten. Es war unwahrscheinlich, aber selbstverständlich hätte sich jemand, genau wie sie, ins Schloss schleichen können. Die Frage war nur, warum jemand das tun sollte.

Die Antwort wartete auf Ernesto beim Eingang zur Schmiede. Dort vertrat ihnen ein Mann den Weg. Er hatte die Arme vor der Brust gekreuzt, und selbst in der Düsternis konnte Ernesto seinen unfreundlichen Gesichtsausdruck erkennen.

„Scheiße“, sagte Sylvia.

„Was suchen Sie hier?“, kam es von dem Mann.

„Das ist eine ausgezeichnete Frage“, antwortete Ernesto.

„Sie haben das Gebäude ohne Genehmigung betreten. Das hat eine Besitzstörungsklage zur Folge.“

„Und wer sind Sie?“, fragte Ernesto.

„Das ist der Werksleiter“, sagte Sylvia.

„Und wie heißen Sie?“, fragte Ernesto.

„Ich passe hier auf, dass so Gesindel wie ihr nicht herumlungert. Und jetzt sagt ihr mir eure Namen, sonst hole ich die Polizei.“

„Ich sage Ihnen meinen Namen ganz sicher nicht, und jetzt lassen Sie mich vorbei“, sagte Ernesto.

„Nicht frech werden.“ Der Werksleiter machte zwei Schritte auf Ernesto zu. „Und dich kenne ich.“ Er zeigte auf Sylvia. „Du bist eine von den Schlampen von der Volksschule.“

„Das klingt nicht besonders nett." Ernesto war nicht zurückgewichen.

„Du halt die Schnauze", fuhr ihn der Werksleiter an.

„Ah, jetzt sind wir schon beim Du. Interessant. Wissen Sie, das hier ist ein Tatort, und Sie haben hier genauso wenig verloren wie wir. Deshalb lassen Sie mich jetzt vorbei."

„Das kommt gar nicht infrage. Und was auch immer diese Schlampe da hat, das werdet ihr mir geben."

„Du bist ein Arschloch, Jölli", schrie Sylvia.

„Benehmen Sie sich", sagte Ernesto. „Sonst ..."

„Sonst was?" Werksleiter Jölli hob drohend den Arm.

„Oh, Sie wollen mich schlagen. Nur zu. Das wird eine fette Anzeige geben." Ernesto sah Jölli ins Gesicht. Dann machte er einen Schritt zur Seite und zog Sylvia mit sich. Sie ließen den Mann stehen, gingen schnell durch die Schmiede und liefen dann den Weg zur Volksschule hinunter.

„Ziemlich coole Aktion", sagte Sylvia und gab Ernesto das Paket mit den Unterlagen.

„Ich hab mir fast in die Hose gemacht", sagte Ernesto und zeigte ihr, dass seine Hände immer noch zitterten.

Kapitel 10

1

Die Unterlagen waren in einen Bogen Packpapier eingeschlagen und mit einem Stoffband verzurrt. Ernesto betrachtete das Paket, wie es da vor ihm auf dem Holztisch lag. Sonja stand an der Abwasch und füllte Bettys Wassernapf. Der Hund saß daneben und sah Sonja zu.

„Wo hast du das gefunden, sagst du? Noch Kaffee?“, fragte Sonja.

„In der unteren Kanzlei, so hat Sylvia den Raum jedenfalls genannt.“ Ernesto hielt ihr die Tasse hin.

„Was, glaubst du, steckt dahinter?“

Ernesto zuckte mit den Schultern.

„Aber du hast einen Verdacht.“

„Merkwürdig ist das schon“, sagte Ernesto. „Wenn ich nur eine halbe Stunde früher dort gewesen wäre ...“

„... dann hätte dich der Täter auch erschossen“, beendete Sonja seinen Satz.

„Ah.“ Ernesto verwarf die Hand. „Dann würde Friedl vermutlich noch leben.“

„Woher willst du das wissen?“

„Der Täter wollte Friedl erschießen, nicht mich.“

„Aber da kannst du dir nicht sicher sein.“ Sie setzte sich neben ihn und nahm seine Hände. „Ich habe geglaubt, du lässt jetzt die Finger von solchen Geschichten.“

„Das hast du nicht wirklich geglaubt.“

„Gehofft“, sagte Sonja und ließ seine Hände wieder los.

„Ja", sagte Ernesto.

„Genügen dir die Toten nicht, die du in Kroatien gesehen hast? Du solltest dieses Paket nehmen und bei der Polizei abgeben."

Ernesto lachte.

„Das ist mein Ernst", sagte Sonja.

„Mach dir keine Sorgen."

„Du bist heute Nacht von deinen eigenen Schreien aufgewacht. Du willst mir nicht erzählen, was du gesehen hast. Aber ich kann es mir denken."

Ernesto schwieg. Sonja hatte recht. Er hatte geschrien und um sich geschlagen, weil er in seinem Traum all die Schrecken noch einmal erlebte.

„Es war doch schon viel besser, oder?", fragte Sonja.

„Es wird auch wieder besser. Ich war letzte Woche bei Primarius Baumgartner."

„Und?"

„Er hat gesagt, die Flashbacks werden wiederkommen. Aber sie werden nicht mehr so heftig sein. Es hat keinen Sinn, sich zu verstecken."

„Trotzdem."

Ernesto beugte sich über den Tisch und küsste sie. „Die Unterlagen können warten", sagte er. „Sag mir lieber, was wir heute machen."

Betty erhob sich von ihrem Teppich neben dem Kachelofen und kam zu Ernesto. Ihr Schwanz schlug heftig hin und her, als er sie streichelte. Ihr Kopf lag auf seinem Oberschenkel, und sie grunzte, als er sie hinter den Ohren kraulte.

„Ich geh jetzt in die Werkstatt", sagte Sonja.

„Kann ich dir helfen?"

„Du kannst mir nicht helfen. Wirklich nicht. Aber du kannst mitkommen und mir etwas erzählen."

2

Während Sonja die Töpferscheibe in Bewegung setzte und den Tonklumpen zentrierte, begann Ernesto, von einem Leserbrief zu erzählen. Vor ein paar Tagen war ein neunseitiger Brief in der Redaktion angekommen. Ein gewisser Doktor Bardel beschwerte sich darin über die Halloween-Partys, die es jetzt schon in jedem zweiten Landgasthaus gab. Das sei ein kulturfremdes Spektakel, eingeschleppt aus den USA, um auch noch das letzte Stück heimischen Brauchtums zu verdrängen und durch Kommerz zu ersetzen.

„Der Brief bringt eine ziemlich ausführliche Begründung. Allerheiligen wurde von der katholischen Kirche erst 835 nach Christus auf den ersten November festgelegt. Gefeiert wird es aber schon seit dem siebenten Jahrhundert, und da fiel es auf den ersten Freitag nach Ostern. So weit hat der Doktor recht. Aber dann beginnt er sich zu irren."

Ernesto führte aus, dass auch das Fest für alle Verstorbenen, Allerseelen, zunächst am Pfingstmontag oder Dreifaltigkeitsmontag gefeiert wurde. Also in der unmittelbaren Nähe zu Ostern. Die Verschiebung in den Herbst fand erst im 9. Jahrhundert statt.

„Der Frühling war schon zur Zeit der Römer eine Zeit des Todes. In der römischen Antike war es verboten, im Mai zu heiraten. Im alten Rom wurde zu dieser Zeit das Fest Lemuria, das Totengedenken, abgehalten, und es galt als böses Omen, wenn man zu dieser Zeit heiratete. Und das war bei uns auch lange Zeit so."

„Warum eigentlich?" Sonja wischte sich die Hände ab und sah dem Tonzylinder zu, wie er auf der Scheibe rotierte.

„Überleg einmal. Wenn du im Mai schwanger wirst, wann bekommst du dann das Kind?“

„Februar.“

„Mitten im Winter. Vielleicht gehen gerade die Vorräte zur Neige.“

„Verstehe. Also ist das Heiraten im Mai neumodisches Zeug. Aber wo irrt sich der Doktor?“

„Das Totengedenken am ersten November haben wirklich die Iren erfunden, und die haben es auch zu uns gebracht. Die ersten Missionare in Kärnten waren irische Mönche. Einer der ersten war Modestus, der auf Bitte des damaligen Herzogs Cheitmar nach Kärnten kam. Er soll die erste Kirche in Maria Saal gebaut haben. Jedenfalls ist Halloween in Kärnten nicht ganz so abwegig, wie manche meinen.“

„Aber der Brauch ist doch bei uns keine zehn Jahre alt.“

„Ja, keine Frage. Aber Totenbräuche zu Allerheiligen und Allerseelen gab es bei uns auch schon früher. Die Allerseelenbrote zum Beispiel. Die wurden für die Toten gebacken und auf den Friedhof gebracht. Dann, nach der Segnung, verteilte man sie an die Armen. Das ist jetzt gar nicht so weit von Süßes oder Saures entfernt, wenn du mich fragst. Denn wenn den Toten kein Opfer gebracht wurde, konnte es gut sein, dass sie aus ihren Gräbern stiegen und den Lebenden eine Lektion erteilten.“

„Du willst das jetzt aber nicht verteidigen?“ Unter Sonjas Händen wirbelte der Ton auf der Scheibe und wie von selbst wuchs eine Schüssel aus dem Klumpen.

„Es ist verdammt kalt hier. Wie hältst du das aus?“ Sie hielt eine Hand in die Höhe. Die Haut an den Fingern war gerötet.

„Das meine ich", sagte Ernesto. „Warum installierst du nicht wenigstens einen Ofen?"

„Wenn ich den Brennofen einschalte, wird es heiß genug. Erzähl weiter."

„Meinetwegen sollen die Leute ihre Halloween-Partys feiern. Das Konzert am Wochenende beim Raab war ganz lustig."

„Wer hat gespielt?"

„Gummistiefel extrem."

„Um Gottes willen", sagte Sonja und lachte.

„Die waren gut. Mit weiß geschminkten Gesichtern und schwarzen Pullovern. Dead-Speed-Metal. Echt lustig. Aber laut. Übrigens, hast du gewusst, dass es bei uns früher auch solche Umzüge der Toten gegeben hat, zumindest in den Sagen?"

„Du meinst, dieses Süßes oder Saures ist gar nicht eingeschleppt?"

„Doch, natürlich. Aber es hätte sich auch hier entwickeln können. Es gibt die Sage vom Kindertotenzug."

Ein Mann ging am Abend des Allerseelentages nach Hause. Er war betrunken und konnte sich kaum auf den Beinen halten. Einen Schnaps nach dem anderen hatte er in sich hineingeschüttet und auf die Welt und auf Gott geflucht. Seine Frau lag zu Hause im Bett, wühlte sich weinend in die Kissen und war seit Tagen, ja Wochen, nicht aufgestanden. So trauerte jeder auf seine Art um das bei der Geburt verstorbene Kind.

Auf seinem Weg vom Gasthaus zu seiner Keusche ging der Mann durch einen Jungwald. Er kümmerte sich nicht um Weg und Steig und entging so der Wilden Jagd, die durch den Hohlweg brauste.

Äste knackten, als würde ein großes Tier durch den Wald brechen. Der Wind frischte auf und zauste die Kronen der Bäume. Ein Rauschen ging durch den Wald, und dann mischte sich in den scharfen Wind das Bellen eines Hundes.

Splitterndes Holz, es klang wie eine Explosion. Der Mann warf sich zu Boden. Gerade noch rechtzeitig, denn im Hohlweg, keine drei Meter von ihm entfernt, tauchte die Wilde Jagd auf. Vorneweg die dreibeinigen Hunde mit den roten Ohren. Kläffend und so wütend, dass sie aufeinander losgingen und mitten im Lauf um sich bissen. Dahinter die Percht auf dem Rücken eines Ebers, die Beine fest an die Flanken des Tieres gepresst, in der rechten Hand eine Sense, mit der sie einem ihrer Begleiter den Kopf abschlug.

Der Untote lief kopflos weiter, und der Schädel rollte über den Weg, wurde von einem anderen Untoten weggekickt und weitergespielt wie ein Fußball. Der Wilde Mann, ein Riese, behaart von oben bis unten, versetzte dem Kopf einen Fußtritt und beförderte ihn in den Wald. Direkt vor den Mann, der dort in Deckung lag. Der schrie auf und krabbelte weiter ins Unterholz.

Zu seinem Glück hörte ihn in dem Getöse niemand, sonst hätte ihn der Wilde Mann am Kragen gepackt und mitgenommen. So aber duckte er sich weiter unter die überhängenden Zweige und hielt den Atem an.

Als die Wilde Jagd schon beinahe vorbei war, hob der Mann den Kopf und sah die Nachhut des wüsten Zuges. Da stolperten Kinder und Jugendliche vor sich hin und weinten.

Eines der Kinder blickte in seine Richtung. Der Mann spürte, dass das Kind ihn direkt ansah. Da stand er auf und ging auf die Gruppe zu. Er rannte und kam atemlos bei den Kindern an, und obwohl es unglaublich schien, war er sich ganz sicher. Dieses Kind im weißen Kleid hier vor ihm war sein Kind, sein ungetauftes Kind.

„Da ist ja mein kleines Roabasle“, sagte er.

Das Kind lächelte. Nun hatte es einen Namen und war erlöst.

„Roabas ... bitte was?“, fragte Sonja.

„Pfh“, machte Ernesto. „Genau kann ich dir das auch nicht erklären. Vermutlich leitet sich das von Roamba ab. Roamba bedeutet Erdbeere. Roambasli so viel wie Erdbeerchen. Oder es kommt von Roaba, also Räuber. Dann nennt der Vater seine Tochter Räuberchen.“

„Eine eigenartige Sprache, dieses Lavanttalerische.“

3

Später ging Ernesto mit Betty zum Schafstall und streute den Tieren ein paar Händevoll Rübenschnitzel in die Futterraufe. Er sah ihnen dabei zu, wie sie ihre Köpfe zwischen die Holzlatten steckten und fraßen. Betty saß daneben und fixierte Ernesto. Er bemerkte ihren Blick und warf ihr einen Apfel zu. Sie fing ihn aus der Luft, legte sich ins Stroh und biss kleine Stücke davon ab.

Das Heu reichte noch bis zum Abend. Wenn man den Schafen zu viel gab, zogen sie es nur aus der Raufe und verteilten es am Boden. Aber als Einstreu war das Heu zu teuer. Betty sah Ernesto zu, wie er den Stall verließ. Sie blieb liegen und nagte weiter an ihrem Apfel.

Vor dem Stall in Richtung Süden hatte Ernesto im letzten Frühjahr ein Podest gebaut. Er hatte sechs Pfosten in den Boden gerammt, die Pfosten mit Holzträgern verbunden, und darauf hatte er Bretter geschraubt. Da standen jetzt vier Bienenstöcke.

Ernesto entfernte die untere Abdeckung beim ersten Stock. Um die Bienen zu sehen, musste sich Ernesto hinknien und mit dem Gesicht ganz nahe an die Öffnung kommen. Es bestand jetzt keine Gefahr, dass ihn eine Biene stach. Schon seit ein paar Wochen waren die Temperaturen so niedrig, dass sich die Bienen zur Wintertraube gesammelt hatten. Nur an sehr sonnigen Tagen wagten sich ein paar Arbeiterinnen nach draußen, um ihre Kotblase zu entleeren und sich ein bisschen umzusehen.

In der Werkstatt, die an den Stall grenzte, hatte Ernesto seine Imkerei eingerichtet. Als Sonja und er im vergangenen Jahr darüber diskutierten, ob es nicht gut wäre, ein paar Bienenstöcke anzuschaffen, hatte er sich den Raum angesehen. Damals standen hier ein paar alte Fässer herum, Eisenteile lagen am Boden, und irgendwer hatte einen Haufen Tellwolle in einer Ecke vergessen. Seit dem Tod von Sonjas Großvater hatte die Werkstatt niemand mehr benutzt.

Sonja hatte schon lange darüber nachgedacht, sich Bienen anzuschaffen, aber sie selbst hatte keine Zeit dafür. Sie musste ihr Geschäft am Laufen halten, und Bienen bedeuteten jede Menge zusätzliche Arbeit. Den Honig allerdings, den hätte sie schon gerne, hatte sie gesagt und Ernesto zum Geburtstag ein Buch mit dem Titel „Imkern leicht gemacht“ geschenkt. Zu Weihnachten bekam er dann einen Gutschein für einen Einsteigerkurs bei der Kärntner Imkerschule, und spätestens damit war die Sache besiegelt.

In der Werkstatt wischte er die Plastiktassen aus und versah sie mit den passenden Gittern. Diese Tassen, kaum fünf Millimeter hoch, aber so lange und breit, dass sie den Boden eines Bienenstocks bedeckten, schob Ernesto durch die hintere Öffnung in die

Bienenstöcke. Dort blieben sie bis zur nächsten Woche. Dann würde Ernesto sie wieder entfernen und sehen, wie viele Varroamilben abgefallen waren.

Die Varroamilbe ist ein Parasit, der sich in der Bienenbrut vermehrt und Brut und Bienen schädigt. Unternimmt der Imker nichts, stirbt das Volk. Ernesto hatte nach der Honigernte eine Behandlung mit Ameisensäure durchgeführt, und überhaupt hatte er alle Vorsichtsmaßnahmen ergriffen, die von der Imkerschule empfohlen wurden. Jetzt, mit diesem Test, würde er sehen, wie gut er gearbeitet hatte.

Während er die Plastiktassen vorsichtig in die Stöcke schob, dachte er über die Geschichten nach, die er Sonja erzählt hatte. Die Toten kamen zurück. Sie stiegen aus ihren Gräbern und erschreckten die Lebenden. Sie bestraften die Lebenden, wenn sie ihnen in die Quere kamen. In der Wilden Jagd ritten die Räuber auf Rehböcken mit Vampirzähnen, und die Mörder hatten ihre Wölfe gesattelt und jagten über die Almen. Stellte man sich ihnen in den Weg, drehten sie einem das Gesicht in den Nacken und fraßen das Fleisch von den Knochen.

Aber da gab es noch andere Tote. Die Verlassenen und Traurigen, jene, die auf Erlösung warteten. Das Kind war nur so lange dazu verurteilt, der Wilden Jagd zu folgen, bis sein Vater es erlöste. Dieses Motiv kommt sehr oft in den Sagen rund um Allerheiligen und Allerseelen vor. Aus dem Raum Völkermarkt kannte Ernesto eine Geschichte, in der eine Mutter lange um ihr verstorbenes Kind trauerte. Sie konnte sich gar nicht beruhigen, und selbst in der Kirche weinte sie, und im Stillen haderte sie mit Gott. Ihre Gebete wandelten sich in Klagen und in Zorn.

An einem Samstagabend machte sich die Frau auf, um die Messe zu besuchen. Sie wunderte sich, als sie die Kirche betrat und lauter Kinder in den Bänken saßen. Es war ihr nicht wohl in ihrer Haut. Irgendetwas stimmte hier ganz und gar nicht. Aber da läutete die Glocke, und der Priester kam herein. Er trug eine schwarze Tiara, und als er das Gesicht den Gläubigen zuwandte, hätte die Frau beinahe aufgeschrien. Doch der Schrecken blieb ihr im Hals stecken. Der Priester starrte aus den hohlen Augen eines Totenschädels auf die Frau. Er winkte ihr zu, aber sie konnte sich nicht bewegen.

Ein Kind nach dem anderen stand auf und trat an den Altar. Blumen, grüne Zweige und Früchte legten die Kinder dem Priester zu Füßen. Als Letztes erhob sich das verstorbene Kind der Frau. Es trug ein kleines Fass im Arm, und es konnte das Fass kaum halten. Immer wieder drehte es sich zu seiner Mutter um, und jetzt überwand die Mutter ihre Furcht und half ihrem Kind, das Fass zum Altar zu tragen.

„Warum hast du keine Blumen?", fragte die Mutter.

„Weil du immer noch um mich trauerst, habe ich nur dieses Fass voller Tränen, das ich Gott zum Geschenk machen kann", antwortete das Kind.

4

Als es Abend wurde, saß Ernesto am Holztisch in der Küche. Er hatte das Paket aufgeschnürt und Friedls Unterlagen über den Tisch verteilt. Betty döste zu seinen Füßen. Sonja arbeitete draußen in der Werkstatt, und Ernesto hatte ihr gerade eine Tasse Tee gebracht. Unter ihren klammkalten Händen formte sich eine Salatschüssel nach der anderen, Teetassen und Karaffen und eine ganze Armee von Weihnachtsengeln.

Das Bündel, das Sylvia und Ernesto aus der alten Kanzlei geholt hatten, bestand aus dreiundzwanzig Schulheften. Das Packpapier und die Schnur waren neu, aber die Hefte waren an den Rändern abgerieben und ausgebleicht. Das erste stammte aus 1992, dem Jahr des Mordes an Irene Schatz, dem Jahr, in dem Friedl inhaftiert worden war.

Das letzte Heft trug das Datum 2016. Sein Frontblatt war mit Kaffeeringen bedeckt, und als Ernesto die ersten Seiten aufblätterte, wirbelte ihm Zigarettenasche entgegen. Die Handschrift war winzig und kaum zu entziffern. Die Buchstaben drängten sich aneinander, als müssten sie sich gegenseitig wärmen.

Der letzte Eintrag stammte von Freitag, dem 28. Oktober, dem Tag seines Todes. Da stand: „Treffen mit Ernesto Valenti, Kornettkeusche, 19 Uhr."

Auch ihr Treffen in der Weinstube Raab war in dem Heft vermerkt. Unter dem Datum stand: „Kontakt hergestellt. Alles läuft bestens."

Friedls Aufzeichnungen beschränkten sich aber nicht auf diese Tagebuchnotizen. Es gab lange Einträge, ausgeschnittene Zeitungsartikel lagen zwischen den Seiten. Manche Stellen waren mit Leuchtstift markiert.

„Gemeinderat Wolfsberg beschließt Renovierung der Stadtgalerie"; „Wie Stadtrat Krobath ausführt, muss der soziale Wohnbau aufgrund budgetärer Notwendigkeiten bis auf Weiteres eingestellt werden"; „Tote Frau aufgefunden"; „Dr. Martin Wutscher gewinnt Charity-Golf-Turnier".

Ernesto wurde aus diesem Sammelsurium nicht schlau. Es sah so aus, als hätte Friedl die Zeitungsausschnitte wahllos zusammengetragen, und auch die Markierungen korrespondierten nicht immer mit dem eigentlichen Thema des Artikels. Im vorderen Drittel des Heftes fand Ernesto einen Artikel über die Umfahrung von Bad St. Leonhard. Es ging darum, dass Anrainerproteste abgewiesen worden waren und auch die Klage beim Obersten Gerichtshof kaum Chancen hatte. Die Entschädigungen, die die Landesregierung an die Grundbesitzer zahlen wollte, bezeichneten die Anwälte als lächerlich. Von beiden Seiten lagen Rechtsgutachten vor, und der Streit drohte, sich in Länge zu ziehen.

Friedls Anstreichungen bezogen sich aber gar nicht auf diese Auseinandersetzung. In einer Bildunterschrift tauchte Stadtrat Krobath auf. Er war in seiner Funktion als Parteisekretär bei der Eröffnung eines Teilstückes anwesend gewesen. Mit dem Projekt selbst hatte er nichts zu tun. In einem Nebensatz verwies der Landeshauptmann auf ein Altenheim in St. Georgen. Friedl hatte diesen Satz eingefärbt.

Der Zusammenhang erschloss sich Ernesto auch nicht, als er begann, die längeren Einträge zu lesen. Darin ging es immer wieder um Friedls Unschuld und darum, wie er diese zu beweisen gedachte. Er beschuldigte die Richter und die Staatsanwaltschaft, unter einer Decke zu stecken und seit Jahren und Jahrzehnten dafür zu sorgen, dass kleine Kriminelle wie er lange Haftstrafen zu verbüßen hatten, während Wirtschaftskriminelle, korrupte Politiker und ihre Freunde mit einem Klaps auf die Finger davonkamen.

Die Suada zog sich über Seiten und Seiten. Friedl ließ sich über die Kärntner Zentralbank aus, über faule Kredite und kroatische Luxusjachten, die es eigentlich gar nicht gab. Die Kärntner Zentralbank hatte einen Kredit von mehreren hunderttausend Euro gewährt, ohne die Kreditwürdigkeit des Kreditnehmers zu prüfen oder sich zu versichern, ob die Boote überhaupt existierten, die für das Geld angeschafft werden sollten. Als die Sache aufflog, schrieb man den Kredit ab und ging zur Tagesordnung über. Ein Skandal, der in der Presse breitgewalzt worden war.

Auch Friedls Schlussfolgerungen zur Griechenlandkrise und der Rolle europäischer Banken fand Ernesto nicht besonders originell. Aber immerhin musste er Friedl zugestehen, über die Sache nachgedacht zu haben und tiefer in die Materie vorgedrungen zu sein als der durchschnittliche Zeitungsleser.

„Und wenn man sich das alles ansieht, dann ist doch klar, dass es sich um eine weltweite Verschwörung handelt“, stand am Ende dieses Eintrags.

Sollte er sich wirklich durch diese Hefte kämpfen, eine Anklage nach der anderen? Die Konzerne sind schuld, die Banken, und all diese Organisationen werden von geheimen Mächten gelenkt, die uns dumm und abhängig halten.

Ernesto brauchte frische Luft.

Der Frost kroch in die Erde und ließ den Matsch erstarren. Im Licht der Hoflampe glitzerte das Eis, und es knirschte unter den Schritten, als Ernesto mit zwei Tassen Tee in Richtung Werkstatt ging.

„Es ist bald halb acht“, sagte Ernesto und reichte Sonja den Tee. „Willst du nicht aufhören für heute?“

„Ein bisschen noch.“ Sie legte beide Hände um die Teetasse und zog die Schultern hoch.

„Du frierst dir die Finger ab.“

„Und du? Bist du weitergekommen?“

Ernesto zog eine Augenbraue hoch.

„Was ist das Problem?“

„Ich durchschau das noch nicht ganz. Es ist fast wie in einer dieser Sagen. Jemand schickt eine Botschaft aus dem Totenreich. Nur, dass ich mit dieser Nachricht noch nicht viel anfangen kann.“

Kapitel 11

1

„Warten Sie einen Moment", sagte Natascha. „Er kommt gerade zur Tür herein." Sie hielt eine Hand über den Hörer und sagte zu Ernesto: „Ein gewisser Taferner. Ruft heute schon zum vierten Mal an. Muss dringend sein."

Ernesto hob eine Augenbraue und zeigte auf seinen Schreibtisch.

„Einen Moment. Ich stelle Sie durch." Sie tippte auf eine Taste und legte auf. Ernestos Telefon begann zu läuten.

„Hat er gesagt, was er will?"

„Keine Ahnung. Viermal." Sie ließ ihren Zeigefinger an der Schläfe rotieren.

„Valenti", sagte Ernesto, nachdem er den Hörer abgenommen hatte.

„Ich habe eine Geschichte für Sie."

„Ich höre."

„Können Sie sich das vorstellen? Die Gerichtsmedizin in Graz will die Leiche nicht freigeben."

„Wie meinen Sie das?"

„Ich habe dort heute angerufen und gesagt, dass ich das Begräbnis übernehme. Aber die wollen mir die Leiche nicht geben."

„Nur Ihnen nicht oder generell nicht?"

„Mir jedenfalls geben sie sie nicht."

„Das kann eine Menge Gründe haben", sagte Ernesto. „Ich werde nachhaken."

„Fein. Ich bin dann später in der Stadt und schaue bei Ihnen vorbei." Taferner ließ Ernesto keine Zeit für eine Erwiderung.

„Und?“, fragte Natascha und drehte sich um.

„Der macht sich wichtig.“ Ernesto schenkte sich Kaffee ein. „Aber vielleicht ist er noch ganz nützlich. Sonst irgendwelche Anrufe, Wünsche, Beschwerden?“

„Noch nicht, zumindest nichts, was dich betrifft. Aber wir haben da einen Austräger, der die Zeitungen offensichtlich im Altpapiercontainer entsorgt.“ Sie zeigte auf zwei Stapel Zeitungen, die, noch zusammengebunden aber ziemlich ramponiert, vor ihrem Schreibtisch am Boden standen.

„Das da hat eine Frau vorbeigebracht. Sie konnte die Zeitungen kaum tragen. Sie sagt, sie hat die Zeitungen in St. Stefan im Container gegenüber der Bank gefunden.“

„Gefunden?“

Natascha zuckte mit den Schultern. „Wenn du mich fragst, die Alte hat eine Schraube locker, oder auch zwei. Aber ich kann das trotzdem nicht ignorieren.“

„Dann viel Glück.“ Ernesto hob die Tasse und ging dann zu seinem Schreibtisch zurück. Es war Zeit, Steinkellner anzurufen.

„Ich habe nichts für Sie“, sagte Steinkellner nach der Begrüßung.

„Wieso wurde die Leiche noch nicht freigegeben?“

„Woher soll ich das wissen? Vielleicht ist die Obduktion noch nicht fertig. Die Feiertage, Sie verstehen.“

„Und Sie, haben Sie schon eine Spur?“

„Das werde ich Ihnen nicht sagen.“

„Haben Sie überhaupt schon mit den Ermittlungen begonnen? Wie sieht es mit den Verhören aus?“

„Gut, dass Sie mich das fragen. Dann kann ich gleich mit Ihnen anfangen“, sagte Steinkellner. „Kommen sie heute Nachmittag um 15 Uhr zu mir.“

„Sie scherzen."

„Hören Sie mich lachen? Sie waren als Erster am Tatort. Ich brauche eine offizielle Aussage."

„Aber ..."

„15 Uhr", sagte Steinkellner und legte auf.

Der Posteingang im E-Mail-Programm zeigte 59 neue Nachrichten. Die meisten löschte Ernesto, ohne mehr als die Überschrift gelesen zu haben. Der Fotograf hatte Fotos von der Gräbersegnung in Wolfsberg geschickt und ein freier Mitarbeiter den Bericht von einem Sängertreffen in Eitweg. Die Veranstaltung war schon eineinhalb Wochen her, und Ernesto hatte nicht mehr mit dem Artikel gerechnet. Als er das Textdokument öffnete und zu lesen begann, merkte er nach der zweiten Zeile, dass es da nicht um ein Sängertreffen ging. Da war von einem Schilift die Rede. Im Dezember sollte ein neuer Schlepplift eröffnet werden, so viel konnte Ernesto nach einer halben Seite sagen, aber wo dieser Schilift in Betrieb gehen sollte und wer ihn betreiben würde, das stand da nicht. Vielleicht erfuhr man es, wenn man die restlichen neun Seiten las. Aber das wollte Ernesto sich nicht antun. Er griff zum Hörer und rief den Mitarbeiter an.

„Ich hab ja im Mail geschrieben, du sollst dir herausnehmen, was du brauchst."

„Hör zu, das ist lächerlich. Ich will von dir einen Artikel mit maximal vierzig Zeilen zu je achtunddreißig Anschlägen. Und in diesem Artikel beantwortest du folgende Fragen: Wer? Was? Wann? Wo? Wie? Warum?"

„Aber ich hab das doch immer so gemacht. Dein Vorgänger war damit zufrieden."

„Das haben wir schon ungefähr dreihundertmal diskutiert. Ich sage dir, was wir jetzt machen. Du hast bis morgen Zeit.“ Ernesto sah auf, weil jemand vor seinem Schreibtisch stand. Es war Armin Taferner. Mit ausgestrecktem Arm bot er Taferner einen Platz an. „Wenn der Artikel bis zehn Uhr nicht da ist, mache ich es selbst, und dann gibt es auch kein Honorar. Hast du mich verstanden?“ Er legte auf, ohne eine Antwort abzuwarten. „Sie waren aber schnell hier“, sagte Ernesto zu Taferner. „Wie kann ich Ihnen helfen?“

„Wenn Sie nach dem Mörder suchen, dann kann ich Ihnen vielleicht helfen“, sagte Taferner. „Außerdem möchte ich Sie zum Begräbnis einladen. Am Freitag um 11 Uhr 30 am Friedhof in Wolfsberg.“

„Ich werde dort sein. Natürlich. Aber ich dachte, die Leiche ist noch nicht freigegeben.“

„Es geschehen noch Zeichen und Wunder“, sagte Taferner. „Gerade als ich mit Ihnen gesprochen habe, also gleich danach, hat mich die Pathologie zurückgerufen, und dann habe ich das Begräbnis gleich organisiert. Haben Sie Zeit für einen Kaffee?“

„Wenn es um Friedl geht.“

„Ich habe nachgedacht, und mir ist etwas eingefallen, was vielleicht weiterhilft.“

„Dann gehen wir.“

Sie setzten sich wieder in das Extrazimmer des Gasthauses Dölder, und der Kellner brachte Ernesto seinen Cappuccino und einen Aschenbecher.

„Also, legen Sie los“, sagte Ernesto.

„Ihr Vater hat Friedl gehasst.“

„Wessen Vater?“

„Na, Irenes Vater, der alte Thonhauser. Er hat gesagt, er bringt Friedl eigenhändig um, wenn er ihn erwischt. Das hat er im Gericht gesagt. Ich erinnere mich noch genau.“

„Das ist über zwanzig Jahre her."

„Oh, wenn ich auch nur angedeutet habe, ich könnte Friedl helfen, ist er schon explodiert." Taferner schüttelte den Kopf und schnalzte mit der Zunge.

„Sie halten ihn für verdächtig?"

„Natürlich will ich niemandem etwas Böses nachsagen, aber es geht doch darum, Friedls Mörder zu finden."

Ernesto nickte und nahm einen Schluck von seinem Cappuccino. Stefan Thonhauser, Ernesto hatte den Mann bei verschiedenen Gelegenheiten getroffen. Als Präsident der Wirtschaftskammer Lavanttal hatte er seine Finger bei allen möglichen Entscheidungen im Spiel gehabt. Sein letzter großer Coup war aber schon eine Zeitlang her. Vor etwa zehn Jahren hatte er versucht, einen Autozulieferer ins Lavanttal zu bringen. Die Firma stand in den Startlöchern. Es gab sogar schon Verträge mit internationalen Autobauern, aber die Sache verlief dann doch im Sand. Ernesto erinnerte sich nicht mehr genau, warum der Autozulieferer einen Rückzieher gemacht hatte. Jedenfalls war das Werk nie gebaut worden.

„Der alte Mann ist zornig", sagte Taferner. „Er hat mir sogar gedroht, mich hinauszuschmeißen, wenn ich mich weiter mit Friedl treffe."

„Das mag sein." Ernesto zündete sich eine Zigarette an. „Aber sagen Sie einmal, der Thonhauser muss ja schon steinalt sein."

„Dreiundachtzig, aber was hat das damit zu tun? Er hat erst letztes Jahr eine Wanderung durch die Anden gemacht. Der Mann ist topfit."

„Aha", machte Ernesto.

„Der hängt Sie locker ab, wenn ich mir so anschaue, wie viel Sie rauchen."

Ernesto blies den Rauch aus und nickte. „Dreiundachtzig, sagen Sie. Hindernis ist das keines, das gebe ich zu. Aber bei so etwas fragt man sich immer, warum gerade jetzt? Er hätte doch mindestens drei Jahre Zeit gehabt seit Friedls Entlassung. Und dann der Ort. Die Kornettkeusche. Das ist schon sehr seltsam."

„Hey, Sie sind der Journalist." Taferner hob seine Arme, als wolle er sich ergeben. „Ich wollte Ihnen nur einen Tipp geben."

„Mhmm", machte Ernesto. „Ich lasse es mir durch den Kopf gehen. Aber jetzt habe ich noch eine Zeitung zu machen." Er stand auf und streckte Taferner die Hand entgegen. „Der Kaffee geht auf mich", sagte er und ging.

2

Die drei Regionalseiten für morgen hatte Ernesto schon seit Montag fertig. Für übermorgen plante er eine Geschichte über eine Initiative der Polizei. Im Herbst, besonders im November, stieg die Zahl der Dämmerungseinbrüche. Deshalb bot die Stelle für Kriminalitätsprävention am kommenden Samstag einen Vortrag im Rathausfestsaal in St. Andrä an. Außerdem konnte man sich kostenlose Beratung nach Hause holen. Ein Anruf beim nächsten Polizeiposten genügte, und ein Präventionsbeauftragter sah sich Haus oder Wohnung an.

Auf die zweite und dritte Seite stellte er einen Bericht von der Eröffnung eines Biomasseheizwerkes in Reichenfels. Ein freier Mitarbeiter hatte den Artikel und die Fotos schon am Montag geschickt, und Ernesto musste den Text nur mehr ins Layout stellen. Den Rest der Seiten würde er morgen füllen.

In seinem Notizblock strich Ernesto das Bioheizwerk und die Präventionsgeschichte, blieben für nächste Woche noch die Ankündigung des ersten Perchtenlaufs, eine Gemeinderatssitzung in St. Paul, ein Bericht über ein Hundeturnier in Matschenbloch, und die Tourismusregion Lavanttal stellte am kommenden Dienstag die Highlights der Wintersaison vor.

Ernesto holte sich frischen Kaffee und blätterte in Friedls Heften. Die Auslassungen über die Weltpolitik sparte sich Ernesto. Er suchte nach Zeitungsausschnitten und Notizen, die etwas mit dem Lavanttal zu tun hatten.

Stadtrat Gernot Krobath kam am häufigsten vor. Die Ankündigung, den sozialen Wohnbau zu stoppen, die Kürzung des Heizkostenzuschusses, die Vertreibung der Obdachlosen aus den Parkanlagen und die Schließung des Sozialmarktes. Wenn Ernesto sich so ansah, was Krobath in den letzten Jahren in seiner Funktion als Referent für Soziales geleistet hatte, dann hatte er schon die Überschrift für einen Artikel. Der Anti-Sozialstadtrat.

Zeit, Bilanz zu ziehen, dachte Ernesto und wählte Krobaths Nummer, landete aber in der Sprachbox. Er legte auf, ohne eine Nachricht zu hinterlassen.

Krobath hatte einen Hang zu knackigen Zitaten. Ernesto schrieb ein paar davon aus Friedls Heften ab.

„Diese Leute besetzen Sozialwohnungen, die wir für arme Familien und alleinerziehende Mütter brauchen. Dieses arbeitsscheue Gesindel gehört in ein Lager gesteckt."

„Obdachlose verbreiten Krankheiten und Seuchen. Sie müssen von der Bevölkerung ferngehalten werden."

„Diese Schmarotzer, Alkoholiker, dieses asoziale Gesindel gehört zwangssterilisiert."

„Mit einer ordentlichen Beschäftigungspolitik hätten wir diese Probleme nicht."

Ernesto schob den Notizblock beiseite. Es gab sicher noch hunderte solcher Zitate, aber die vier reichten ihm. Krobath war ein Kotzbrocken, und genau deshalb hatten ihn so viele Leute gewählt. Wenn er auf die „Sozialschmarotzer" losging, auf den „Abschaum", oder welche Kosenamen er auch immer für die Schwachen, die Geschlagenen und Gestrandeten fand, dann flogen ihm die Sympathien jener zu, die es gerade noch so geschafft hatten.

Neben Krobath gab es noch zwei oder drei andere Personen, denen Friedls besondere Aufmerksamkeit galt. In den Heften der letzten drei Jahre fand Ernesto eine ganze Menge Zeitungsausschnitte, in denen Martin Wutschers und Harald Dohrs Namen mit Leuchtstift markiert waren. Besonders oft kam auch der Name Gottfried Mauritsch vor.

Ernesto runzelte die Stirn. Gottfried Mauritsch, irgendetwas sollte ihm dieser Name sagen. Er gab ihn ins Redaktionssystem ein, und eine Liste mit Einträgen erschien. Wie schon den Überschriften zu entnehmen, war dieser Mauritsch in die sogenannte Lavanttal-Bank-Affäre verwickelt. Ernesto hatte selbst ein paar Artikel darüber geschrieben, aber das war schon ziemlich lange her.

Die Lavanttal-Bank-Affäre hatte irgendwann in den 80er Jahren begonnen. Damals gründeten Gottfried Mauritsch und seine Verbündeten eine Bank. Die Idee dahinter war, ein Kreditinstitut für Klein- und Mittelbetriebe aus der Region zu gründen. Man wollte den Unternehmen möglichst günstige Kredite gewähren. Und das schaffte man auch. Im Vergleich zu anderen Banken verlangte die Lavanttal-Bank nur die Hälfte der Zinsen. Auf Bearbeitungsgebühren und sonstige Kosten verzichtete man ganz.

Ernesto fand einen Artikel aus der Kärntner Tagespost, der sich mit diesem Geschäftsmodell genauer auseinandersetzte. Mauritsch behauptete, er und seine Freunde hätten eine Methode entwickelt, mit der sich die internationalen Finanzmärkte für die regionale Entwicklung einspannen ließen.

Wie das im Detail funktionieren sollte, stand nicht in dem Artikel, nur, dass man mittels Börsengeschäften so viel Gewinn erwirtschaften wollte, dass man sich die niedrigen Zinsen leisten konnte.

„Wir wollen etwas für unsere Heimat tun", wurde Mauritsch zitiert. „Deshalb lautet unser Werbespruch: Think global, act local."

Soweit Ernesto sehen konnte, hatte das Konzept nur sehr bedingt funktioniert. Vor acht Jahren hatte die Bank Insolvenz angemeldet. Wie sich herausstellte, saß die Bank auf einem enormen Berg fauler Kredite. Darunter allerdings kaum Kredite heimischer Firmen, sondern vor allem Geschäfte mit internationalen Konsortien.

Die Staatsanwaltschaft leitete Ermittlungen ein. Das war, wie gesagt, vor acht Jahren passiert. Seitdem bewegte sich kaum etwas. Eine Anklage wegen Betrugs und fahrlässiger Krida wurde gegen Mauritsch und ein paar andere Beteiligte vorbereitet, aber es sah nicht so aus, als ob diese Vorbereitungen in absehbarer Zeit zu einem Ergebnis führen würden.

Was für eine nette Geschichte, dachte Ernesto und machte sich Notizen. Binnen einer halben Stunde hatte Ernesto zwei Themen gefunden, die er in den nächsten Tagen und Wochen ausschlachten konnte. An Friedl war ein Journalist verlorengegangen. Dieses Gespür für interessante Storys ist selten, und Ernesto hätte ihn sofort als freien Mitarbeiter engagiert.

„Sag einmal.“ Ernesto stand auf und klopfte eine Zigarette aus der Packung. „Hat Taferner eine Nummer hinterlassen?“

„Hab ich dir auf einen Zettel geschrieben und auf deinen Schreibtisch gelegt“, sagte Natascha. „Ich dachte, der Typ geht dir auf die Nerven.“

„Die meisten Leute gehen mir auf die Nerven.“ Ernesto stieß die Tür auf und zündete die Zigarette an. Er saß auf der Fensterbank und las die Filmplakate auf der anderen Straßenseite. Der Himmel über den Häusern hatte die Farbe von Zigarettenrauch, und der Wind hatte in den letzten Stunden aufgefrischt. Die Luft prickelte auf Ernestos Gesicht.

Die Hefte hatten Ernesto zwei gute Geschichten geliefert. Aber er war sich nicht sicher, ob sie ihn auf der Suche nach dem Mörder weiterbrachten. Es sah so aus, als ob Friedl ein paar Leute ziemlich genau beobachtet hatte. Ernesto glaubte nicht, dass Friedl das nur aus Langeweile getan hatte. Da steckte etwas dahinter. Nur konnte Ernesto noch nicht sehen, was es war.

Harald Dohr bestritt, dass er Friedl kannte. Wutscher hatte sich dazu im Grunde genommen nicht geäußert. Nur Krobath konnte es schlecht abstreiten, immerhin war er für Friedls Delogierung verantwortlich. Diesen Mauritsch hatte Ernesto bis jetzt überhaupt nicht auf dem Radar gehabt.

Das war ein Anfang. Ernesto konnte die Puzzleteile sehen, aber er hatte noch keine Ahnung, wie sie zusammenpassten. Vielleicht konnte er Dohr dazu bringen, die Bekanntschaft zuzugeben. Taferner hatte behauptet, sie seien früher zusammen um die Häuser gezogen.

Wenn Ernesto Dohr darauf ansprach, knickte er vielleicht ein. Aber das war riskant.

Der Zettel mit Taferners Telefonnummer lag neben der Mappe mit den Einladungen und Terminen. Ernesto gab die Nummer in sein Mobiltelefon ein und speicherte sie. Er überlegte, ob er ihn gleich anrufen sollte, entschied sich dagegen und packte seine Sachen zusammen. Die Uhr am Computer zeigte 13 Uhr 23, um 15 Uhr musste er bei Major Steinkellner sein. Mehr als genug Zeit für die Fahrt nach Klagenfurt, aber Ernesto brauchte ohnehin Zeit zum Nachdenken.

3

Die Parkplätze im Hof der Kärntner Tagespost waren alle besetzt, deshalb fuhr Ernesto weiter über den Völkermarkter Ring hinunter zum Konzerthaus. Dort unter den Kastanienbäumen fand er einen freien Platz. Auf dem Gehsteig direkt vor ihm zog gerade ein Rottweiler eine alte Frau an der Leine hinter sich her. Sie stemmte sich gegen das Tier, aber der Hund war stärker. Er steuerte auf einen Kastanienbaum zu, hob sein linkes Hinterbein und pinkelte an den Stamm.

Die Temperaturanzeige des Wagens stand auf zwei Grad plus, doch mit dem Wind fühlte sich die Luft wesentlich kühler an. Ernesto schlug den Kragen seiner Jacke hoch, steckte die Hände in die Taschen und machte sich auf den Weg.

Rechter Hand lag das Landesmuseum. Ein rotweiß-rotes Absperrband knatterte im Wind. Es war um ein Geviert aus Eisenstangen gespannt. In dessen Mitte lagen Mauerreste und Verputz. Von der Nordseite des Gebäudes war vor drei Wochen ein Erker abgebrochen und auf den Rasen vor dem Museum gestürzt. Oben im dritten Stock klaffte nun ein Loch in der Wand. Auch dort hatte man Absperrbänder angebracht.

Der Einsturz war drei Wochen her, und alles, was man zustande gebracht hatte, war ein rot-weiß-rotes Absperrband. Durch das Loch in der Wand krochen die Feuchtigkeit und die Kälte. Man hätte wenigstens ein paar Bretter vor das Loch nageln können, aber offensichtlich kümmerte es niemanden, wenn noch ein paar Ausstellungsstücke verschimmelten.

Vor zwei Jahren hatte es bei einem Unwetter einen Wassereinbruch gegeben, der die Bibliothek im Keller überschwemmt hatte. Fotos zeigten, wie einige Arbeiter die triefenden Bücher ins Freie schafften und auf dem Rasen zum Trocknen auflegten.

Die Aufregung war groß, die Zeitungen berichteten, und der Museumsdirektor beklagte den Verlust unschätzbarer Kostbarkeiten. Doch das war nur das Vorspiel zum eigentlichen Skandal. Als Čertov, der Kulturredakteur der Kärntner Tagespost, nachzubohren begann, stellte sich heraus, dass es keine Sicherheitsvorkehrungen gegen den Wassereinbruch gegeben hatte. Das Kellergeschoss war seit Jahren undicht, und bei starkem Regen drang Wasser durch die Wände. Das hatte man gewusst, und niemand hatte etwas dagegen unternommen.

Es stellte sich heraus, dass schon der vorige Direktor des Museums einen Antrag für eine Sonderfinanzierung beim Land gestellt hatte, um die Kellerräume abzudichten und trockenzulegen. Der zuständige Landesrat hatte den Antrag ignoriert und den Direktor vertröstet. Das war jetzt über zehn Jahre her.

Čertov hatte nicht lockergelassen. Mit einem Fotografen im Schlepptau war er die Treppe in den Keller des Museums hinuntergestiegen und hatte das Schlamassel selbst inspiziert. Beinahe die gesamte Sammlung bäuerlicher Geräte war von einem grünweißen Schimmel überzogen. Wenn man die Buttermodel oder die Spinnräder anfasste, zerfielen sie zu modrigen Krumen.

Seit der Rettungsaktion für die Bücher vor zwei Jahren war wenig geschehen. Die versprochenen zweihunderttausend Euro für die Renovierung der Bücher waren nie ausgezahlt worden. Der Niedergang der Kärntner Zentralbank riss die Finanzen des Landes mit sich. Der Schutz und Erhalt des kulturellen Erbes war als nicht vordringlich eingestuft worden, und so flossen die zweihunderttausend Euro in die Tilgung der Schulden der Kärntner Zentralbank. Ein Tropfen auf dem heißen Stein angesichts der elf Milliarden, die die Kärntner Zentralbank in faulen Krediten und den Taschen der üblichen Verdächtigen versenkt hatte.

Ernesto bog an der Kreuzung Richtung Süden ab und schlenderte durch die Bahnhofstraße. Sein Mobiltelefon begann zu läuten. Es war Krobath.

„Sie haben mich vorhin angerufen."

„Hab's mir anders überlegt", sagte Ernesto. „Andererseits, wenn ich Sie schon einmal am Apparat habe. Ich möchte gerne eine Geschichte mit Ihnen machen, eine Art Zwischenbilanz."

„Wie kommen Sie jetzt darauf?"

„Kein besonderer Grund. Ich denke, die Legislaturperiode ist jetzt etwa zur Hälfte um, da kann man einmal nachfragen. Wie wäre es morgen Vormittag, zehn Uhr?"

„Kommen Sie in mein Büro."

Ernesto legte auf. Für seinen Termin mit Steinkellner war er zu früh dran, aber das war ihm egal. In der Eingangshalle stand ein uniformierter Beamter mit in die Hüften gestemmten Armen und hielt Ernesto auf. Er musste durch die Sicherheitsschleuse. Also kramte Ernesto seine Brieftasche und sein Mobiltelefon hervor, legte beides in den Plastikkorb und ging durch den Metallrahmen. Es piepste.

„Drehen Sie sich um", sagte der Beamte.

Ernesto schnaufte und hob die Arme, während der Beamte mit einem Detektor seine Körperkonturen nachzog. Zuerst surrte das Gerät nur, aber als der Beamte Ernestos Bauch erreichte, schrillte es auf. Die Gürtelschnalle. Ernesto hob seinen Pullover auf und zeigte sie dem Beamten.

„Gehen Sie durch."

Steinkellners Büro lag im zweiten Stock. Die Tür stand offen, und Ernesto hörte Steinkellner etwas murmeln. Als Ernesto gegen die Scheibe klopfte, hob Steinkellner den Kopf.

„Sie sind zu früh", sagte er. „Das ist Hauptmann Rassi." Steinkellner nickte dem Mann zu, der am Whiteboard stand. „Er ist ebenfalls mit den Ermittlungen betraut."

„Interessant", sagte Ernesto und setzte sich. „Was haben Sie denn schon herausgefunden, Hauptmann Rassi?"

„Hier stellen wir die Fragen", sagte Rassi.

Steinkellner lächelte.

„Aha", machte Ernesto. „Dann fragen Sie."

„Sie haben den Toten also gefunden?"

„Ja."

„Wo und wann?"

„Wirklich? Das habe ich doch schon gesagt." Ernesto sah Steinkellner an.

„Aber wir brauchen es fürs Protokoll", sagte Rassi.

„Meinetwegen." Ernesto erzählte, wie er in Waldenstein angekommen war und die Leiche gefunden hatte.

„Sie haben nichts am Tatort verändert?", fragte Rassi.

„Ich habe ihn noch nicht einmal betreten."

„Noch einmal. Als Sie die Treppe hochgingen, ist Ihnen da irgendetwas Ungewöhnliches aufgefallen?"

„Ungewöhnlich in welchem Sinn?"

„Ungewöhnlich halt."

„Für mich war es an sich schon ungewöhnlich, in einem halb verfallenen Schloss herumzustapfen. Also präzisieren Sie bitte Ihre Frage."

„Haben Sie jemanden bemerkt?"

„Außer dem Toten? Nein."

„Ist Ihnen jemand gefolgt?"

„Die Antwort auf diese Frage ergibt sich aus der vorigen Antwort", sagte Ernesto.

„Bitte?"

„Wenn ich niemanden gesehen habe, dann kann mir zwar jemand gefolgt sein, ich habe es aber nicht bemerkt."

„Das ist nicht sehr hilfreich", mischte sich Steinkellner ein.

„Sie stellen die falschen Fragen", sagte Ernesto.

„Ja? Ich höre", sagte Rassi.

„Warum dort und warum zu diesem Zeitpunkt?"

„Dann beglücken Sie uns mit Ihrer Theorie", forderte ihn Steinkellner auf.

„Da müssen Sie sich schon selber etwas einfallen lassen. Aber Sie haben ja noch nicht einmal mit den Vernehmungen angefangen."

„Und was machen Sie dann hier?"

„Das ist doch Augenauswischerei", sagte Ernesto. „Was, glauben Sie, war das Motiv?"

„Dafür ist es noch zu früh", sagte Steinkellner.

„Aber Sie müssen doch eine Vermutung haben."

„Wie gesagt, das wird sich noch weisen."

„Und Verdächtige?"

„Dazu kann ich aus ermittlungstaktischen Gründen nichts sagen."

„Kommen Sie. Sie haben die Leute in der Volksschule doch auf Schmauchspuren untersucht. Die waren alle sauber."

„Der Täter könnte Handschuhe getragen haben", sagte Rassi.

„Ja, sicher", sagte Ernesto. „Die Handschuhe und die restliche Kleidung sind aber nirgends aufgetaucht."

„Könnte der Täter entsorgt haben."

„Wo? Sie haben doch alles durchsucht."

„Wir werden eine Nachsuche halten", sagte Steinkellner. „Und was das Motiv anbelangt, so brauche ich dazu wohl nichts zu sagen. Dieser Rudolf Trettenbrein, der Mitbewohner, hatte schon mehrere Auseinandersetzungen mit Alfred Schatz. Sie haben sich geprügelt. Sie sind beide mehrmals deswegen festgenommen worden."

„Worum ging es in dem Streit?"

„Sie wissen ja, wie die sind", sagte Steinkellner. „Es kann um eine Flasche Schnaps gegangen sein oder um etwas anderes."

Ernesto hob die Augenbrauen.

„Jetzt machen Sie nicht so ein Gesicht, Valenti. Sie wissen so gut wie ich, wie diese Leute sind, und überhaupt. Morde werden aus den nichtigsten Gründen begangen. Erinnern Sie sich noch an den Fall, wo ein

Achtzigjähriger seine Frau mit einem Maurerfäustel erschlagen hat?"

Ernesto nickte.

„Dann wissen Sie sicher auch noch, welches Motiv er angegeben hat."

„Der Kaffee war kalt", sagte Ernesto. „Aber das war nicht das Motiv, sondern nur das auslösende Moment. Die beiden haben einander fünfzig Jahre lang gepiesackt."

„Sie können es drehen und wenden, wie Sie wollen. Die Gründe sind banal. Vielleicht war es auch seine Freundin."

„Sylvia?" Ernesto schüttelte den Kopf.

„Warum nicht? Er hat sie geschlagen. Sie hat sich gewehrt."

„Ich bitte Sie. Wie oft kommt so etwas schon vor? Misshandelte Frauen wehren sich in den seltensten Fällen."

„Soll aber schon vorgekommen sein", sagte Steinkellner. „Ich weiß ja nicht, worauf Sie hinauswollen, aber der Täter muss zur Tatzeit am Tatort gewesen sein. Vergessen Sie das nicht."

Ernesto schnaubte.

„Und da waren eben nur diese vier Vögel aus der Volksschule."

„Sicher?"

„Glauben Sie mir. Das war kein Zufallstäter. Da ist nicht einer aus purer Lust und Laune von der Straße abgebogen, in das Schloss gegangen und hat den Mann erschossen. Sie müssen den Täter am Tatort verorten, Valenti."

„Außerdem", meldete sich Rassi. „Wer sollte denn sonst ein Motiv haben? Der Mann war sozial ziemlich isoliert."

Kapitel 12

1

Schon eine ganze Zeit lag Ernesto wach und hörte Betty, wie sie im Traum fiepste und japste. Die Hündin stieß mit den Beinen rhythmisch gegen die Schranktür. Dann lag sie wieder still, atmete ein paarmal heftig und schlief weiter.

Durch das Fenster sah Ernesto die Äste eines Apfelbaums und dahinter den Himmel. Die Nacht lag noch schwer auf dem Land. Kein Mond und keine Sterne durchdrangen die Nebeldecke, die seit Tagen nicht aufreißen wollte.

Gestern Nachmittag war er nicht mehr zurück nach Wolfsberg gefahren. Er hatte bei Völkermarkt die Autobahn verlassen, um Sonja zu besuchen. Als er ankam, arbeitete sie in der Werkstatt. Sie war gerade dabei, den Ofen einzuräumen. Mit der Hand am Kinn stand sie da und überlegte, wie sie die Keramikschüsseln anordnen sollte, damit die Hitze alle Teile gleichmäßig erreichte. Als Ernesto eintrat und Betty aufsprang, erschreckte sie sich und lachte dann.

Jetzt, als er in der Dunkelheit neben ihr lag, erinnerte er sich an dieses Lachen. Er drehte sich zu ihr und beobachtete sie im Schlaf.

Dann, nach einer langen Weile, merkte er, dass er nicht mehr einschlafen würde, und stand auf. In der Küche knipste er das Licht an und schloss die Tür. Als er Kaffee aufsetzte, spürte er einen kalten Luftzug, drehte sich um und konnte gerade noch verhindern, dass die Tür gegen die Abwasch donnerte. Betty hatte sie mit Schwung aufgestoßen und stand jetzt wedelnd vor ihm. Sie sah zum Regal über der Abwasch hinauf und fixierte die Blechdose mit den Leckerlis.

Während das Wasser durch die Filtermaschine lief, setzte sich Ernesto zu Betty auf den Boden, und sie stupste ihn mit der Nase an. Er ließ sich von ihr umwerfen und rollte wie ein Hund am Boden. Dadurch ermutigt sprang sie ihm mit den Vorderbeinen auf die Brust und leckte ihm das Gesicht ab. Ernesto lachte und befreite sich aus der Umarmung des Hundes.

Die erste Tasse Kaffee schmeckte bitter. Ernesto schüttete noch einen Löffel Zucker in die Tasse und rührte kräftig um. Dann breitete er Friedls Hefte vor sich aus und begann zu lesen. Die Schrift war nicht schwer zu entziffern. Friedl schrieb wie ein Volksschüler. Auf den ersten Seiten hatte er einige Kindheitserinnerungen notiert. Manchmal stand da nur ein Wort. „Eisessen" zum Beispiel. Oder „Schlittschuhfahren". So, als ob mit diesem einen Wort eine ganze Erzählung aufgerufen wäre. Und das geschah auch, nur dass Ernesto sich eben nicht an Friedls Kindheit erinnerte, sondern an seine eigene. An den Eislaufplatz in St. Stefan in der Dämmerung, kurz bevor das Flutlicht eingeschaltet wurde. Man hörte das Klicken der Eisstöcke, Kufen kratzten auf dem Eis. Die Feuerwehr schenkte Glühmost aus, und aus den Lautsprechern hallte blecherne Hitparadenmusik.

Obwohl Friedl fast dreißig Jahre älter war, dürften sich seine Erinnerungen wenig von Ernestos unterschieden haben. Ernesto hätte gerne gewusst, welche Bilder in Friedl hochgestiegen waren, welche Gerüche ihn an den Eislaufplatz erinnerten. War es der Geruch nach Glühmost? Der Mief, der von den Mänteln der Eisstockschützen ausging, oder der flüchtige Parfumhauch einer vorbeihuschenden Frau? Das alles konnte er Friedl nicht mehr fragen. Es blieb nur die Schrift in den Heften.

Nach ein paar Seiten wurden die Notizen ausführlicher. Friedl schrieb über seine Mutter. Sie hatte von der Stelle als Putzfrau im Pfarrhof Wolfsberg über eine Anzeige in der Filialkirche St. Jakob erfahren und war gleich am nächsten Tag in die Stadt gegangen und hatte mit dem Pfarrer gesprochen.

Friedls Vater war dagegen gewesen. Eine verheiratete Frau sollte nicht arbeiten gehen. Der Mann bringt das Geld nach Hause, und überhaupt wolle er nicht, dass sie für so einen Kuttenbrunzer arbeite. Aber Friedls Vater war gerade arbeitslos, und so blieb ihm keine Wahl.

Ernesto überflog die Stelle, an der Friedl seine erste Begegnung mit Armin Taferner beschrieb. Sie hatten sich gleich gut verstanden. Eine Freundschaft fürs Leben.

„Als wir nach Hause kamen, hat mein Vater meine Mutter geschlagen", stand am Ende des Absatzes.

In holprigen Sätzen erzählte Friedl vom Niedergang. Manchmal fiel es Ernesto schwer, den Sinn zu erfassen. Verben fehlten, Nebensätze hingen verstümmelt am Papier, und oft verhedderte er sich in der abenteuerlichen Rechtschreibung.

Friedls Vater wechselte oft den Job. Am Ende landete er in der Tierkadaververwertung. Dort konnte selbst ein Alkoholiker wie er wenig anrichten. Er zog den halb verwesten Kadavern das Fell ab und zerschredderte die Körper. Trotz der Kettenhandschuhe schnitt er sich, und die Infektion setzte ihn wieder für Monate außer Gefecht.

Das war zu einer Zeit, als Friedl schon im Gefängnis saß. Seine Mutter berichtete ihm davon. Sie erzählte, dass sein Vater einen Schlaganfall erlitten hatte und im Krankenhaus lag. Friedl fragte sie, wie das passiert sei, aber sie wich seiner Frage aus. Erst später, bei einem Besuch von Taferner, erfuhr Friedl die ganze Geschichte.

Wegen der Schnittwunde, die nicht heilen wollte, immer noch im Krankenstand, betrank sich sein Vater jeden Tag. Er wurde eigentlich nie richtig nüchtern. Wenn er kein Geld mehr hatte, schlug er seine Frau, bis sie ihm verriet, wo sie den Notgroschen versteckt hatte.

Er schlug sie so hart und so lange, bis sie in Ohnmacht fiel. Dann schlug er weiter und immer weiter. Er hätte sie umgebracht, wenn er nicht hingefallen wäre, gelähmt vom Schlaganfall und kaum noch atmend.

So fand ihn Friedls Mutter, als sie aus ihrer Bewusstlosigkeit erwachte. Mit offenstehendem Mund, röchelnd lag er auf dem Boden des Wohnzimmers. Er an ihrer Stelle, so schrieb Friedl, hätte gewartet. Der alte Sack lag im Sterben, und wenn seine Mutter einfach ruhig geblieben wäre und nicht zum Telefon gegriffen hätte, wäre sie erlöst gewesen.

Doch seine Mutter rief die Rettung. Im Krankenhaus rettete man dem Vater das Leben, aber es wurde bald klar, dass er ein Pflegefall bleiben würde. Nach etwas mehr als einem Monat entließ man ihn. Er war wieder zu Hause, lag ihm Bett und schrie nach Schnaps.

2

Betty hatte sich an Ernestos Beine geschmiegt und schlief. Sie erwachte erst, als er aufstand, um sich neuen Kaffee zu holen. Sie wedelte und setzte sich vor die Abwasch, fixierte die Dose mit den Leckerlis.

„Kommt ja gar nicht infrage“, sagte Ernesto und lachte.

Betty stellte die Ohren auf und wedelte heftig.

„Nein, habe ich gesagt. Leg dich wieder hin.“

Sie ging zur Küchentür und kratzte daran.

„Du willst hinaus?“

Noch heftigeres Wedeln.

„Meinetwegen.“ Ernesto zog sich den Anorak an und begleitete den Hund. Die nasse Kälte roch schon ein wenig nach Schnee. Der Wetterdienst sagte für das kommende Wochenende eine Kaltfront voraus, aber in letzter Zeit irrten sich die Meteorologen häufiger, als sie recht hatten.

Durch den Nebel war der Stall kaum zu sehen. Betty verschwand, und Ernesto blieb allein zurück, den Blick auf nichts Bestimmtes gerichtet, fröstelnd.

Vielleicht lösten solche Wörter wie Schlittschuhfahren bei ihm doch ganz andere Assoziationen aus als bei Friedl. Sein Vater hatte seine Mutter nie geschlagen. Es hatte keine Gewalt gegeben, zumindest keine körperliche Gewalt.

Betty kam zurück und sprang an ihm hoch. Sie lief an ihm vorbei zur Haustür und wartete dort auf ihn. In der Küche setzte sie sich und fixierte die Blechdose auf dem Regal.

„Leckerli?“, fragte Ernesto und warf ihr ein Stück getrocknetes Brot zu.

Die Hefte auf dem Küchentisch lagen kreuz und quer, Notizen und Zeitungsartikel lugten zwischen den Seiten hervor. Ernestos Blick wanderte zwischen dem Tisch und Betty hin und her. Das Brot krachte zwischen ihren Zähnen und bröselte auf den Boden. Als Betty die Krumen vom Boden aufschleckte, dachte sich Ernesto, wie sehr er der Hündin ähnelte.

Wenn man Betty einen Brocken zuwarf, dann schnappte sie danach, fing ihn in der Luft und ließ ihn nicht mehr los. Hatte er nicht das Gleiche getan? Friedl Schatz hatte ihm einen Tod zugeworfen, und wie ein braver Hund hatte Ernesto danach geschnappt.

„Was sagst du?“, fragte er Betty und strich ihr über den Kopf. „Ist es nicht genau so? Er hat mich durchschaut.“

Mit einem frischen Kaffee setzte sich Ernesto und begann wieder zu lesen. Am Rand mancher Seiten war eine Kolumne mit einem Strich abgetrennt. Dort hatte Friedl Listen angelegt. Titel von Büchern, Abschriften von Menüplänen und Zahlenreihen, die Ernesto nicht deuten konnte. Es mochten Geldbeträge sein oder vielleicht auch die Punkte eines Spiels.

Die Bücher interessierten Ernesto wesentlich mehr als die Verpflegung der Häftlinge mit faschierten Laibchen und Tiroler Knödeln. Die Liste begann mit einigen Titeln zum österreichischen Strafrecht. Zwischendurch gab es viele Krimis und Thriller, Horror von Stephen King bis Richard Laymon. Dann begann eine Liste mit klassischen Detektivgeschichten. Friedl hatte bei Edgar Allan Poe begonnen und sich über Arthur Conan Doyle zu Agatha Christie vorgearbeitet. Daneben gab es eine beachtliche Zahl anderer Autoren des Goldenen Zeitalters. Dorothy L. Sayers, Edmund Crispin, John Dickson Carr und Ellery Queen waren da vertreten. Friedl schien einen beträchtlichen Appetit nach dieser Art der Kriminalgeschichte entwickelt zu haben. Denn neben so bekannten Namen wie G. K. Chesterton und S. S. Van Dine fanden sich auch weniger bekannte Namen wie Mary Roberts Rinehart oder Charlotte MacLeod.

Eine Schande, dachte Ernesto. Er hätte sich gerne mit Friedl über den Detektivroman unterhalten, über Sherlock Holmes und vor allem über John Dickson Carrs Ermittler Gideon Fell und dessen Vorliebe für komplizierte Fälle.

Die Listen zogen sich über siebzehn Hefte. Neben Buchtiteln tauchten auch Listen von Kleidungsstücken und Listen mit männlichen und weiblichen Vornamen auf. In einem Heft hatte Friedl eine Liste von Insektennamen angelegt, lateinische und deutsche Bezeichnungen durch einen Bindestrich verbunden.

Ernesto wollte nicht ausschließen, dass jede dieser Listen eine tiefere Bedeutung hatte, aber im Moment hatte er den Eindruck, als seien sie wenig mehr als ein Zeitvertreib gewesen. Wenn man Jahre im Gefängnis sitzt, dann sucht man sich eine Beschäftigung. Friedl hatte Listen geführt, und er hatte über sein Leben geschrieben.

Im zweiten Heft ging es um Friedls Kindheit. Ernesto überflog die Seiten. Friedl war kein besonders guter Schüler gewesen. In der Hauptschule landete er im B-Zug, und selbst dort rangierten seine Noten eher im Mittelfeld. Aber seinem Schulerfolg widmete Friedl ohnehin nicht sehr viel Raum. Es ging um Prügeleien im Schulhof und darum, wie er und seine Freunde ihren Vätern Bier und Schnaps stahlen und sich am Nachmittag betranken.

Es gab da einen Freund, der immer wieder vorkam. Friedl nannte nur den Vornamen, aber Ernesto war wie elektrisiert. Bei diesem Martin konnte es sich um Martin Wutscher handeln. Wutschers Vater war Bergarbeiter gewesen und hatte wie die Familie Schatz in St. Jakob gelebt. Friedl und Wutscher konnten sich also schon als Kinder gekannt haben.

Je weiter Ernesto las, desto dichter wurden die Hinweise. Friedl schrieb, dass Martin nach der Hauptschule die HTL in Wolfsberg besuchte. Sie sahen sich jeden Tag nach der Schule, und dann, als Friedl eine Lehre begann, zogen sie immer noch gemeinsam los.

Da war die Fährte, nach der Ernesto Ausschau gehalten hatte. Wenn dieser Martin tatsächlich der spätere Doktor Wutscher war, dann gab es eine Verbindung zwischen Friedl und dem Herrn Landtagsabgeordneten, und es war schon einigermaßen merkwürdig, dass sich Wutscher so gar nicht an die gemeinsame Zeit erinnern konnte.

Nun durchforstete Ernesto die Hefte systematisch nach Hinweisen auf Wutscher. Er war immer noch damit beschäftigt, als der Wecker läutete und Sonja sich murrend erhob. Sie rieb sich die Augen und tapste mit nackten Füßen in die Küche.

„Was machst du schon auf?“ Sie küsste Ernesto auf die Lippen.

„Kaffee ist schon fertig.“

Sonja betrachtete das Chaos am Küchentisch.

„Frag nicht“, sagte Ernesto.

„Ich geh wieder in die Werkstatt“, sagte Sonja. „Ich trink nur zuerst noch einen Kaffee.“ Sie setzte sich und lehnte sich an Ernesto. „Musst du heute in die Redaktion?“

„Wird sich nicht vermeiden lassen. Außerdem habe ich einen Termin mit dem Stadtrat Krobath.“

„Mhmm. Und einen Mörder willst du auch noch fangen.“

„Vielleicht nicht heute.“

Sonja verschwand für ein paar Minuten im Schlafzimmer, tauchte dann in Jeans und Softshelljacke wieder auf, küsste Ernesto noch einmal und huschte mit einer heißen Tasse Kaffee ins Freie. Betty hob den Kopf und sah ihr nach.

„Wir gehen sie später besuchen“, sagte Ernesto und wandte sich wieder den Heften zu.

Wutscher war leicht zu finden. In jedem Heft tauchte der Name auf, und die Anekdoten, die Friedl zu erzählen hatte, waren zum Teil ziemlich bizarr. Ernesto markierte die Stellen mit Post-its. Später vielleicht, falls es nötig war, würde er die Eintragungen durchgehen. Jetzt wollte er sich nur einen Überblick verschaffen.

Im sechzehnten Heft stieß Ernesto auf eine ausführliche Schilderung der Nacht, in der Irene Schatz ermordet worden war. Diese Version unterschied sich in einigen wesentlichen Punkten von den Versionen, die Ernesto bis jetzt gehört hatte. Vor allem tauchte auch hier der Name Martin auf, und diesmal gab es keinen Zweifel, wer gemeint war.

Martin Wutscher studierte zu dieser Zeit Rechtswissenschaften in Graz und arbeitete während der Ferien als Hilfsarbeiter am Bau. Als er an diesem Abend in der Schickeria auftauchte, trug er ein altes T-Shirt. Friedl erwähnte das und meinte, das sei ein seltsamer Anblick gewesen, weil er Martin in den letzten Monaten immer nur in Anzug und Krawatte gesehen hätte.

Ebenfalls mit von der Partie waren Armin Taferner und eine Freundin von Irene, eine gewisse Gertrude. Sie tanzten, sie tranken, und irgendwann verschwanden Martin und Gertrude gemeinsam und tauchten einzeln wieder auf. Martin legte alles flach, was nicht bei drei auf den Bäumen war, schrieb Friedl, und es bestand kein Zweifel, dass er seinen Freund bewundert hatte. Ein wenig Neid mag auch dabei gewesen sein. Sie waren gemeinsam aufgewachsen. Martin hatte es geschafft, er nicht. Der eine angehender Rechtsanwalt, der andere Gelegenheitsarbeiter und Kleinkrimineller.

Laut Friedls Aufzeichnungen trafen sich Irene, er und Armin Taferner in der Weinstube Raab. Das stimmte mit der Geschichte überein, die Friedl Ernesto vor ein paar Tagen erzählt hatte. Gegen 21 Uhr brachen sie zu Fuß in Richtung Disco auf. Für den Weg von der Innenstadt bis zur Disco brauchte man ungefähr eine halbe bis Dreiviertelstunde. Wenn man gemütlich ging, ein bisschen länger.

Die Strandparty in der Disco ging gerade los, als sie ankamen. Der Sand war noch ganz frisch, der DJ spielte den ersten Sommerhit, und an der Theke waren noch Plätze frei. Sie bestellten Corona-Bier und sahen dann den ersten zu, die sich auf die Tanzfläche wagten. Irgendwann tauchte auch Martin Wutscher auf und gesellte sich zur Runde.

Friedl beschrieb die Szene nicht sehr genau, aber Ernesto konnte es sich vorstellen. Man kann in aufgeschüttetem Sand nicht tanzen. Die Füße versinken bis an die Knöchel, und mehr als ein Stampfen bringt niemand zustande. Friedl und Irene versuchten es später selbst. Irene verlor dabei einen Schuh und ging dann barfuß.

Armin tanzte mit einem Mädchen, an dessen Namen sich Friedl nicht mehr erinnern konnte. Der Tanz dauerte nicht lange, und der Flirt danach war auch bald vorbei. Sie ließ Armin stehen, und der machte sich nichts daraus, bestellte eine Runde Ouzo und begann, sich ernsthaft zu betrinken.

Wenig später führte Martin sie alle in ein Hinterzimmer und spendierte ein paar Lines Kokain. Friedl schrieb, dass er das Zeug normalerweise nicht nahm, weil es ihm zu teuer war, aber einem geschenkten Gaul schaut man nicht ins Maul.

Das Koks machte ihn gesprächig, schrieb er. Er konnte sich nicht mehr erinnern, was er gesagt hatte, welche Geschichten er erzählt hatte, aber er plapperte unaufhörlich. Höchstens wenn er noch einen Schnaps trank, unterbrach er seinen Redeschwall. Daran konnte er sich erinnern, an sein Gerede und an jede Menge Schnaps. Sie gingen noch drei- oder viermal ins Hinterzimmer und genehmigten sich eine Line. Zum Schluss spülte Friedl noch ein paar Tabletten mit Schnaps hinunter, irgendwelche Benzos. Dann trübte sich die Erinnerung ein.

Auch wenn er lange und scharf darüber nachdachte, konnte Friedl nicht mit Sicherheit sagen, wann er und Irene die Schickeria verlassen hatten. Sicher vor der Sperrstunde um vier Uhr. Aber ob es halb zwei oder schon drei Uhr früh war, das wusste er nicht.

Jahrelang hatte er darüber nachgedacht, hatte versucht, sich die Situation noch einmal vorzustellen, war jede Szene durchgegangen. Ja, er sah den Abend vor sich, als ob er ihn noch einmal erleben würde, aber dann war da nichts mehr, nur noch Finsternis und Stille.

Das Nächste, woran er sich erinnerte, war der Morgen. Er erwachte, drehte sich nach links und sah Blut, sah die aufgerissenen Augen seiner Frau und spürte das Messer in seiner Hand.

In dieser Nacht klaffte ein Loch von mehreren Stunden. Friedl konnte sich nicht daran erinnern, die Diskothek verlassen zu haben. Die letzte Erinnerung waren die Strandliegen vor der Disco. Er hatte ein Glas in der Hand und rauchte. Neben ihm lag Irene. Dann kam nichts mehr.

Maria und Josef, die damaligen Pächter der Schickeria, sagten bei der Vernehmung, dass sie sich nicht daran erinnern konnten, wann Friedl und Irene gegangen waren. Ihrer Meinung nach waren die beiden aber nicht alleine gewesen. Mindestens ein Mann hatte sie begleitet, hatte Friedl gestützt. Wahrscheinlich Armin Taferner.

Darauf angesprochen, gab Armin an, die Disco schon eine Stunde früher verlassen zu haben. Wer auch immer Friedl begleitet hatte, musste jemand anders gewesen sein. Er sei nach Hause gegangen, seine Freundin könne bestätigen, dass er spätestens um drei Uhr zu Hause war. Sie hatte ihm eine fürchterliche Szene gemacht. Die Polizei überprüfte das Alibi und befragte noch einige andere Leute, aber niemand konnte dazu etwas Gegenteiliges sagen.

Ernesto fragte sich, ob der Mann nicht vielleicht Martin Wutscher gewesen sein konnte. Das wäre doch naheliegend. Wenn Armin Taferner schon vorher gegangen war und, wie Friedl schrieb, für die Tatzeit ein Alibi hatte, dann war Wutscher sehr wahrscheinlich der gute Samariter, der Friedl in seinem Vollrausch gestützt hatte.

Sie müssen den Täter am Tatort verorten, hatte Steinkellner gesagt. Ja, das hatte Ernesto gerade getan. Es gab zwei Männer, die Gelegenheit gehabt hatten, Irene Schatz umzubringen. Friedl und der gute Samariter. Und der gute Samariter hieß mit ziemlicher Sicherheit Martin Wutscher.

Kapitel 13

1

Das Büro des Stadtrats lag am Gassersteig mit Blick auf die Lavant. Krobath stand am Fenster und sah auf den Fluss hinaus, als Ernesto eintrat. Erst als er sich räusperte, drehte sich Krobath zu ihm um.

Noch bevor Krobath ihm einen Platz angeboten hatte, setzte sich Ernesto und kramte sein Mobiltelefon aus der Jackentasche. Er wischte darauf herum, fand die App, die ein Diktiergerät ersetzte, und schaltete das Programm ein. Dann legte er das Mobiltelefon auf den Schreibtisch.

„Gibt es eigentlich einen inhaltlichen Grund, warum Sie das Sozialreferat übernommen haben?", fragte Ernesto.

„Wie Sie sicher wissen, setzt sich gerade meine Partei für die Belange des kleinen Mannes ein. Deshalb habe ich bei den Koalitionsverhandlungen sogar auf den Vizebürgermeister verzichtet, nur um dieses Referat zu bekommen."

„Dann waren Ihnen also die Bewohner der ehemaligen Gemeindehäuser in Neudau zu groß. Das verstehe ich, aber die Frau Ihres Parteifreundes ist auch nicht gerade klein, und Mann ist sie sicher keiner."

„Wie meinen?"

„Wenn Sie sich für den kleinen Mann einsetzen, wie auch immer man das verstehen mag, dann ist die Delogierung von Sozialhilfeempfängern und der Verkauf der Gebäude an die Frau Ihres Parteifreundes zumindest, sagen wir, erklärungsbedürftig."

„Fangen Sie schon wieder mit dieser Geschichte an?"

„Ich möchte Ihre politische Arbeit nur an konkreten Beispielen festmachen."

„Vergessen Sie nicht, ich habe auch das neue Altersheim in Neudau gebaut."

„Ah", machte Ernesto. „Interessant, dass Sie das erwähnen."

„Das ist ein großer Erfolg meiner bisherigen Amtszeit."

„Der Gemeinderatsbeschluss liegt aber vor der jetzigen Legislaturperiode. Sie hatten also die Ehre, das Eröffnungsband durchzuschneiden. Aber sonst ..."

„Was soll das hier werden?", fuhr Krobath auf.

„Reden wir doch über Ihr Programm für sozial benachteiligte Mitbürger."

„Was meinen Sie?" Krobath fixierte Ernesto.

„Was ich gesagt habe. Sie haben doch einiges für Leute getan, die es im Leben nicht ganz so leicht haben."

„Ich habe im Gemeinderat durchgesetzt, dass der Heizkostenzuschuss für alleinerziehende Mütter verdoppelt wurde, und auch die Wohnbeihilfe wurde erhöht."

„Die Wohnbeihilfe wird vom Land ausgezahlt", sagte Ernesto.

„Aber das weiß ich doch. Ich habe mich auch im Landtag dafür stark gemacht, und die Erhöhung geht auf eine Initiative meiner Partei zurück."

„Das bringt mich zu einer wichtigen Frage. Welche Möglichkeiten hat der Stadtrat für Soziales eigentlich noch? Früher wurde die Sozialhilfe von der Gemeinde ausgezahlt. Für die bedarfsorientierte Mindestsicherung ist die Bezirkshauptmannschaft zuständig. Der Gemeinde sind da fast alle Kompetenzen abhandengekommen."

„Wir können schon noch sehr viel machen.“

„Zum Beispiel?“

„Wir stellen günstigen Wohnraum zur Verfügung, bieten gratis Kindergärten und Horte an. Wir unterstützen die Schüler der Musikschule beim Ankauf von Instrumenten, und wir sind sehr darauf bedacht, bei unserer Personalpolitik auf die soziale Bedürftigkeit Rücksicht zu nehmen.“

„Sie stellen Wohnraum für die von ihnen dauernd ins Feld geführten alleinerziehenden Mütter zur Verfügung. Andere Leute schicken Sie in die Obdachlosigkeit.“

„Na, jetzt übertreiben Sie aber maßlos. Die Leute, auf die Sie anspielen, haben ein Dach über dem Kopf. Und wie die jüngsten Ereignisse zeigen, habe ich recht gehabt, dass ich diese Gruppe aus der unmittelbaren Nähe der Stadt entfernt habe.“

„Wie soll ich das verstehen?“

„Der Mord. Sie wissen, wovon ich rede. Wer weiß, wie viele Opfer es gegeben hätte, wenn das hier in der Stadt passiert wäre.“

„Vielleicht hätte es gar kein Opfer gegeben, wenn Sie sich dafür eingesetzt hätten, diese Menschen wieder in die Gesellschaft zu integrieren.“

„Integrieren? Sie machen Witze. Diese Leute lassen sich nicht integrieren. Man muss sie isolieren, damit sie den Rest des Gesellschaftskörpers nicht anstecken können mit ihrem kriminellen Verhalten, ihrer Anarchie.“

„Sie sehen also in der Delogierung der Leute aus Neudau und der Vertreibung der Obdachlosen aus dem Stadtpark eine sozialhygienische Maßnahme?“

„Sehr richtig.“ Krobath zeigte mit ausgestrecktem Finger auf Ernesto. „Ein guter Begriff, sozialhygienisch. Das muss ich mir merken, das können Sie zitieren.“

„Weil Sie dauernd auf die alleinerziehende Mutter verweisen. Da hätte ich noch eine Frage dazu. Wenn ich das richtig sehe, dann sind gerade alleinerziehende Mütter auf günstige Lebensmittel angewiesen. Warum also streichen Sie als Verantwortlicher die Subventionen für den Sozialmarkt?"

„Herr Valenti, jetzt muss ich einmal eine Gegenfrage stellen."

„Bitte." Ernesto breitete die Arme aus.

„Essen Sie verdorbene Lebensmittel?"

„Im Sozialmarkt werden keine verdorbenen Lebensmittel angeboten. Es handelt sich um Waren, deren Mindesthaltbarkeit bald endet, aber noch nicht überschritten ist."

„Das sagen Sie. Mir liegen da andere Informationen vor."

„Warum geben Sie diese Informationen dann nicht an die Behörden weiter?"

„Ich habe das Problem auf meine Art gelöst. Ohne die Subvention der Gemeinde ist der Sozialmarkt nicht überlebensfähig."

„Und die alleinerziehende Mutter muss wieder in den normalen Supermarkt."

„Aber nein. Wir planen einen eigenen Sozialmarkt. Was glauben Sie? Wir lassen doch gerade die schwächsten unserer Mitbürger nicht einfach so im Regen stehen. Wir machen einen besseren Sozialmarkt, mit frischen Lebensmitteln und mit neuen Jobs für behinderte Menschen. Das ist doch unwürdig, was jetzt passiert. Sie werden sehen, unser Sozialmarkt wird hell und schön, und wir führen auch schon Gespräche mit einem Verein für die Integration behinderter Menschen. Das können Sie schreiben. Schreiben Sie doch einmal etwas Positives."

„Welcher Verein?“

„Dazu kann ich noch nichts sagen. Die Verhandlungen laufen noch.“

„Ich möchte noch einmal auf die Delogierung zurückkommen.“

„Was, bitte, interessiert Sie so an der Geschichte?“

„Immerhin ist ein Mensch gestorben.“

„Und Sie wollen mich dafür verantwortlich machen?“

„Aber ich bitte Sie. Mich hätte nur interessiert, ob Sie Alfred Schatz persönlich gekannt haben.“

„Ich glaube, er war ein paarmal hier.“

„Wenn er hier in Ihrem Büro war, dann können Sie sich garantiert sehr gut daran erinnern“, sagte Ernesto.

„Sie meinen, weil er ein gewalttätiger Mistkerl war?“

„Das haben jetzt Sie gesagt.“

„Und Sie, Valenti, werden das nicht zitieren.“

Ernesto schnaubte.

„Was?“

„Ich habe von Ihnen eine Zitatensammlung, da könnte man meinen, Sie hätten einen Rhetorikkurs bei Heinrich Himmler besucht. Und da machen Sie sich darüber Sorgen, ob ich das zitiere?“

2

Nach diesem Gespräch war Ernesto geneigt, Krobath ans Ende der Liste der Verdächtigen zu setzen. Er hatte sich des Problems schon entledigt, indem er Friedl und all die anderen nach Waldenstein verbannte. Selbst wenn Friedl im Büro des Stadtrats herumgebrüllt hatte, Krobath hätte kaum zu körperlicher

Gewalt gegriffen. Man durfte sich da von seinem losen Mundwerk nicht täuschen lassen. Seine verbalen Ausritte erzielten nicht immer ganz die erwünschte Wirkung, aber sie unterliefen ihm nicht. Krobath arbeitete methodisch und hatte Geduld. Sein Plan musste nicht morgen aufgehen, auch nicht übermorgen. Aber auf lange Sicht würde er funktionieren. So jemand wie Krobath wäre nicht nach Waldenstein gefahren und hätte Friedl eine Kugel in den Kopf geschossen. Der hätte Friedl auf ganz andere Weise fertiggemacht.

Selbst wenn Friedl etwas gegen ihn in der Hand gehabt hätte, hätte das Krobath nicht gekümmert. Sein Ruf war schon ruiniert, und seine Wähler störte das nicht. Schon vor der letzten Wahl hatte er sich eine Verurteilung wegen übler Nachrede und Kreditschädigung eingehandelt. Das hatte die Wolfsberger nicht davon abgehalten, ihn zu wählen und seine Partei zur zweitstärksten Kraft im Gemeinderat zu machen.

In der Redaktion war nicht besonders viel los. Auer hatte nach Ernesto gefragt, aber sonst hatte niemand angerufen. Ein Stapel Post lag auf Ernestos Schreibtisch, und das Mailprogramm zeigte 127 ungelesene E-Mails.

Zuerst rief Ernesto seinen Fotografen an. Er solle noch vor Mittag vorbeikommen, um die Termine zu besprechen. In der Zwischenzeit hatte er das Redaktionssystem geöffnet und legte einen doppelseitigen Artikel an. Das Interview mit Krobath. Gerade als er mit der Überschrift beginnen wollte, rief Auer an.

„Hör zu, ich hab deinen Artikel über die Hegeringausstellung gelesen. Diese Wildereigeschichte, mach mir da etwas draus."

„Die Hegeringschau ist morgen.“

„Dann bekomme ich den Artikel am Samstag. Ich hab gesehen, der Landesrat ist auch dort und der Landesjägermeister. Frag die, wie sie zu der Sache stehen. Ob es viele Fälle von Wilderei gibt, wie oft die Täter gefasst werden, was das für Leute sind und so weiter. Und natürlich, wie groß der Schaden ist, am besten im Vergleich zu den Wildunfällen.“

„Ja, ich weiß, welche Fragen man da stellen kann“, sagte Ernesto.

„Und sonst? Wie geht's dem Toten?“

„Wird morgen Vormittag beerdigt, und die Polizei hat ganz offensichtlich andere Sorgen als einen toten Mörder.“

„Willst du sagen, die lassen das absichtlich schleifen?“

„Sonst ist Steinkellner schon ein bisschen engagierter.“

„Schreib was. Einen Kommentar.“

„Noch nicht. Ich lasse ihm noch bis nächste Woche Zeit.“

„Du weißt aber schon, dass wir eine Tageszeitung sind und kein ...“

„Almanach“, nahm ihm Ernesto das Wort aus dem Mund. „Ich weiß, aber da geht es noch um ein paar andere Dinge. Schließlich muss ja er den Mörder verhaften.“

„Du kannst es nicht lassen.“

„Dafür bekommst du heute ein Exklusivinterview mit Stadtrat Krobath, dem Oberarsch.“ Ernesto legte auf, nahm sein Mobiltelefon und rief Steinkellner an.

„Das wäre Amtsmissbrauch und ein schwerer Verstoß gegen den Datenschutz“, sagte Steinkellner, nachdem Ernesto ihm erklärt hatte, was er von ihm wollte.

„Die Sache ist doch ewig her. Ich will nur einen Blick in die Ermittlungen zum Mordfall Irene Schatz werfen. Ich muss nicht einmal selbst hineinschauen. Sie können mir einfach sagen, was drinnen steht.

„Kommt ja gar nicht infrage."

„Sagen Sie mir einfach, gegen wen ermittelt wurde und wen Sie sonst noch befragt haben. Eine Liste reicht völlig."

„Was interessiert Sie der alte Fall überhaupt?"

„Seien Sie doch froh, dann komme ich Ihnen bei den aktuellen Ermittlungen nicht in die Quere."

„Das soll ich Ihnen glauben?"

„Es ist so", sagte Ernesto.

„Ich kenne Sie. Da steckt doch etwas dahinter."

„Wenn Sie sich die Akte ansehen, ist es vermutlich kein Fehler."

„Glauben Sie, die beiden Morde hängen zusammen?"

„Keine Ahnung. Aber die Möglichkeit würde ich zumindest nicht ausschließen."

„Sie verrennen sich da, Valenti. Gestern habe ich bis spät in die Nacht Befragungen durchgeführt, und ich sage Ihnen, der Täter stammt aus dem unmittelbaren Umfeld."

„Dann erzählen Sie."

„Aber das ist alles off records. Da sind wir uns einig."

„Wenn Sie sagen, ich soll das nicht schreiben, dann schreibe ich das auch nicht. Das wissen Sie."

„Wenn Sie es nicht schreiben, wozu wollen Sie es dann wissen?"

Ernesto schnaufte.

„Hören Sie zu, Valenti. Wenn ich auch nur ein Wort davon lese ..."

Bei dem Verhör gestern Abend wollte keiner der Mitbewohner etwas sagen. Sylvia Neuwirth saß mit vor der Brust verschränkten Armen im Verhörzimmer und fixierte einen Punkt irgendwo hinter Steinkellner. Sie reagierte nicht auf Fragen, auf Vorhaltungen aus ihrem Strafregister gab es als Antwort nur ein Schulterzucken.

Nach einer Stunde etwa begannen ihre Hände zu zittern. Sie fragte nach einer Zigarette. Steinkellner wies sie auf das Rauchverbot hin und machte weiter. Das Verhör dauerte über zwei Stunden, dann gab Steinkellner auf.

Bei Rudolf Trettenbrein hatte Steinkellner mehr Erfolg. Trettenbrein gab zu, dass er sich des Öfteren mit Friedl gestritten hatte. Einmal ging es um eine Flasche Schnaps, das andere Mal um Geld, das angeblich aus Friedls Zimmer verschwunden war. Zunächst stritt Trettenbrein ab, dass es dabei zu Handgreiflichkeiten gekommen war. Als Steinkellner ihn mit einem Polizeiprotokoll von August des vorigen Jahres konfrontierte, revidierte er seine Aussage.

Als die Beamten in Waldenstein ankamen, so stand es im Einsatzbericht, zerrte Friedl Rudolf Trettenbrein an den Haaren über die Wiese vor der Volksschule, und es hätte nicht mehr viel gefehlt, um den Hackstock mit dem Beil zu erreichen. Laut eigener Aussage wollte Friedl seinem Gegner den Schädel spalten, ihm die Eier abschneiden und in den Mund stopfen.

Der Grund für diese Beinahehinrichtung hockte im Wohnzimmer am Boden und heulte. Sylvia hatte die Polizei gerufen, aber dann hatten ihre Kräfte versagt. Sie sagte nur immer wieder, dass sie das nicht länger ertrage. Mehr war aus ihr nicht herauszubekommen.

Friedl hielt seine Wut nicht zurück. Er schrie die Beamten an, als sie ihn niederrangen. Sie mussten ihm

Handschellen anlegen und ihn auf der Rückbank des Einsatzfahrzeuges anschnallen, damit er sich einigermaßen beruhigte.

Wenn er diesen Rudi zwischen die Finger bekomme, dann würde er ihn abschlachten, ganz einfach aufschlitzen und ihm die Gedärme aus dem Bauch reißen. Aber vorher würde er ihm noch die Eier und den Schwanz abschneiden.

Einem der Beamten kam diese Fixierung auf Rudolf Trettenbreins Geschlechtsorgane merkwürdig vor, und er fragte nach. Rudi solle an seinem Schwanz ersticken, brüllte Friedl und versuchte sich zu befreien. Er habe Sylvia vergewaltigt, und dafür müsse er jetzt sterben.

„Es hat keine Vergewaltigung gegeben“, sagte Steinkellner. „Die beiden hatten einvernehmlichen Sex, und Schatz überraschte sie.“

„Wenn Trettenbrein der Mörder ist, warum hat er über ein Jahr gewartet?“, fragte Ernesto.

„Vielleicht musste er sich zuerst eine Waffe besorgen. Vielleicht hatte er nicht den Mut dazu. Außerdem ist er immer noch in Sylvia verliebt, aber die wollte Schatz nicht verlassen.“

3

Dann hatte Steinkellner jetzt also einen Verdächtigen. Die Geschichte war sogar einigermaßen plausibel. Rudolf Trettenbrein, schwer in Sylvia verliebt, wird von Friedl zusammengeschlagen. Eine offene Konfrontation scheut er, weil er weiß, dass Friedl ihm überlegen ist. Also besorgt er sich eine Waffe und wartet auf eine Gelegenheit. Er lockt Friedl in die Kornettkeusche, und dann erschießt er ihn.

Ernesto wollte gar nicht ausschließen, dass es sich so oder so ähnlich zugetragen hatte. Trettenbrein hatte gesehen, dass Friedl zum Schloss hinaufging. Vielleicht hatte er sogar gewusst, dass Friedl mit Ernesto verabredet war. Die Waffe hatte er irgendwo versteckt, aber griffbereit. Also hatte er ein paar Minuten gewartet und war Friedl dann gefolgt. Anschließend hatte er die Waffe und die Kleidung entsorgt.

Aber warum hatte Steinkellner ihm das unter dem Siegel der Verschwiegenheit erzählt? Wenn der Major sich sicher gewesen wäre, dann hätte er Trettenbrein verhaftet.

Wie sich die Sache auch immer verhalten mochte, Steinkellner wollte die Akte über den Mord an Irene Schatz nicht herausrücken. Ob es tatsächlich Amtsmissbrauch gewesen wäre, wagte Ernesto zu bezweifeln. Der Fall war über zwanzig Jahre her, der verurteilte Täter tot. Also wo lag das Problem?

Es gab noch ein paar andere Stellen, die über Kopien der Unterlagen verfügten. Die Staatsanwaltschaft Klagenfurt, die Justizanstalt Karlau. Die Staatsanwaltschaft würde den Akt nicht herausgeben. Das machten die schon aus Prinzip nicht. Ernesto suchte die Nummer der Justizanstalt Karlau und rief an.

Zunächst landete er bei einem Beamten im Sekretariat. Ernesto verlangte das Büro des Anstaltsleiters. Verbunden wurde er mit der Kanzel im Eingangsbereich, und der dortige Beamte hatte keine Ahnung, wie er Ernesto mit der Anstaltsleitung verbinden sollte, also leitete er den Anruf wieder ins Sekretariat zurück. Allerdings musste ihm dabei ein Fehler unterlaufen sein, denn als Nächstes hob der Leiter der Tischlerei ab. Zum dritten Mal erklärte Ernesto, wer er war und was er wollte. Der Leiter der Tischlerei legte einfach auf.

Beim zweiten Anlauf ging es ein bisschen besser. Der Beamte im Sekretariat erinnerte sich an Ernestos Anruf vor zehn Minuten und entschuldigte sich. Diesmal schaffte er es, den Anruf ins richtige Büro weiterzuleiten.

Der Anstaltsleiter sei auf Urlaub, erklärte der Sekretär. Aber Ernesto könne mit seinem Stellvertreter, Oberstleutnant Peter Böck, sprechen.

Böck war zuvorkommend. Die Presse sei in der Justizanstalt immer willkommen, und er sei gerne bereit, eine Führung für ihn zu organisieren.

„Mir geht es eigentlich um etwas anderes. Einer ihrer ehemaligen Häftlinge wurde ermordet, und ich interessiere mich für seinen Fall."

„Um wen handelt es sich denn?"

„Bei der Menge an Insassen wird Ihnen der Name vermutlich nichts sagen. Alfred Schatz. Er saß zwanzig Jahre wegen Mordes."

„Natürlich erinnere ich mich. Selbstverständlich. Alfred Schatz. Er wurde ermordet? Tragisch eigentlich."

„Warum sagen Sie das?"

„Er war von seiner Unschuld überzeugt. Ich habe gehofft, er könnte nach der Haft das Leben noch ein wenig genießen."

„Behaupten nicht die meisten Häftlinge, sie seien unschuldig?", fragte Ernesto.

„Das ist ein Klischee. Nur die absolut kaltblütigen Gewohnheitsverbrecher und die wirklich Unschuldigen beharren darauf, dass man sie zu Unrecht inhaftiert hat."

„Und Sie glauben nicht, dass Alfred Schatz ein kaltblütiger Gewohnheitsverbrecher war?"

„Das werde ich am Telefon weder bestätigen noch leugnen. Ich will da nicht in einem Zeitungsartikel zitiert werden."

„Keine Sorge", sagte Ernesto. „Ich würde mich gerne mit Ihnen treffen. Wie ich heraushöre, war Ihnen Alfred Schatz auch nicht völlig egal."

„Wir hatten in letzter Zeit eine Menge schlechter Presse. Also nicht wir hier in Graz, aber die Justizanstalten generell. Deswegen bin ich ein bisschen vorsichtig. Aber wenn Sie wollen, kommen Sie am Samstag um zehn Uhr vorbei. Da habe ich Zeit für Sie."

Ernesto machte sich keine Illusionen über den Nutzen eines Besuches im Gefängnis, aber vielleicht konnte er Böck doch den einen oder anderen Hinweis entlocken. In der Zwischenzeit musste er sich aber um die Sonntagsausgabe kümmern und die Mostbarkeitenmesse in St. Paul ankündigen. Er stellte ein Foto von der letzten Eröffnung in die obere rechte Ecke der Doppelseite und schrieb, dass auch heuer wieder vom Most über den sortenreinen Apfelsaft bis hin zum Schnaps die ganze Palette der veredelten Obsternte präsentiert werden würde. Den Rest der Doppelseite füllte er mit einer Reportage, die wohl kaum jemand zu diesem Thema erwartet hätte.

Der Schatz der Illuminaten

Was die Illuminaten im Lavanttal trieben und wie sie unser Leben bis heute beeinflussen.
Von Ernesto Valenti

Als Johann Söllner, Chef der Bleiweißfabrik in Wolfsberg und passionierter Landwirt, 1814 Schloss Wiesenau im oberen Lavanttal kaufte, ahnte noch niemand, welche Folgen das haben sollte. Gemeinsam mit seiner Frau Elisabeth und seinem Schwiegersohn Dr. Johann Burger begann er, Bäume zu pflanzen, Beete umzugraben, und immer wieder, manchmal spät in der Nacht, hielt eine herrschaftliche Kutsche vor dem Schloss. Die Leute in Wiesenau und Bad St. Leonhard munkelten, dass niemand Geringerer als der steirische Erzherzog Johann bei den Söllners Station machte.

Die Illuminaten schlugen hier ihren Stützpunkt im Lavanttal auf. Jene geheimnisumwitterten Illuminaten, die 1776 von Adam Weißhaupt gegründet wurden und seitdem für so gut wie jede Weltverschwörung und für zahlreiche Revolutionen verantwortlich gemacht werden und die angeblich vom Vatikan bis zum Weißen Haus, vom Jesuitenorden bis zur kommunistischen Partei Chinas die Fäden ziehen. Ja, genau diese Illuminaten kamen auch ins Lavanttal. Aber was wollten sie in dieser gottverlassenen Gegend?

Es ging um einen Schatz. Hier, weitab vom Getriebe der Welt, erprobten die Illuminaten, ob man mit Vernunft, mit den Mitteln des Geistes diesen Schatz heben konnte. Selbst so berühmte Männer wie Immanuel Kant und Friedrich Schiller hörten von den Umtrieben im Lavanttal und verfolgten sie durchaus mit Interesse. Ihr Verbindungsmann, wenn man das so nennen kann, war Freiherr Paul von Herbert. Der Besitzer der Bleiweißfabrik und väterliche Freund von Elisabeth Söllner galt als Revolutionär und musste vor den Nachstellungen der metternichschen Staatspolizei mehrmals flüchten. Er hatte den Samen zu diesem Projekt in Wiesenau gelegt. Als einer der deutschen Illuminaten nach Klagenfurt kam, berichtete er über Freiherr Paul von Herbert und sein seltsames Treiben Folgendes nach Jena: „In Klagenfurt, in der tiefen Provinz, gehen die Mädchen schön brav zur Kirche, unter den

Armen die in schwarzen Stoff eingeschlagenen Breviere. Dann sitzen sie da und hören dem Priester zu und halten ihre Blicke gesenkt, aus Scham, aus Demut – könnte man meinen. Aber sie lesen unter der Bank verbotene Schriften." Was da aussah wie ein Brevier, war Immanuel Kants „Kritik der praktischen Vernunft".

Aus der Kantleserin Elisabeth Söllner wurde eine Hausfrau und Mutter, aber sie legte ihre revolutionäre Gesinnung nicht ab. Sie hielt Briefkontakt mit den wichtigen deutschen Philosophen und vollbrachte etwas, wovon die meisten Philosophen nur träumen können. Sie veränderte das Leben sehr vieler Menschen. Sie kümmerte sich um das Gut Wiesenau, zog ihre Kinder auf und hegte und pflegte ihren Obstgarten.

Wenn Sie in eine „Lavanttaler Banane" beißen, einen Schluck vom St. Pauler Apfelsaft trinken, dann sollten Sie jedes Mal den Illuminaten danken. Denn ohne sie hätten wir keine veredelten Apfelsorten. Elisabeth und Johann Söllner begannen mit der Züchtung von Hochstämmen und der Auslese und Verbesserung der Früchte. Ohne Illuminaten also kein Mostland und kein Apfelparadies.

Vernunft und Geduld haben diesen Schatz hervorgebracht. Und dieser Schatz ist in Gefahr. Heute müssen wir an die Stelle der Illuminaten treten und es wagen, unseren Verstand zu gebrauchen. Wir dürfen uns nicht durch internationale Konzerne und EU-Richtlinien die Sortenvielfalt des Obstes, des Gemüses und unserer Nutzpflanzen nehmen lassen. Illuminaten, das bedeutet die Erleuchteten, die Wissenden, jene, die ihre Weisheit gebrauchen, um eine bessere Welt zu schaffen. Eine Welt, in der es nicht nur einer Elite, sondern allen gut geht.

Das ist wohl der Grund für die schlechte Nachrede. Denn vor nichts haben die Mächtigen so sehr Angst wie vor klugen Leuten und ihrer Nächstenliebe.

4

In nicht einmal einer Viertelstunde hackte Ernesto das Interview mit Stadtrat Krobath in den Computer. Dann zog er noch ein Bild aus dem Fotokorb auf die Seite und sah sich die restlichen Seiten an.

Um halb eins stellte Ernesto seine Seiten auf Fertig, schnappte sich seine Jacke und ging. Die Straße vor dem Kino war um diese Zeit menschenleer. Erst auf dem Weiherplatz traf Ernesto auf Passanten, und als er die Straße überqueren wollte, materialisierte sich ein SUV vor ihm. Vielleicht aber hatte er dieses Riesenauto auch übersehen, weil er den Kopf gesenkt hielt und nachdachte.

Aufgeschreckt von dem hupenden Autofahrer sah Ernesto auf und huschte auf den Gehsteig. Er blieb stehen. Sein Herz schlug schnell. Er wischte sich mit der Hand übers Gesicht und sah nach oben. Der Hochnebel hielt sich immer noch, aber an einigen Stellen wurde er schütter, und eine Ahnung von Blau schimmerte hindurch. Er musste raus aus der Stadt. Deshalb schlug er den Weg nach Norden ein, ging durch die Sporergasse und dann über die gelbe Brücke. Von dort war es nicht weit zum Schlossweg.

Viko fuhr an ihm vorbei und hielt dann an. Er hatte gehört, dass Steinkellner einen nach dem anderen aufs Revier bestellte und verhörte, und er wollte wissen, was Ernesto herausgefunden hatte. Aber Ernesto winkte ab, er würde darüber sicher nicht hier auf offener Straße sprechen.

Auf der gelben Brücke blieb er stehen und sah hinunter aufs Wasser der Lavant. Er beobachtete die Wellen. Sie wölbten sich auf, verschwanden und erschienen an der gleichen Stelle aufs Neue. Immer und immer wieder. Aber dann gab es irgendwo eine kleine Irritation, und die Wellen veränderten sich.

Sein Gefühl sagte ihm, dass Steinkellner falsch lag und er Trettenbrein den Mord an Friedl niemals würde nachweisen können. Außer es gab eine Verbindung zwischen Friedl und Trettenbrein, die in die Zeit vor Friedls Haftstrafe zurückreichte. Der Mord damals und der Mord jetzt hingen zusammen, da war sich Ernesto ziemlich sicher, und nur wenn er den Mord an Irene Schatz untersuchte und aufrollte, würde er Friedls Mörder entlarven.

Dieser Mord war vermutlich nie besonders gründlich untersucht worden. Friedl lag mit dem Messer in der Hand neben der blutigen Leiche. Er konnte sich nicht an die vergangene Nacht erinnern, und alle Zeugen sagten das Gleiche aus. Was gab es da noch zu ermitteln?

Ernesto fand, es gab zumindest drei Verdächtige, die man noch einmal überprüfen sollte. Während er den Lehmweg zum Schlossteich hinaufspazierte, ging er die möglichen Täter durch. Zuerst nahm er sich Martin Wutscher vor. Laut Friedls Aufzeichnungen war er damals mit von der Partie gewesen. Ob Wutscher oder Taferner der mysteriöse Begleiter gewesen war, hatte die Polizei nicht geklärt. Wenn Wutscher jener Mann war, der Friedl auf dem Nachhauseweg stützte, dann war er vielleicht nicht nur bis zur Haustür mitgegangen. Dann hatte er Irene und Friedl bis in die Wohnung begleitet.

Über das Motiv machte sich Ernesto jetzt keine Gedanken. Wutscher wird schon einen Grund gehabt haben. Ein Motiv findet sich bei so etwas immer. Eifersucht, Neid, Besitzgier, die Auswahl ist groß.

Das Motiv für den zweiten Mord wurde Ernesto klar, als er den Schlossteich erreichte. Wutscher hatte erst vor zwei Wochen seine Kandidatur zum Europaparlament bekannt gegeben. Selbst wenn Friedl keine Beweise hatte, keine neuen Indizien, allein das Gerücht würde Wutscher vernichten.

Armin Taferner. Es mochte sein, dass er für beide Morde Alibis hatte. Aber das bedeutete noch nicht, dass er als Täter nicht infrage kam. Das Alibi für den ersten Mord kam von seiner damaligen Freundin. Da lohnte es sich, noch einmal nachzuhaken. Das Alibi für den zweiten Mord hatte überhaupt niemand überprüft. Ob Taferner wirklich in Zagreb war, als Friedl ermordet wurde, hatte bis jetzt niemanden interessiert.

Jedenfalls, wenn er so darüber nachdachte, dann war Ernesto von der Freundschaft zwischen Friedl und Taferner irritiert. Friedl musste Taferner unter Verdacht gehabt haben. Er war in der Nähe gewesen. Er hatte die Möglichkeit gehabt. Oder hatte Friedl ihm geglaubt? Hatte er ihm das Alibi abgenommen und in Taferner seinen einzigen wahren Freund gesehen?

Und Taferner? Was trieb ihn über Jahrzehnte dazu, an Friedl zu kleben? War es Sorge um seinen Freund, schlechtes Gewissen oder eine Mischung aus beidem?

Der Letzte auf der Liste war Bernhard Vallant. An den hatte die Polizei schon damals nicht gedacht. Er war der Mann mit dem offensichtlichsten Motiv. Friedl hatte ihn krankenhausreif geschlagen. Die Anzeige wegen versuchter Vergewaltigung war da nur eine Draufgabe.

Zwischen der Prügelei und dem Mord an Irene Schatz lagen knapp sieben Jahre. Zeit genug, um sich zu erholen und seine Rache zu planen. Vielleicht aber war ihm damals auch jemand anders zuvorgekommen, und er hatte seine Rechnung mit Friedl erst jetzt in der Kornettkeusche beglichen.

Kapitel 14

1

Die Stühle in der Aufbahrungshalle waren schütter besetzt. In der ersten Reihe saß Armin Taferner. Neben ihm lag ein Strauß weißer Rosen. Die zweite Reihe war leer. Dahinter, in der dritten und vierten Reihe, hatten Viko und ein paar Stammgäste aus der Weinstube Raab Platz genommen. Sylvia kniete neben dem Sarg, und Rudolf Trettenbrein hatte ihr eine Hand auf die Schulter gelegt.

Als Ernesto den Raum betrat, sah Taferner auf. Er hob den Rosenstrauß auf und zeigte auf den Platz neben sich.

„Es sind doch einige Leute gekommen", sagte er, nachdem sich Ernesto gesetzt hatte.

Ernesto nickte.

Aus den Lautsprechern in der Decke und an den Wänden kam Fahrstuhlmusik. Neben dem Sarg brannten vier elektrische Kerzen, und in einem Wechselrahmen hatte man den Partezettel auf einem Notenständer ausgestellt. Auf dem Boden lag ein Kranz mit einer schwarzen Schleife. Darauf stand: In ewiger Freundschaft – Armin.

Die Musik verstummte. Aus einer Seitentür trat ein Priester im Ornat. Es war der Stadtpfarrer. Er hielt den Kopf gesenkt und ging langsam zum Rednerpult. Hinter ihm gingen zwei Ministranten. Einer trug das Messbuch, der andere den Weihrauchkessel.

Bevor der Priester zu sprechen begann, nahm er dem Ministranten den Weihrauchkessel ab und schwenkte ihn. Der Duft mäanderte durch den Raum.

Dann breitete der Priester die Arme aus und sah nach unten. Dort hielt der andere Ministrant das aufgeschlagene Messbuch.

„Wir haben uns heute hier versammelt, weil Gott der Herr unseren Bruder Alfred zu sich gerufen hat. In seiner unendlichen Güte nimmt Gott uns alle auf, auch wenn wir im Leben oft den Weg verfehlt und uns verirrt haben."

Ernesto horchte auf. Hatte der Priester da gerade gesagt, dass dem Sünder am Ende alle Sünden vergeben werden? Dass Gottes Gnade so groß ist, dass jede Verdammnis am Ende der Zeiten aufgehoben wird? Origenes behauptete im dritten nachchristlichen Jahrhundert, sogar der Teufel würde aus der Hölle erlöst werden. Die Gottesferne ist die größte Strafe, die sich ein Mensch, ein Engel oder ein Dämon zufügen kann. Doch die Gottesferne kann nicht in alle Ewigkeit dauern, denn alles was ist, geht aus Gott hervor und kehrt zu ihm zurück. Deshalb wird auch der Teufel am Ende wieder das Antlitz Gottes schauen. Der Gedanke gefiel Ernesto ebenso, wie er ihn beunruhigte.

„Wie es in den Psalmen heißt: Wer im Schutz des Höchsten wohnt und ruht im Schatten des Allmächtigen, der sagt zum Herrn: Du bist für mich Zuflucht und Burg, mein Gott, dem ich vertraue", fuhr der Priester fort. „So sollen auch wir Schutz suchen unter Gott und seinen Engeln. So gewährt uns Gott Schutz, selbst wenn wir uns fern von ihm wähnen." Er senkte seine Arme. Der Ministrant klappte das Messbuch zu. „Ich möchte euch noch eine Geschichte erzählen", fuhr der Priester fort. „Eines Tages starb ein Mann, und seine Seele stieg auf in den Himmel. Dort empfing ihn Jesus und bat ihn, sich neben ihn zu setzen. Jesus fragte den

Mann, wie es ihm in seinem Leben ergangen sei, und der Mann erzählte von all seinen Schwierigkeiten, seinen Mühen und seinen Sünden.

Sie blickten gemeinsam zurück auf den Lebensweg des Mannes. Zwei Fußspuren liefen über eine lange Strecke parallel zueinander. Der Mann bemerkte das und fragte Jesus, was das zu bedeuten habe.

Jesus antwortete, das seien seine Fußspuren, er sei immer an der Seite des Mannes gewesen.

Nicht immer, sagte der Mann, hier und hier, da sind nur meine Fußspuren, und wenn ich darüber nachdenke, dann waren das die schwersten Zeiten in meinem Leben. Da hast du mich allein gelassen.

Aber nein, sagte Jesus. Das sind nicht deine, sondern meine Fußabdrücke. In den schwersten Zeiten deines Lebens, da habe ich dich getragen.“ Der Priester faltete die Hände und fuhr fort. „So lasst uns beten, wie es uns der Herr gelehrt hat.“

Ernesto räusperte sich und rutschte auf dem Sessel hin und her. Der Priester fixierte ihn, und Ernesto war still. Diese Geschichte von dem Toten, der mit Jesus redet, fand Ernesto ein bisschen sehr betulich. Sylvia saß am Boden neben dem Sarg und weinte. Trettenbrein stand daneben, und es war ihm anzusehen, dass er nicht wusste, was er tun sollte.

Auch in den hinteren Reihen wischten sich die Besucher die Augen. Viko sah auf, als Ernesto sich zu ihm umdrehte, und schnäuzte sich dann lautstark. Der große Walter machte ein Gesicht, als würde er gleich losheulen, und der Eisenbahnerdieter hatte sich vorgebeugt und vergrub sein Gesicht in den Händen.

Die Feier war damit vorbei. Der Priester schlug das Kreuz über dem Sarg und verschwand. Der Mann von der Bestattung drückte auf einen Knopf. Die Fahrstuhlmusik setzte wieder ein, und eine Schiebewand begann sich vor dem Sarg zu schließen.

Rudolf half Sylvia hoch und stützte sie, als sie aus der Nische trat, in der der Sarg stand. Die Wand schloss sich hinter ihnen, die Musik spielte noch kurz weiter. Dann war es still.

2

Viko holte eine Flasche vom Regal über der Theke und sah demonstrativ auf das Etikett. „Dreißig Jahre alt, der Whisky", sagte er. „Ich glaube, wir müssen den wegtrinken, bevor er schlecht wird."

Er erntete ein müdes Lächeln von den Leuten an der Theke.

„Für mich nur einen Kaffee", sagte Ernesto. „Ich bin im Dienst."

„Gusch. Einen trinkst du, für den Friedl. Sonst hast du lebenslanges Lokalverbot." Viko stellte die Gläser auf die Theke und schenkte ein. Als jeder sein Glas hatte, hob Viko seines hoch. „Für Friedl", sagte er und trank den Whisky in einem Zug. „Und du", er zeigte mit dem Glas auf Ernesto. „Du findest den Mörder." Dann knallte er das Glas auf die Theke.

Ernesto nippte, nahm eine von den kubanischen Zigarren, die Viko austeilte, und drehte sich zum Eisenbahnerdieter, der auf dem Barhocker neben ihm saß.

„Wir haben uns vor ein paar Tagen unterhalten", sagte Ernesto und gab Dieter Feuer. „Da gibt es noch ein paar Fragen."

„Wegen Friedl? Klar."

„Du hast von diesem Doktor Dohr gesprochen und von Doktor Wutscher. Friedl hat beide gekannt, hast du gesagt."

Dieter nickte.

„Kannst du mir noch etwas über den Dohr erzählen?"

„Warum nicht über den Wutscher?"

„Von mir aus auch über den, aber zuerst der Dohr."

„Was weiß ich, die haben sich eben gekannt."

„Aber woher?", fragte Ernesto.

„Woher man sich halt so kennt. Das ist ja keine Großstadt. In Wolfsberg kennt eh jeder jeden."

„Geht's vielleicht noch ein bisschen ungenauer?"

„Was?"

„Stell dich nicht so an", mischte sich Viko ein. „Der Dohr war nicht immer Arzt. Als Arzt soll er übrigens eine ziemliche Pfeife sein. Es heißt, er muss einer Frau bis ans Lebensende eine Pension zahlen, weil er bei einer Operation gepfuscht hat und die Frau jetzt im Rollstuhl sitzt."

„Aber." Dieter hob abwehrend den Arm. „Ist ja gar nicht wahr. Sie humpelt ein bisschen. Aber das mit der Pension hab ich auch gehört. Angeblich ist er einer der besten Kunden vom Walter."

„Walter, was sagst du dazu?" Ernesto streckte sich und hob den Kopf.

„Lasst eure Finger gefälligst von meinen Geschäften", sagte Walter.

„Du musst uns nur verraten, ob der Dohr regelmäßig bei dir auftaucht, was weiß ich, mit einem Bündel Geld, und dann mit einem Plastiksackerl mit weißem Pulver wieder verschwindet", sagte Ernesto.

„Das geht dich so was von nichts an."

„Im Grunde ist es mir egal, wie und wo du deine Beschneiungsanlage betreibst", sagte Ernesto. „Aber hier geht es um einen Mord."

„Du kannst mich aber so etwas von am Arsch lecken."

„Ich werte das einmal als ein Ja."

„Und was hilft dir das weiter?", fragte Walter.

„Ah", machte Ernesto. „Du bist nicht unbedingt der Hellsten einer. Wenn Dohr Koks kauft, dann ist er angreifbar. Ein Arzt, der sich die Birne wegkokst." Ernesto schob die Unterlippe vor. „Das ist ein Arzt, der seinen Job verliert, wenn es in der Zeitung steht."

„Du meinst, Friedl hat ihn erpresst?", fragte Viko.

„Als ob das das Schlimmste wäre", sagte Walter.

„Sprich." Ernesto breitete einladend die Arme aus.

„Der Dohr war ja nicht immer Doktor."

„Was du nicht sagst."

„Jetzt lass mich ausreden." Walter trank seinen Whisky aus und zeigte auf das Glas. Viko schenkte nach. „Die Familie vom Dohr war zwar immer schon gestopft, aber er war das schwarze Schaf der Familie. Er und sein Cousin. Zwei komplette Fetzenschädel, wenn ihr mich fragt. Damals jedenfalls, da war diese Geschichte, wo der Friedl den Cousin vom Dohr krankenhausreif geschlagen hat."

„Die Vergewaltigung in der Schickeria?", fragte Ernesto. „Das war der Cousin vom Dohr? Der Bernie Vallant ist der Cousin vom Dohr?"

„Sag ich doch, und ohne den Dohr hätte er damals wahrscheinlich den Löffel abgegeben. Der Dohr war gerade fertig mit seinem Studium und hat sich um den Bernie gekümmert."

Ernesto saß da und sagte nichts. Er zog an der Zigarre und blies den Rauch aus, sah zu, wie sich der

Rauch kringelte, wie er dünner wurde und sich in der Luft auflöste.

„Hat es dir jetzt die Sprache verschlagen?“, fragte Walter.

„Zwei Fragen habe ich noch“, sagte Ernesto. „Erstens, wie geht es Bernie heute? Und zweitens, wo wohnt er?“

„Das kann ich dir beides verraten.“ Walter grinste. „Es hat ein paar Monate gedauert, damals. Aber dann ... Es war nur in den ersten Tagen kritisch, soweit ich weiß.“

„Er hat sich also wieder vollständig erholt?“

Walter nickte.

„Wie lange hat das ungefähr gedauert?“

„Ein paar Monate, hab ich doch schon gesagt, vielleicht auch ein Jahr.“

„Dann war er zum Zeitpunkt des Mordes an Friedls Frau also wieder auf den Beinen?“

„Du bist Friedl in die Falle getappt.“ Walter lachte. „Du glaubst wirklich, er ist unschuldig.“

„Du hast mir meine Frage noch nicht beantwortet.“

„Ich hab immer gedacht, du bist nicht so ein Vollpfosten. Aber so kann man sich täuschen.“

„Nerv mich nicht“, sagte Ernesto.

„Ist ja gut. Er war sicher wieder auf den Beinen, wie das mit der Irene passiert ist.“

„Geht ja. Und wo wohnt er?“

„Am Hohen Platz.“

„Hat er damals auch schon dort gewohnt?“

„Soweit ich weiß.“

„Und? Hat es wehgetan?“

„Leck mich“, sagte Walter und kippte seinen nächsten Whisky.

3

Auf dem Weg zur Redaktion rief Ernesto Steinkellner an. Es war jetzt Zeit für eine Geschichte.

„Sie haben versprochen, nicht über den Verdächtigen zu schreiben“, sagte Steinkellner.

„Dann liefern Sie mir etwas anderes. Wie sieht es mit dem Obduktionsbericht aus?“

„Der ist mittlerweile da.“

„Lassen Sie sich doch nicht alles aus der Nase ziehen.“

„Schusswunde in die Stirn aus nächster Nähe. Aber das haben wir ja schon gewusst.“

„Kaliber, Waffe?“

„Kaliber neun Millimeter Parabellum. Eine Pistole, zum Modell kann man noch nichts sagen.“

„Hilft das irgendwie weiter?“

„Das ist die weltweit am weitesten verbreitete Munition. Aber wenn wir eine Waffe zum Vergleich haben, können wir natürlich sagen, ob die Patrone aus der Waffe abgefeuert worden ist oder nicht.“

„Also im Moment eher eine Sackgasse“, sagte Ernesto. „Was heißt, aus nächster Nähe?“

„Der Pathologe meint, der Schuss sei aus einer Entfernung von unter einem Meter abgegeben worden.“

„Aber kein aufgesetzter Schuss?“

„Nein, eher nicht.“

„Einmal angenommen, Rudolf Trettenbrein ist tatsächlich der Täter. Woher hat er die Waffe?“

„Das werden weitere Ermittlungen klären.“

„Das heißt, Sie haben keine Ahnung. Gekauft wird er sie wohl nicht haben?“

„Wie gesagt, eine weit verbreitete Munition. Und uns liegt auch keine Meldung über eine gestohlene Waffe vor.“

In der Redaktion ignorierte Ernesto den Stapel Post auf seinem Schreibtisch, und auch den E-Mail-Eingang würdigte er kaum eines Blickes. Für morgen hatte er die Regionalseiten fertig geplant, und die meisten Artikel waren schon eingepasst. Es fehlten noch ein paar Fotos von Veranstaltungen. Eine Vernissage in St. Andrä, ein Konzert des Volx-Xang Marein und der Bericht vom Gemeinderat in Reichenfels waren noch ausständig. Den Gemeinderat verschob er auf Dienstag. Ein Bericht über die Erhöhung der Müllgebühren um zwei Prozent und die Umbenennung einer Straße war auch nächste Woche noch fad.

Er tippte den Artikel über den Obduktionsbericht und das ballistische Gutachten in den Computer. Nach etwa der Hälfte klingelte das Telefon. Es war Auer.

„Dein Interview mit dem Stadtrat wirbelt ganz schön Staub auf. Hast du schon in deine Mails geschaut?"

„Keine Ahnung, wovon du sprichst", sagte Ernesto. „Tschabuschnig hat mich schon angerufen."

„Was bitte geht die Geschichte den Pressesprecher des Landeshauptmanns an?"

„Er meint, du hättest die Aussagen des Stadtrats böswillig verfälscht, und die Partei erwägt eine Klage gegen dich und die Zeitung."

„Geh bitte. Nicht schon wieder. Ich ruf ihn an."

„Wen? Tschabuschnig?"

„Den Stadtrat. Das ist ja lächerlich. Ich hab das Interview natürlich aufgenommen. Und ich kann ja nichts dafür, wenn der Krobath redet wie ein Reservehimmler."

„Das hast du ja gottseidank nicht geschrieben."

„Was?"

„Das mit dem Reservehimmler."

„Wenn's wahr ist. Das ist doch Nazi-Rhetorik. Und nicht nur das. In gewisser Weise trägt Krobath Mitschuld am Tod von Alfred Schatz."

„Das hast du gottseidank auch nicht geschrieben."

„Ich bin ja auch nicht vollkommen verblödet. Aber du verstehst, warum ich das Interview gebracht habe?"

„Gegen das Interview gibt es nichts einzuwenden. Ich wollte dich nur vorwarnen."

Im E-Mail-Eingang fand Ernesto eine Nachricht mit einem roten Rufzeichen. Krobath ließ sich darin über Ernestos tendenziöse Berichterstattung aus. Er fühle sich falsch verstanden. Als Stadtrat für Soziales sei er eben für die unschuldig in Not geratene Bevölkerung zuständig und nicht für kriminelle Elemente, die das Sozialsystem ausnutzen. Die Restriktionen seien doch nur dazu da, um Sozialmissbrauch zu verhindern.

Der Text war für einen Leserbrief etwas zu lang. Man musste ihn etwa um ein Drittel kürzen, damit er in die Außenspalte passte. In seiner Antwort bat Ernesto darum, ihm eine gekürzte Version des Textes bis Montag zu schicken, dann könne er eine Veröffentlichung am Dienstag oder Mittwoch der kommenden Woche garantieren.

4

Auf dem Parkplatz vor dem Gasthaus Luxbacher stand ein Geländewagen neben dem anderen. Grüne Jeeps, bis übers Dach mit Dreck bespritzt, ein riesiger roter Subaru, ein Haflinger von Steyr Puch und so weiter. Ernesto bog in den Innenhof, aber auch da war alles vollgeparkt. Er quetschte sich zwischen der Stallwand und einem monströsen Nissan vorbei und stellte sich direkt neben den Misthaufen.

Es roch nach Schweinestall. Der Boden war matschig, und Ernesto spürte, wie die Sohlen in der aufgeweichten Erde versanken. Es war ihm egal. Er trug Bergschuhe, die dick mit Fett eingelassen waren. Mit diesen Schuhen konnte er auch durch einen Bach gehen, ohne nass zu werden.

Die Eingangstür zum Saal stand offen. Licht fiel auf den Vorplatz und zeichnete ein Trapezoid auf den Asphalt. Von drinnen brandete Stimmenrauschen an Ernestos Ohr. Für einen Moment verhielt er den Schritt und sah sich um. Er atmete tief durch.

An der Tür standen ein paar Männer in Walkjankern und Hirschlederhosen. Sie beachteten Ernesto nicht, als er an ihnen vorbeiging. Drinnen im Saal bedienten Kellnerinnen im Dirndl, und von den Stellwänden am Rand starrten tote Hirsche und Rehe auf die Tische voller Jäger.

Zuerst sah sich Ernesto die Rehböcke an. Sie waren nach ihrer Stärke und nach dem Jagdrevier geordnet. Ganz am Anfang gab es ein paar Spießböcke, also Böcke, deren Geweih sich nicht verzweigt. Auf einem langen Tisch daneben fletschten ein Dachs und ein Fuchs die Zähne. Ein Murmeltier schien auf der Flucht erstarrt. Bei den ausgestopften Tieren lagen Kärtchen mit Datum, Ort und Namen des Schützen.

Als Ernesto sich umdrehte, entdeckte er den Bezirksjägermeister und hob die linke Hand, um auf sich aufmerksam zu machen.

„Ich begrüße Sie", sagte Ernesto und streckte dem Mann seine Hand entgegen.

„Schön, dass Sie da sind. Ich habe für Sie einen Platz ganz vorne reserviert. Wollen Sie etwas essen? Es gibt Hirschragout."

„Nein, wirklich nicht. Ich habe keine Zeit. Sie wissen ja, wie das bei uns Journalisten ist. Ich möchte gerne mit Franz Ellersdorfer sprechen, am besten, bevor der offizielle Teil beginnt."

„Der Landesjägermeister? Ja, kein Problem. Kommen Sie."

Ellersdorfer saß ganz vorne an einem Tisch neben dem Podium. Die Espressotasse vor ihm wirkte wie ein Teil einer Puppenküche neben diesem voluminösen Mann. Ernestos Hand verschwand in der Pranke des Landesjägermeisters, als sie einander die Hände schüttelten.

„Wie sieht es kärntenweit mit der Wilderei aus?", fragte Ernesto nach dem üblichen Vorgeplänkel.

„Sie fragen das wegen der Geschichte hier im Lavanttal?"

„Und ein paar anderen Vorfällen. Soweit ich weiß, gab es auch im Grenzbereich zu Slowenien einige Abschüsse."

„Da haben Sie recht. Die Sache scheint sich auf Unterkärnten zu konzentrieren. Derzeit jedenfalls."

„Von welcher Größenordnung sprechen wir hier?", fragte Ernesto.

Ellersdorfer zählte ein paar Fälle auf, die Ernesto schon kannte, und fügte noch etliche hinzu. „Der neueste Fall ist erst ein paar Stunden her. Ich habe die Fotos hier am Handy", sagte Ellersdorfer. „Wenn Sie wollen, können Sie die haben. Wir sind froh, wenn Sie darüber schreiben. Vielleicht gibt es einen Hinweis."

Ernesto notierte sich die Angaben zu den Fällen und sah sich nach dem Landesrat für Jagd und Tierschutz um. Dabei entdeckte er Martin Wutscher und Harald Dohr. Sie saßen an einem der Längstische. Ernesto grüßte sie mit einem Kopfnicken. Ellersdorfer bemerkte Ernestos Nervosität und folgte seinem Blick.

„Suchen Sie jemanden?“

„Den Landesrat.“

„Ich fürchte, der kommt heute nicht. Der ist in Oberkärnten unterwegs, etwas mit dem Nationalpark Hohe Tauern.“

Ernesto stand auf und verabschiedete sich. Die Geschichte für Auer hatte er, und was er für die Regionalseite brauchte, würde er sich jetzt gleich beschaffen.

Der Bezirksjägermeister stand mit dem Bezirkshauptmann und dem Bürgermeister von Wolfsberg an der Trophäenwand und zeigte gerade auf einen besonders kapitalen Hirsch, als Ernesto von hinten an die Gruppe herantrat.

„Und Richtung Gertrusk“, der Bezirksjägermeister zeigte vage Richtung Saualpe, „da stehen noch ein paar von diesen Kalibern. Aber die sollen sich vermehren.“

„Ich möchte Sie noch um etwas bitten“, meldete sich Ernesto.

Die Männer drehten sich zu ihm um.

„Schicken Sie mir doch bitte die Liste der Ehrungen per Mail. Ich habe echt keine Zeit, mir das anzuhören. Der Fotograf kommt dann vorbei.“

„Habe ich schon vorbereitet“, sagte der Bezirksjägermeister und drückte Ernesto ein paar Zettel in die Hand.

Ernesto wandte sich zum Gehen, als er eine Hand auf der Schulter spürte.

„Warten Sie einen Moment“, sagte Bürgermeister Teuffenbach.

„Ich hab’s eilig.“

„Es ist wichtig."

„Dann kommen Sie." Ernesto ließ ihm den Vortritt.

Der Bürgermeister hielt kurz vor dem Ausgang. Dort standen schon einige Männer und rauchten.

„Was ich sagen wollte. Sie können so nicht mit Stadtrat Krobath umspringen."

Ernesto sah ihn fragend an.

„Sie haben kein Recht, ihn zu verfolgen und an den Pranger zu stellen."

„Was habe ich denn getan?"

„Ihr Artikel, das Interview. Das ist doch böswillig."

„Meinen Sie?" Ernesto steckte sich eine Zigarette an und überlegte, wie er den Bürgermeister am schnellsten loswerden konnte. Er hörte nur oberflächlich zu. Viel interessanter erschien ihm ein Gespräch, das hinter ihm geführt wurde. Zuerst schnappte er nur einzelne Wörter auf. „Wilderer" und „Haut abziehen" konnte er aus dem Wortstrom isolieren, dann „Bärenfell" und „töten".

„Entschuldigen Sie", sagte Ernesto und drehte sich um. „Reden Sie gerade über die Fälle von Wilderei im Tal?"

„Wer will das wissen?", sagte ein Kerl in grauem Loden. An seinem Hut wippte ein Gamsbart.

„Ernesto Valenti, Kärntner Tagespost."

„Hören Sie, Valenti. Sie können mich nicht einfach so stehen lassen", sagte der Bürgermeister.

„Ich will ja nicht unhöflich sein", sagte Ernesto über die Schulter hinweg. „Aber ich arbeite hier." Dann drehte er sich wieder zu den Jägern. „Ich interessiere mich für die Wilderergeschichte."

„Hast du das Interview mit unserem Bezirksjägermeister geschrieben?", fragte der Kerl mit dem Gamsbart.

„Hab ich. Also hat einer von euch etwas gesehen oder gehört?“

Die Männer zuckten mit den Schultern, murmelten Unverständliches.

„Valenti, Sie können mich nicht einfach ignorieren.“ Der Bürgermeister packte Ernesto an der Schulter. „Sehen Sie mich an, wenn ich mit Ihnen rede. Immerhin bin ich der Bürgermeister.“

Ernesto starrte ihn an.

„Was?“, fragte Teuffenbach.

„Sie stören.“

Die Jäger grinsten.

„So, aber jetzt“, sagte Ernesto.

„Dem hast du's aber gegeben“, sagte ein Jäger mit weißen Haaren, der Ernesto um gut zwei Köpfe überragte. „Gefällt mir, wenn einer Eier hat.“

„Wir haben über die Wilderer geredet“, sagte der mit dem Gamsbart. „Wird immer schlimmer. Auf der Soboth oben haben sie uns einen Luchs geschossen. Das Fell abgezogen, den Kadaver liegen gelassen. Schweine, dreckige. Wenn ich die erwische, ich schwöre, ich weide sie aus.“

„Na, nicht so heftig“, sagte Ernesto.

„Wenn's wahr ist“, sagte der Weißhaarige. „Spätestens seit dem toten Bären an der slowenischen Grenze ist das kein Spaß mehr. Die Tatzen und den Kopf abgeschnitten, das Tier hat er liegen lassen. Das ist immer derselbe, da wette ich was.“

„Und? Hat die Polizei schon eine Spur?“, fragte Ernesto.

„Die Polizei?“ Der Jäger mit dem Gamsbart spuckte aus. „Denen geht das doch am Arsch vorbei. Ein paar tote Rehe oder Hirsche mehr. Nein.“ Er schüttelte so heftig den Kopf, dass der Gamsbart sich beinahe selbstständig machte. „Das müssen wir schon selbst in die Hand nehmen."

„Aber da habt ihr auch noch nicht wirklich etwas vorzuweisen."

„Hast du eine Ahnung. Das werden wir doch der Zeitung nicht auf die Nase binden. Irgendwann wird das ein Ende haben mit der Wilderei, und dann wird einer tot im Graben liegen. Aber finden wird ihn keiner."

Ernesto hob eine Augenbraue.

„Da hat er recht, der Hans", sagte der mit den weißen Haaren. „Wir müssen das selbst in die Hand nehmen."

„Dann wünsche ich noch frohes Werken", sagte Ernesto, verbeugte sich leicht und strebte dem Ausgang zu. Dort sah er eine Gestalt, die ihm bekannt vorkam. Das Gesicht, die Bewegungen, all das war ihm vertraut, aber die Hirschlederhose und die Trachtenjoppe verwirrten ihn. Dann aber, als er vor dem Mann stand, erkannte er ihn.

„Herr Taferner. Mit Ihnen hätte ich hier nicht gerechnet."

„Das hätten Sie nicht gedacht, dass ich Jäger bin."

„Im Leben nicht." Ernesto lachte. „Nette Überraschung. Aber ich bin schon am Sprung." Er winkte noch und verschwand dann in der Nacht.

Kapitel 15

1

Jäger greifen zu Selbstjustiz

Wilderei ist derzeit das alles beherrschende Thema in der Kärntner Jägerschaft. Einige wollen zur Selbstjustiz greifen.
Von Ernesto Valenti

„Wenn ich ihn erwische, jage ich ihm eine Kugel in den Kopf", ereiferte sich ein Jäger bei der Hegeringschau am vergangenen Freitag im Gasthaus Luxbacher in der Nähe von Wolfsberg. Anlass für diesen wütenden Ausbruch ist eine seit über zwei Jahren anhaltende Serie von illegalen Wildabschüssen.

Begonnen hat die Serie im Mai 2014. Revierjäger Hans Trinkl fand auf der Soboth den abgezogenen Kadaver eines Luchses. Es handelte sich dabei um eines von fünf Tieren, die vor zehn Jahren auf der Koralpe neu angesiedelt worden waren.

Daraufhin folgten verschiedene Abschüsse von Rehböcken, Gämsen und Murmeltieren. Immer wurde ein Teil des Kadavers zurückgelassen. Zu einer ersten Eskalation kam es, als die Täter den Kopf eines Rehbocks an die Haustür eines Aufsichtsjägers in St. Georgen im Lavanttal nagelten.

Laut Landesjägermeister Franz Ellersdorfer gehen mindestens zwanzig weitere Fälle von Wilderei auf das Konto des oder der gleichen Täter: „Es ist immer dasselbe Muster. Er tötet die Tiere, nimmt die Trophäen und lässt den Rest zurück." Der bisher spektakulärste Fall ist die Tötung eines Braunbären an der österreichisch-slowenischen Grenze. Der Wilderer schnitt dem Bären den Kopf und die Tatzen ab und ließ den Rest des Tieres zurück.

Bis jetzt gibt es außer den getöteten Tieren keine Spur. Der oder die Wilderer sind überaus vorsichtig und zeichnen sich unter anderem durch hervorragende Ortskenntnis aus. Es kann also nicht ausgeschlossen werden, dass es sich beim Täter um einen heimischen Jäger handelt.

Offiziell überlässt die Jägerschaft die Ermittlungen der Polizei. „Wir unterstützen die Exekutive in allen Belangen und fordern auch die Bevölkerung auf, sachdienliche Hinweise zu melden“, sagt Landesjägermeister Ellersdorfer. Doch unter der Jägerschaft regt sich Unmut. Noch wird nur geredet, aber eine Eskalation scheint nicht ausgeschlossen. Schon in der Vergangenheit gab es blutige Auseinandersetzungen zwischen Jägern und Wilderern, wie der Fall Pius Walder beweist. Der Osttiroler Wilderer wurde im September 1982 von einem Jäger erschossen.

Ernesto hatte den Artikel noch gestern Abend ins Redaktionssystem gestellt. Jetzt befand er sich auf der Autobahn Richtung Graz, und vor ihm tauchte gerade die Koralpe aus dem Nebel. Die Schneefelder an den Hängen des großen Kars glitzerten im Sonnenschein. Der Schnee reichte aber nur knapp unter die felsige Spitze des Berges, schon auf den Almen darunter breitete sich braunscheckiges Gras aus.

Der Radiosender fiel aus, und Ernesto startete die CD. Kurt Ostbahn sang davon, dass das Leben der meisten Menschen ein Tanz in den Abgrund ist. A Schritt vire, zwa Schritt zruck. Graue Gesichter in einer Bar. Die Luft ist zum Schneiden. Keiner spricht, alle trinken. Aber das Saufen hilft nicht beim Vergessen. Die alten Geschichten brechen auf wie Wunden und bluten die ganze Nacht lang.

Bis Graz blieb Ernesto noch gut eine halbe Stunde, um sich zu überlegen, wie er das Interview mit dem stellvertretenden Anstaltsleiter Oberstleutnant Peter Böck anlegen sollte. Gestern Nacht hatte er ein bisschen über die Justizanstalt Karlau recherchiert. Graz-Karlau verfügte über Platz für 522 Häftlinge, war aber seit Jahren überbelegt. Inhaftiert waren Männer, die eine Strafe von drei Jahren bis lebenslänglich zu verbüßen hatten. Die Sicherheitsvorkehrungen galten als außergewöhnlich streng. Es gab sogar Zellen mit doppelten Sperrsystemen für besonders gefährliche Häftlinge. Drei Abteilungen waren für den sogenannten Maßnahmenvollzug reserviert. Hier wurden geistig abnorme Rechtsbrecher auch nach der eigentlichen Strafhaft festgehalten.

Wie Ernesto schnell herausfand, stand gerade dieser Maßnahmenvollzug seit Jahren in der Kritik. Die Wiener Stadtzeitung Falter hatte einige Fälle aufgedeckt, in denen Häftlinge vernachlässigt oder missbraucht worden waren. Besonders schlimm schien Ernesto ein Fall aus der Justizanstalt Stein. Dort saß ein Mann seit fast sieben Jahren im Maßnahmenvollzug. Er war ein verurteilter Mörder. Es lagen psychiatrische Gutachten vor, die ihm bescheinigten, trotz seines Alters und seiner Gebrechlichkeit nach wie vor eine Gefahr für seine Umgebung zu sein. Also sperrte man ihn in eine Zelle und kümmerte sich erst wieder um ihn, als der Verwesungsgeruch den ganzen Zellenblock ausfüllte. Die Füße des Mannes waren von eitrigen Wunden übersät.

Die Zehennägel, lange gewachsen und wie Klauen gekrümmt, bohrten sich in das entzündete Fleisch. Die Haut über den Schienbeinen bröckelte ab, als ein Arzt die Wunden versorgen wollte. Das Gewebe darunter war schwarz.

In der Justizanstalt Suben hatte die Überwachungskamera eine Szene aufgenommen, die Ernesto den Atem stocken ließ. Zwei Justizwachebeamte packen einen Häftling und schleudern ihn zu Boden. Einer der Beamten beugt sich über den Mann, reißt seinen Kopf nach hinten und nimmt den Häftling in den Würgegriff. Später zeigt das Video, wie ein anderer Beamter demselben Häftling mit der Faust auf den Hinterkopf schlägt. Andere Beamte stehen daneben und sehen zu.

Nach diesen beiden Berichten tauchten immer weitere Fälle auf. In der Justizanstalt Wien-Josefstadt wurden mit großer Wahrscheinlichkeit weibliche Häftlinge von Beamten sexuell missbraucht. Ein Jugendlicher wurde von Mithäftlingen mit einem Besenstiel vergewaltigt. Die Innenministerin sprach von einem Einzelfall, aber allein 2013 gab es mindestens drei solcher Vorfälle. Sie lobte in einem Interview die Qualität der österreichischen Gefängnisse und gab zu bedenken: „Haft ist kein Paradies, aber die Zustände waren nie besser. Wir sprechen hier von Jugendlichen, die eine schwere Straftat begangen haben, sonst wären sie nicht in U-Haft genommen worden."

Die Liste solcher angeblicher Einzelfälle war lang. Ernesto fand noch eine Reihe von Artikeln, die sich unter anderem mit einem ungeklärten Todesfall in der Justizanstalt Göllersdorf, einem Suizid in Graz-Karlau und der Praxis der chemischen Kastration in Stein beschäftigten.

2

Als Ernesto in einer Seitengasse in der Nähe des Gefängnisses parkte, hatte er sich seine Strategie zurechtgelegt. Angesichts dieser Flut von Artikeln über Missstände, Folter und Tod in österreichischen Justizanstalten war Oberstleutnant Böck sicher ziemlich vorsichtig, wenn ihm ein Journalist gegenübersaß.

Es gab hier zwei Ebenen der Realität. Die geordnete, saubere Welt des Strafvollzugs, in der alles ganz leicht vonstattengeht. Eine Welt, in der den Häftlingen zwar die Freiheit genommen wird, aber mehr auch nicht. Darunter gab es eine andere Welt. Die Dunkelheit der Erniedrigung, der Schläge und Stockhiebe. Eine Welt, in der man angespuckt und getreten wird, wenn man zu den Schwachen gehört, und in der man tritt und vergewaltigt, wenn man der Stärkere ist.

Ernesto wollte wissen, wer Alfred Schatz in diesen beiden Welten des Gefängnisses gewesen war. Aber das würde er nur herausfinden, wenn er Böck keinen Grund gab, ihm zu misstrauen.

Die Tür, vor der Ernesto jetzt stand, hatte keine Schnalle. Die Scheibe im oberen Drittel der Tür war mit einem Eisengitter geschützt. An der Wand rechts gab es eine Klingel und eine Gegensprechanlage. Der Beamte am Pult direkt hinter der Tür hatte Ernesto bemerkt und sah ihn an. Sonst tat er nichts.

Ernesto zögerte. Dann drückte er die Klingel. Der Beamte beugte sich vor und betätigte einen Schalter. Ein Summen ertönte, und Ernesto stieß die Tür auf.

Der Raum zwischen der Eingangstür und dem Empfangsschalter war kaum zwei mal zwei Meter groß. Links eine Reihe von verschließbaren Fächern. Direkt vor Ernesto der Glaskasten, in dem der Beamte saß und seine Zeitung las. Ernesto legte seine Geldtasche, die Autoschlüssel und das Mobiltelefon auf das Förderband neben der Sicherheitsschleuse. Als er die Schleuse betrat, setzte sich das Band in Bewegung. Es piepste, aber der Beamte reagierte nicht.

Ernesto trat aus der Sicherheitsschleuse und klopfte gegen die Glasscheibe. Der Beamte hob den Kopf.

„Ich habe einen Termin mit Oberstleutnant Böck", sagte Ernesto.

Der Beamte legte die Zeitung aufgeschlagen hin und beugte sich ein wenig vor. „Handys sind hier verboten", sagte er.

„Dann werde ich das Mobiltelefon da vorne deponieren", sagte Ernesto und ging zurück in den Vorraum. Als er die Sicherheitsschleuse passierte, piepste es wieder. Dann griff er an der Sicherheitsschleuse vorbei, nahm sein Mobiltelefon vom Förderband und öffnete ein Kästchen. Er sah, dass er eine Euromünze einwerfen musste, um das Kästchen verschließen und den Schlüssel abziehen zu können. Also ging er zurück, beugte sich abermals über das Förderband und holte sich Brieftasche und Autoschlüssel.

Der Beamte hatte sich mittlerweile wieder gesetzt, und als Ernesto sich umdrehte, las der Mann wieder in seiner Zeitung. Das neuerliche Piepsen der Sicherheitsschleuse störte den Beamten nicht. Erst als Ernesto abermals gegen die Scheibe klopfte, hob der Beamte den Kopf und sah Ernesto an.

„Ich habe einen Termin mit Oberstleutnant Böck", wiederholte Ernesto.

Der Beamte reagierte nicht.

Ernesto runzelte die Stirn und holte hörbar Luft. Der Beamte hob einen Arm und zeigte den Gang entlang, dann nahm er seine Zeitung und las weiter.

Der Gang war bis auf Schulterhöhe mit einer abwaschbaren Farbe gestrichen. Das Babykackbraun harmonierte mit dem etwas dunkleren Linoleumboden, fand Ernesto und drückte sich an die Wand, als drei Justizwachebeamte in voller Ausrüstung an ihm vorbeigingen. Die Pfefferspraydosen und Schlagstöcke an ihren Hüftgürteln schwangen bei jedem Schritt auf und ab. Die Uniformjacken bauschten sich, und es schien, als würde jeder von ihnen die gesamte Gangbreite beanspruchen.

Am hinteren Ende war der Gang mit einem Gitter abgesperrt. Gleich davor ging links eine Tür ab. Ein Büro, in dem eine Frau um die vierzig saß. Sie trug Zivil und lächelte, als Ernesto eintrat.

„Entschuldigen Sie", sagte Ernesto. „Ich habe einen Termin mit Oberstleutnant Böck."

„Aha", machte die Frau und griff zum Telefon. Sie sah Ernesto an, während sie auf eine Antwort wartete.

3

Das Büro von Oberstleutnant Böck befand sich im zweiten Stock, und die Frau aus dem Büro geleitete Ernesto durch einen Gang, der etwa in der Mitte von einem weißen Eisengitter geteilt wurde. Dahinter befand sich eine weitere Sicherheitsschleuse. Auch diese gab Warntöne von sich, als Ernesto hindurchging. Neben der Sicherheitsschleuse stand ein Beamter. Er hatte die Arme in die Hüften gestemmt, die Mütze saß ihm leicht schief auf dem Kopf. Er reagierte nicht auf das Piepsen.

„Kommen Sie", sagte die Frau aus dem Büro, als Ernesto zögerte. „Wir müssen hier hinauf." Sie zeigte auf eine Wendeltreppe aus Metall. „Eigentlich habe ich keine Zeit für eine Hausführung, wissen Sie. Ich muss Papierkram erledigen."

„Am Samstag?", fragte Ernesto.

„Irgendwann muss ich das machen. Als Sozialarbeiterin hätte ich Besseres zu tun, aber man muss ja alles dokumentieren und aufschreiben und Eingaben in fünffacher Ausfertigung machen. Die Hölle, sag ich Ihnen."

Im ersten Stock begegnete ihnen ein Trupp Häftlinge in Trainingsanzügen. Einige lachten und schlugen einander auf die Schultern. Hinterher trottete einer mit hängenden Schultern und einem Gesicht wie neun Tage Regenwetter.

„Sie lassen ihn nicht mitspielen", sagte die Sozialarbeiterin leise.

„Wen?"

„Den letzten da. Einer von den Bankern. Hat eine Einzelzelle und so, aber besonders beliebt ist er nicht."

„Manche sind sogar hier gleicher, nicht wahr?"

„Das können Sie laut sagen. Hat einen Riesenfernseher in der Zelle. In ein paar Wochen geht er mit der Fußfessel nach Hause. Der kann sich's leisten."

Dann standen sie vor einer weiteren Metalltür. Die Frau drückte einen Knopf, und ein Summer ertönte, die Tür ließ sich öffnen. Ernesto stemmte sich gegen die Tür. „Wie viele solcher Türen gibt es noch?", fragte er.

„Keine Ahnung, alle paar Meter. Aber wir sind gleich da." Sie führte Ernesto bis vor das Büro der Anstaltsleitung und verabschiedete sich dann.

Die verschrammte Tür war nur angelehnt, und als Ernesto klopfte, gab sie nach.

„Kommen Sie herein." Der Mann hinter dem Schreibtisch trug Uniform. Er stand auf, als Ernesto auf ihn zukam. Auf dem Schreibtisch lagen Akten verstreut. Aufgeschlagene Ordner stapelten sich zu Türmen, und dazwischen fanden sich ein Aschenbecher und einige Kaffeetassen. Als Ernesto sich setzte, streifte seine Hand eine ausgebrochene Stelle an der Schreibtischplatte.

„Wir haben hier normalerweise nicht sehr viele Journalisten", sagte Böck. „Und ich bin mir nicht sicher, was ich für Sie tun kann."

„Sie haben Alfred Schatz vermutlich ganz gut gekannt." Ernesto musterte sein Gegenüber und versuchte, in dem leicht aufgequollenen Gesicht zu lesen.

„Das kann man so nicht sagen. Er war eben ein Häftling."

„Zwanzig Jahre lang, und sie haben Aufzeichnungen geführt. Da kennen Sie die Leute besser als sonst jemand. Außerdem haben Sie sicher seine Strafakte."

„Natürlich haben wir das. Ich habe mir die Unterlagen angesehen. Ein unauffälliger Häftling, eigentlich."

„Eigentlich?"

„Mich hat über die Jahre nur eines irritiert. Dieses Beharren auf seiner Unschuld. Das ist sehr selten", sagte Böck.

„Stimmt es, dass Schatz immer wieder Eingaben gemacht hat, darauf gedrängt hat, dass sein Verfahren noch einmal aufgerollt wird?"

„Allerdings hat er das."

„Was ist daran ungewöhnlich?"

„Nun, die meisten Insassen machen das nicht."

„Vielleicht, weil sie schuldig sind und das auch wissen", sagte Ernesto.

„Haben Sie Grund zur Annahme, dass Schatz unschuldig war?"

Ernesto zuckte mit den Schultern und zog die Mundwinkel nach unten.

„Die meisten geben irgendwann auf“, sagte Böck. „Aber nicht Schatz.“

„Warum hatten die Eingaben keinen Erfolg?“

„Soweit ich das sehe, gab es einfach keine Gründe, keine neuen Indizien, keine neuen Zeugen, nur die Behauptung, dass er unschuldig ist.“

„Und sonst?“

„Er hat in der Küche gearbeitet, in der Autowerkstatt, und er hat viele Bücher gelesen.“

„Gibt es da eine Liste?“

„Von was?“

„Von den Büchern.“

„Wozu wollen Sie das wissen?“

„Reine Neugier.“

Böck blätterte in einer Mappe, nahm ein paar Zettel heraus und las darin.

„Keine Auseinandersetzungen mit anderen Insassen, mit den Wärtern?“, fragte Ernesto.

„Wärter hören wir nicht so gerne.“

„Justizwachebeamte dann meinetwegen.“

„Eigentlich darf ich Ihnen das gar nicht sagen. Auch die Liste mit den Büchern kann ich Ihnen nicht geben.“

„Das wäre mir jetzt aber neu“, sagte Ernesto und zog seine Zigarettenpackung aus der Jacke. „Ich nehme an, hier darf man rauchen.“ Er zeigte auf den Aschenbecher.

„Aber ich bitte darum“, sagte Böck und zündete sich eine Zigarette an, beugte sich vor und gab Ernesto Feuer. „Wir dürfen keine Informationen über die Insassen an die Öffentlichkeit weitergeben. Das ist Ihnen doch klar?“

„Wenn die Häftlinge am Leben sind. Aber mit dem Tod erlischt der Datenschutz.“

„Die Amtsverschwiegenheit."

„Ach, kommen Sie. In diesem Fall greift das nicht. Informationen über Alfred Schatz betreffen weder die öffentliche Sicherheit noch die Landesverteidigung, und mit irgendwelchen schutzwürdigen Interessen des Staates oder einer politischen Partei hat dieser Fall auch nichts zu tun, oder täusche ich mich da? Der Mann hat noch nicht einmal Hinterbliebene, die sich durch die Offenlegung beeinträchtigt fühlen könnten, und ein offenes Strafverfahren gibt es wohl auch nicht."

„Nein, natürlich nichts dergleichen, aber in solchen Fällen berufen wir uns immer auf die Amtsverschwiegenheit."

„Das sollten Sie vielleicht noch einmal überdenken."

„Ich muss da nichts überdenken. Ich habe meine Anweisungen."

„Vielleicht ist gar nichts dahinter", sagte Ernesto. „Aber vielleicht war der Mann auch unschuldig. Vielleicht hat er seine Frau gar nicht umgebracht, und der wahre Mörder läuft noch frei herum."

„Das hat er jedenfalls immer behauptet", sagte Böck. „Aber die Akte wird ihnen da nicht weiterhelfen."

„Das kann ich erst beurteilen, wenn ich die Akte gesehen habe."

Böck schüttelte den Kopf.

„Mir geht es vor allem um die Strafakte. Wenn ich da einen Blick hineinwerfen könnte, würde ich mir möglicherweise überlegen, ob ich nicht eine Reportage über die Haftanstalt schreiben könnte. Etwas einigermaßen Positives. Bei der schlechten Presse in den letzten Monaten ..."

„Sie wollen mir drohen?“ Böck zog die Augenbrauen nach unten und machte ein böses Gesicht.

„Nein, auf gar keinen Fall. Ich appelliere an Ihren Gerechtigkeitssinn. Wenn jemand ein Gefängnis leitet, dann muss er doch etwas für Recht und Ordnung übrig haben.“

„Wir haben schon genug Schwierigkeiten mit der Presse. Diese Berichte, wissen Sie ...“

„Wenn nichts dran ist, schreibe ich auch nichts“, sagte Ernesto. „Und Sie sind bei der Sache so oder so aus dem Schneider. Sie haben ihn ja nur eingesperrt. Für die Ermittlungen und die Verurteilung sind Sie ja nicht verantwortlich.“

„Und dann stehe ich morgen trotzdem in der Zeitung.“ Böck winkte ab.

„Wenn's nach mir geht, dann nicht.“

„Ich kann Ihnen die Akte wirklich nicht geben.“

„Aber Sie können mir sagen, was drinnen steht.“

„Ich darf nicht.“

„Okay“, sagte Ernesto. „Dann versuch ich es anders. Gibt es hier noch ein paar Zellengenossen, mit denen ich sprechen kann?“

Böck beugte sich wieder über die Akte. „Schwer zu sagen“, meinte er.

„Aber das könnten Sie herausfinden, wenn Sie wollten?“

„Wollen Sie mit einem Häftling sprechen?“

„Wenn's leicht geht, mit allen.“

„Das kann ich nicht versprechen.“ Böck tippte etwas in seinen Computer, wartete und zündete sich eine neue Zigarette an. „Wenn Sie wollen, können Sie ja am Tag der offenen Tür vorbeikommen.“

„Stehen da die Zellentüren offen, und die Besucher können sich mit den Häftlingen unterhalten?“

„Aber nein.“ Böck lachte. „Die Häftlinge sind selbstverständlich eingeschlossen. Es gibt keinen Kontakt zwischen Besuchern und Häftlingen. Denken Sie nur an das Sicherheitsrisiko. Aber da können Sie sich die Haftanstalt ansehen, und es gibt sogar Gratisessen aus der Küche.“

„Aber ich kann nicht mit den Häftlingen sprechen?“

„Nein, die sind ja weggeschlossen.“

„Das ist aber paradox an einem Tag der offenen Tür.“

Böck sah Ernesto verständnislos an.

„Wie auch immer“, sagte Ernesto. „Haben Sie einen Mithäftling gefunden?“

Böck kniff die Augen zusammen und suchte mit dem Finger eine Zeile auf dem Bildschirm. „Einen habe ich“, sagte er. „Ist nur die Frage, ob der auch mit Ihnen reden will.“

4

Einige Zeit später saß Ernesto einem bulligen Glatzkopf gegenüber. Durch die Plexiglasscheibe konnte Ernesto den Mann nur schwer verstehen. Dazu trug auch der heftige Akzent bei. Ali, mit diesem Namen stellte sich der Gefangene vor, war fünf Jahre mit Friedl in einer Zelle gesessen. Aber über Friedl wollte er nicht reden. Er beugte sich vor, sodass sein Mund ganz nahe an den im Kreis angeordneten Löchern im Plexiglas war, und erzählte, er habe seine Frau, seine wunderschöne Frau und die drei Kinder schon seit über zehn Jahren nicht mehr gesehen. Ob seine Frau überhaupt noch seine Frau war, wusste er nicht. In Afghanistan konnte viel passieren in zehn Jahren. Seine Familie konnte von den

Taliban getötet oder als Sklaven verkauft worden sein. Wenn seine Frau klug war, hatte sie sich einen anderen Mann genommen. Aber er, Ali, würde ihn und seine Frau umbringen, sobald er aus dem Gefängnis entlassen wäre.

Ernesto hörte sich diesen Sermon ein paar Minuten lang an. Dann klopfte er mit dem Knöchel des Zeigefingers gegen die Scheibe.

„Schluss jetzt", sagte er. „Ich kann dir nicht helfen. Hast du mich verstanden?"

Ali verstummte.

„Hast du mich verstanden?", fragte Ernesto noch einmal.

„Was willst du dann hier?"

„Erzähl mir von Friedl."

Ali spuckte aus. „Ein Arschloch. Soll sich ins Knie ficken. Kannst ihm ausrichten."

„Er ist tot."

„Gut", sagte Ali. „Hat ihn wer ...?" Er hielt sich die Hand wie eine Pistole an den Kopf und drückte ab.

„Genau. Warum war er denn ein Arschloch?"

„Hat immer alles genommen, was er wollte. Hab ich mir Fleisch gekauft, hat Friedl genommen. Hab ich Zigaretten, hat er gestohlen. Immer. Hat gesagt: Ich hau dir eine aufs Maul, und hat er gehaut."

„Und du hast dich nicht gewehrt? Du schaust nicht aus, als ob du Hilfe brauchst bei so etwas."

„Friedl war brutal." Ali ballte die linke Faust und deutete einen Schlag an. „Gleich ins Gesicht, und in der Nacht hat er Polster genommen und aufs Gesicht gedrückt. Oft. Hat gelacht."

„Du hast dich nicht gewehrt?"

„Gewehrt? Wenn du dich wehrst, kommen andere und vergewaltigen dich. Ganz einfach."

„Hat Friedl dich vergewaltigt?"

„Hat sich immer Junge genommen, verstehst du? Frischfleisch."

„Was anderes. Hast du mitbekommen, ob ihn jemand besucht hat?"

„Friedl? Hat nicht oft Besuch. Nix Freunde." Ali grinste. „Aber einer immer gekommen."

„Kannst du dich an den Namen erinnern?"

„Bah, weiß nicht mehr. Glaub Amin, oder so. Ist sein bester Freund, hat Friedl gesagt."

Kapitel 16

1

Der Ausflug nach Graz hatte also wenig bis nichts gebracht. Die Strafakte von Friedl Schatz hatte Ernesto immer noch nicht, und langsam gingen ihm die Optionen aus. Möglicherweise gab es noch ein paar Leute, die über Kopien der Ermittlungsakte verfügten oder über Auszüge daraus. Der leitende Beamte, obwohl heute sicher schon pensioniert, hatte vielleicht noch ein paar Zettel herumliegen, oder er erinnerte sich an ein Detail.

Ernesto stellte die Kaffeetasse ab und sah von seinem Schreibtisch aus auf die Tür ganz hinten in der Redaktion. Sie war weiß gestrichen, und wenn man nicht wusste, dass sie da war, konnte man sie kaum erkennen.

Der Schlüssel lag vorne in Nataschas Schreibtisch. Ernesto hatte normalerweise keine Verwendung dafür, denn hinter dieser Tür befand sich nur der Lagerraum, und wenn man die Treppe in das Kellergewölbe hinunterstieg, kam man in das Archiv der Regionalredaktion. Hier stapelten sich in mehreren Schränken Zeitungen aus dreißig Jahren, und Ernesto hatte keine Lust, da hinunterzusteigen und nach den Ausgaben zu suchen, in denen vom Mord an Irene Schatz berichtet wurde. Aber es blieb ihm nichts anderes übrig.

Im Lagerraum begannen die Neonröhren zu surren, als Ernesto den Lichtschalter betätigte. Da stand eine Kiste mit Mineralwasser neben dem Kühlschrank. Auf der Anrichte reihten sich Kaffeetassen neben kleinen Schüsseln, alles akkurat ausgerichtet und auf der Abtropftasse der Abwasch abgestellt.

Die zweite Tür, die den Weg zur Kellertreppe verschloss, war nicht versperrt. An den Ziegelwänden flammten im Abstand von zwei Metern Glühbirnen in Sicherheitskäfigen auf. Die Luft roch nach Erde und Feuchtigkeit, und Ernesto fürchtete schon um das Zeitungsarchiv. In diesem Klima schimmelt Papier schneller, als man eine Zeitung umblättern kann.

Doch in den verschlossenen Schränken hatten sich die Zeitungen gut gehalten. Nur bei einigen brach der Rand ab, als Ernesto sie aus dem Stapel zu ziehen versuchte. Die Titelbilder waren vergilbt, und auch das Rot der Schrift auf der ersten Seite war zu einem Rosé ausgebleicht, doch die Zeitungen zerfielen nicht, wenn Ernesto sie aufschlug.

Der Mord hatte sich am 16. August 1992 ereignet, also hievte Ernesto alle Zeitungen von diesem Datum bis Mitte Oktober 1992 aus dem Schrank und legte sie zunächst auf dem Tisch in der Mitte des Raums ab. Dann nahm er den Stapel und ging zurück ins Büro.

Obwohl die Zeitungen hinter Schranktüren gelagert worden waren, hatten sie Staub angezogen und Ernestos T-Shirt sah aus, als hätte er in einem Kohlekeller gearbeitet.

Der Redakteur Simon Presser hatte damals eine Doppelseite mit Schwarzweißfotos und einer Tatortskizze zugepflastert. Der Text listete die Fakten auf.

Am frühen Vormittag des 16. August 1992 meldet Alfred Schatz einen Todesfall in seiner Wohnung am Hohen Platz 27. Die ersten uniformierten Beamten treffen gegen 14 Uhr 30 ein und sichern den Tatort.

Es ist Sonntag, und es dauert eine weitere Stunde, bis ein Kriminalbeamter auftaucht. Die Spurensicherung ist zu diesem Zeitpunkt verständigt und unterwegs.

Laut Aussage der uniformierten Beamten finden sie einen leblosen weiblichen Körper auf dem Bett im Schlafzimmer. Die fast unbekleidete Leiche weist mehrere Stichwunden im Oberkörper auf. Das Bett, der Boden und die Wände, ja sogar die Decke, sind mit Blutspritzern übersät. Die mutmaßliche Tatwaffe, ein Küchenmesser, wird den Beamten von Alfred Schatz überreicht.

Der hinzugezogene Arzt, ein Hausarzt ganz aus der Nähe, stellt den Tod um 14 Uhr 52 fest.

„Alfred Schatz gibt an, die Leiche beim Erwachen neben sich im Bett gefunden zu haben. Er könne sich nicht an die vergangene Nacht erinnern. Er wurde in die Küche gebracht und dort zur weiteren Vernehmung festgehalten", zitierte Presser den leitenden Kriminalbeamten Major Sturm.

Am nächsten Tag berichtete Presser über den Fortgang der Ermittlungen. Als Erster war Gendarmeriehauptmann Kurt Nischelwitzer am Tatort eingetroffen. Als ranghöchster Beamter vor Ort war er an den weiteren Ermittlungen beteiligt und leitete auch einige der Vernehmungen.

Ausgerechnet Nischelwitzer, dachte Ernesto. Einer der schlimmsten Paragraphenreiter unter den Gendarmen des Tals, einer, der Leuten vor Lokalen auflauerte und sie zum Alkoholtest verdonnerte, sobald sie den Schlüssel ins Zündschloss gesteckt hatten. Einer, der Verdächtige in seiner Freizeit verfolgte und in seinem Garten ein mobiles Radargerät stehen hatte. Sein Eifer hatte irgendwann selbst dem nachsichtigsten Vorgesetzten den letzten Nerv gezogen.

Nischelwitzer war vor ein paar Jahren in Pension geschickt worden. Ernesto konnte sich noch gut an den Vorfall erinnern, der das Fass zum Überlaufen gebracht hatte. Nischelwitzer war zu dieser Zeit in St. Paul stationiert gewesen.

Der Gendarmerieposten war über einer Bank untergebracht, und die Beamten konnten von den Fenstern auf die Hauptstraße sehen. Wenn jemand zu schnell vorbeifuhr, musste man nur das Kennzeichen notieren und einen Strafzettel schreiben. Das Fenster war Nischelwitzers Lieblingsplatz.

Eines Abends, die Dämmerung hatte schon eingesetzt, lag Nischelwitzer an seinem Fensterplatz auf der Lauer. Die ersten Gäste der umliegenden Buschenschänken hatten sich schon auf den Heimweg gemacht, aber noch wartete Nischelwitzer ab. Den wirklich großen Fang machte man erst später, wenn die Leute ein paar Most und Schnaps intus hatten und glaubten, sie könnten über Schleichwege und Schotterstraßen dem Arm des Gesetzes entkommen.

Es gab immer ein paar Unvorsichtige, ein paar, die alle Warnungen in den Wind schlugen und, obwohl sie wussten, dass Nischelwitzer in der Nähe war, betrunken ins Auto stiegen. Aber viele waren das nicht. Deshalb irritierte es Nischelwitzer, als ein giftgrüner VW Golf die Hauptstraße entlangbretterte und mit quietschenden Reifen vor der Bank und dem Gendarmerieposten zum Stehen kam. Die Fahrertür ging auf, ein Schwall wummernder Musik stieg zu Nischelwitzer auf, und er hörte die Leute unten reden.

Der Fahrer torkelte zur Bank, steckte seine Karte in den Bankomaten und hob Geld ab. Nischelwitzer war schon auf den Beinen und rannte die Treppe hinunter. Mit der Schulter stieß er die Tür auf.

„Führerschein und Fahrzeugpapiere."

Der Mann am Bankomaten sah ihn an. Angeblich, so behauptete Nischelwitzer später, sei der Mann schwerstens betrunken gewesen. Schon beim Versuch, sich vom Bankomaten zu entfernen, sei er gestolpert und beinahe auf den Boden geschlagen.

Wie sich der Fahrer dann allerdings der Festnahme entziehen konnte, blieb ein Rätsel. Jedenfalls schaffte es der Fahrer zurück in seinen Wagen, schlug die Tür zu und gab Gas.

Nischelwitzer wusste sich nicht anders zu helfen, als seine Dienstwaffe zu ziehen und dem VW Golf ein ganzes Magazin hinterherzuschießen.

2

Simon Presser hatte damals, so schien es, einen guten Draht zu Nischelwitzer, denn schon zwei Tage später fand sich ein Auszug aus dem Verhör mit Alfred Schatz in der Kärntner Tagespost: „Der Befragte Alfred Schatz gibt an, er sei in der Nacht vom 15. auf den 16. August gegen halb vier Uhr früh gemeinsam mit dem Opfer, seiner Frau Irene Schatz, und einer weiteren Person, deren Name ihm nicht mehr erinnerlich sei, von dem Nachtlokal Schickeria zu Fuß aufgebrochen. Weiters gibt der Befragte an, sich von diesem Zeitpunkt an nicht mehr an die weiteren Ereignisse erinnern zu können."

Ernesto schloss die Augen und schnaubte. Er hätte das nicht zitiert. Dieses umständliche Geschwurl deprimierte ihn. Obwohl es nicht dastand, konnte er aus jeder Formulierung herauslesen, wie sehr Nischelwitzer Friedl misstraute. Am liebsten hätte er Friedl ohne Prozess eingesperrt und den Schlüssel weggeworfen. Daran bestand kein Zweifel.

Ernesto staunte über die Fotos. Das Schlafzimmer war verwüstet. Die Leiche lag auf der Bettdecke, die

Arme und Beine ausgestreckt. Das Blut hatte sich in den Kopfpolster gefressen. Am Boden schimmerte eine dunkle Pfütze. So etwas würde heutzutage niemand mehr veröffentlichen.

Wenn Friedls Aussage der Wahrheit entsprach, dann hatte er während des Massakers neben seiner Frau gelegen und nichts davon mitbekommen. Die Bilder zeigten Friedl, wie er mit hängenden Armen in der Küche stand. Sein T-Shirt hing, vollgesogen mit Blut, an seinem Oberkörper. Sein Gesicht war mit einem schwarzen Balken unkenntlich gemacht worden. Die Beine mit Blut befleckt, das Haar wirr und der Kopf leicht vorgebeugt, als würde er gleich in Ohnmacht fallen.

Presser hatte das Sommerloch mit dem Mord an Irene Schatz gestopft. Schon am darauffolgenden Tag brachte er eine Reportage über die Tatwaffe. Eine Fotoserie von Aufnahmen des Messers. Das Messer in einem Asservatenbeutel. Das Messer neben einem Lineal, Schnittlänge 32 Zentimeter, Breite der Klinge 4,5 Zentimeter. Dann Detailaufnahmen des Schlafzimmers. Die Kommode mit offenen Schubladen, Blutspritzer auf dem Holz und auf der Kleidung. Eine Tropfenspur an der Decke, wohl entstanden, als der Täter ausholte, um erneut zuzustechen.

So ging das über Tage und Wochen. Irgendwie war Presser auch an den Obduktionsbericht gekommen und zitierte ausführlich daraus. Der Pathologe zählte siebzehn Stichwunden, vier davon unmittelbar tödlich. Die Stiche waren mit großer Wucht ausgeführt worden. Der Täter kniete über dem Opfer und fixierte es auf diese Weise. Dennoch musste sich Irene Schatz gewehrt haben. An ihren Händen und Unterarmen stellte der Pathologe tiefe Schnitte fest. Einer hatte sogar die Sehnen am rechten Handgelenk durchtrennt.

Irene hatte sich aufgebäumt, hatte nach dem Täter geschlagen. Sie hatte geschrien, die Beine angezogen, sich gekrümmt, um den Mann, der auf ihr saß, abzuschütteln. Als sie das Messer sah, hatte sie ihre letzten Kräfte mobilisiert. Ernesto sah es vor sich. Ihre Angst. Wie sie mit ihren Händen gegen das Messer schlug, wie die Klinge in die Haut eindrang, tiefer schnitt und wie das Blut kam. Dann der erste Stich in den Bauch. Das Stöhnen. Das Geräusch, als der Täter das Messer aus dem Fleisch zog. Er riss den Arm in die Höhe und stieß wieder zu. Und wieder die Schreie, die Schläge, das Trommeln der Beine auf dem Bett.

Alfred Schatz lag daneben und schlief wie tot, tief in seinem Rausch versunken. Merkte nicht, wie der Mörder ihm das Messer in die Hand drückte und dann verschwand.

Das war kaum zu glauben. Aber es war auch nicht auszuschließen. Eine tiefe Bewusstlosigkeit jenseits des Schlafes kann die Welt auslöschen, alle Empfindungen abtöten.

Friedl hatte geschlafen, hatte nichts mitbekommen, und erst, als er am Nachmittag aus seinem Rausch erwachte, bemerkte er seine tote Frau neben sich und das Messer in seiner Hand.

In einem Interview sagte der leitende Kriminalbeamte Major Sturm, man habe Schatz nicht nur wegen der erdrückenden Indizienlast verhaftet. Auch seine Behauptung, er hätte den Mord verschlafen, sei nichts weiter als eine Schutzbehauptung und extrem unglaubwürdig. Wie sich bald herausstellte, befanden sich auf dem Messer ausschließlich Friedls Fingerabdrücke.

Der Fall schien klar. Im Vollrausch war Alfred Schatz über seine Frau hergefallen und hatte sie mit mehreren

Messerstichen ermordet. Betrunken und völlig zugedröhnt war er neben ihr eingeschlafen und konnte sich am folgenden Tag nicht mehr an seine Tat erinnern.

Nachdem die erste Aufregung abgeklungen war und Friedl in Untersuchungshaft saß, brachte Presser nicht mehr jeden Tag ein Update. Aber am zweiten Sonntag im September 1992 veröffentlichte er eine Reportage, in der er die Tatnacht rekonstruierte. Dabei hatte er unter anderem Martin Wutscher befragt. Er wurde mehrmals in dem Artikel zitiert. Ernesto reimte sich den Rest selbst zusammen. Wenn er alle Informationen zusammenführte, dann wusste er jetzt ziemlich genau, was sich am Abend und in der Nacht vor dem Mord abgespielt hatte.

Friedl und Irene feierten gemeinsam mit Martin Wutscher und Armin Taferner bis etwa halb drei Uhr früh. Dann verließen Irene und Friedl das Lokal zu Fuß. Begleitet wurden sie von einem Mann, den die einen als Martin Wutscher, die anderen als Armin Taferner identifizierten.

Wutscher behauptete, er habe gegen zwei Uhr ein Taxi genommen und sei nach Hause gefahren. Nach eigenen Angaben war er ziemlich betrunken gewesen. An das Mädchen, mit dem er geflirtet hatte, konnte er sich erinnern, aber an einen Streit zwischen Irene und Friedl nicht. Die beiden hätten sich öfter gefetzt, das sei nichts Ungewöhnliches gewesen, und selbst nüchtern hätte er nicht besonders darauf geachtet.

Wenn man es genau nahm, begründete die Taxirechnung kein Alibi für die Tatnacht. Wutscher war gegen drei Uhr zu Hause angekommen, mehr als genug Zeit, um zurück in die Stadt zu spazieren und den Mord zu verüben. Die Lücke war offensichtlich, aber soweit Ernesto sehen konnte, hatte sich niemand darum gekümmert.

Ein Motiv hätte Martin Wutscher gehabt. Ernesto kramte in seinen Unterlagen und blätterte in seinem Notizbuch. Taferner behauptete, dass die Rivalität zwischen Wutscher und Schatz so etwas wie ein offenes Geheimnis gewesen sei. Irene sei vor der Heirat mit Wutscher liiert gewesen und hätte ihn dann für Friedl verlassen.

Eine unverständliche Entscheidung, wie viele fanden. Denn wer von den beiden die bessere Partie war, sei schon damals deutlich gewesen. Wutscher war Student der Rechtswissenschaft, aus gutem Haus, mit besten Verbindungen in die Politik, Friedl ein Kleinkrimineller, der nur durch seine Kinderfreundschaft mit Armin Taferner einen Job bei der Thonhauser KG ergattert hatte.

Wutscher sei eifersüchtig gewesen, hatte Taferner gesagt. So eifersüchtig, dass es an einen Wahn, eine Obsession grenzte. Er habe Irene verfolgt und sie immer wieder angerufen. Selbst nach der Hochzeit habe das nicht aufgehört.

Diese Aussage fand Ernesto jetzt irritierend. Er meinte, in Friedls Aufzeichnungen etwas ganz anderes gelesen zu haben. Er suchte das Heft und schlug es auf.

Friedl schrieb da, Irene hätte vor der Heirat eine Beziehung mit Armin Taferner gehabt. Sogar eine recht lange und intensive Beziehung. Irenes Eltern protegierten Taferner und waren über die Verbindung sehr glücklich. Ein tüchtiger junger Mann, der im Betrieb arbeitete und seine Chancen nutzte. Ein guter Ehepartner für die Tochter eines Unternehmers.

Weniger begeistert waren Irenes Eltern von der Affäre mit Friedl. Aber das würde vorbeigehen, das war nur eine Laune ihrer Tochter. Sie würde zu Armin zurückkehren, und er würde ihr vergeben. Doch Irene ließ sich nicht beirren. Für sie war Friedl der Mann, auf den sie gewartet hatte. So stand es jedenfalls in Friedls Tagebüchern. Sie heiratete ihn, weil er stark war, weil er wild war und trotzdem so verloren in dieser Welt. Weil er sich nicht zurechtfand und jemanden brauchte, der ihn hielt und unterstützte. Das wollte sie sein, seine gute Fee.

Diese romantische Vorstellung gefiel Ernesto, auch wenn er seine Zweifel hegte. Friedl beteuerte zwar, dass Irene ihn gerettet hätte, dass er durch ihre Liebe geläutert war und nie wieder ein Verbrechen begehen wollte. Aber ob er das auch durchgehalten hätte, wagte Ernesto nicht zu beurteilen.

Wie es sich auch immer verhielt, Armin Taferner hatte ein ausgezeichnetes Motiv, und dass er ebendieses Motiv Martin Wutscher anhängen wollte, machte ihn nicht weniger verdächtig. Allerdings hatte er auch ein gutes Alibi. Seine Freundin, eine gewisse Doris Jesenko, so schrieb Friedl weiter, sagte, dass Armin gegen drei viertel drei in ihrer Wohnung eingetroffen und bis zum nächsten Nachmittag geblieben war. Friedl glaubte das nicht. Aber er konnte es nicht beweisen.

Die Kriminalpolizei war dieser Spur damals nicht nachgegangen. Wenigstens stand davon nichts in den Zeitungsartikeln. Das fand Ernesto bemerkenswert. Wutscher und Taferner wären durchaus ganz gute Kandidaten für eine nähere Untersuchung gewesen. Aber Wutschers quasi nicht existentes Alibi erregte keinen Verdacht, und wenn man etwas tiefer gegraben hätte, dann wäre man sicher auch auf Taferners Motiv gestoßen.

Auf einen vierten Verdächtigen waren die Ermittler damals erst gar nicht gestoßen. Bernhard Vallant kam nirgends vor. Man hatte den Täter ja schon. Der Ehemann, der blutbesudelt mit der Waffe in der Hand neben der Leiche stand. Wieso sollte man da nach einem Mann suchen, der von Friedl krankenhausreif geprügelt worden war und aller Wahrscheinlichkeit nach auf Rache sann?

3

Neben der Pestsäule am Hohen Platz in Wolfsberg war gerade noch ein Parkplatz frei. Ernesto zwängte seinen Wagen zwischen den Sockel aus Granit und einen SUV. Als Ernesto die Tür zuschlug, schien ihn einer der steinernen Engel von der Säule herab streng anzusehen. Im Café neben der Apotheke ging es hoch her. Der Fernseher dröhnte, und Männer schrien. Ein Fußballspiel, schloss Ernesto und fröstelte in der nassen Kälte.

Der Gang zwischen Café und Apotheke lag im Dunkeln, und Ernesto suchte wie blind nach der Türklinke. Im Hinterhof brannte Licht. Die Stufen zum Arkadengang schimmerten feucht vom Nebel, und Ernesto prüfte mit der Fußspitze, wie rutschig sie waren. Dort oben wohnte Bernhard Vallant. Es war die letzte Tür. Aus dem Fenster daneben fiel Licht auf den Gang.

Ernesto läutete und wartete. Irgendwo im Inneren der Wohnung rumorte es. Dann knarrte der Fußboden unter Schritten. Ein Riegel wurde zurückgeschoben, und die Tür öffnete sich einen Spalt. Das Gesicht eines Mannes tauchte auf.

„Ich kauf nix." Der Mann wollte die Tür wieder schließen, aber Ernesto stemmte sich dagegen. „Und mit eurer Religion könnts scheißen gehen."

„Weder das eine noch das andere", sagte Ernesto. „Ich hab ein paar Fragen zu Alfred Schatz."

„Und da kommst du zu mir?"

„Das ist doch naheliegend."

Bernie Vallant machte ein fragendes Gesicht.

„Ihr hattet eine kleine Auseinandersetzung."

„Das ist doch schon ewig her."

„Hast du ihn in letzter Zeit gesehen?"

„Nicht, dass ich wüsste."

„Dass er wieder auf freiem Fuß war, ist dir aber schon aufgefallen?"

„Sag einmal, wer bist du überhaupt, dass du hier auftauchst und blöde Fragen stellst?"

„Ernesto Valenti, Kärntner Tagespost. Also?"

„Was willst du, Zeitungsschmierer? Die alte Geschichte wieder aufwärmen?"

„Wär doch gar keine so schlechte Idee", sagte Ernesto. „Aber eigentlich wollte ich über etwas anderes reden."

„Und zwar?"

„Es ist ein bisschen frisch hier draußen." Ernesto deutete ins Innere der Wohnung.

„Red", sagte Vallant.

„Du und der Friedl, ihr wart keine besonderen Freunde, nehme ich einmal an."

„Ich hab den Arsch seit, was weiß denn ich, vielleicht dreißig Jahren nicht mehr gesehen."

„Wirklich?"

„Das letzte Mal bei der Verhandlung."

„Sicher?"

„Frag net so deppert."

„Was weißt du sonst über ihn?“

„Na nix. Er sitzt im Häfn, und jetzt lass mich in Frieden.“ Bernie Vallant schloss Ernesto die Tür vor der Nase.

Für einen Moment stand Ernesto da und überlegte, ob er noch einmal klopfen sollte. Er ließ es bleiben, drehte sich um und ging. Wenn Bernie Vallant die Wahrheit sagte, und Ernesto zweifelte nicht daran, dann war das hier eine Sackgasse.

Als er an seinem Auto und der Pestsäule vorbei Richtung Weinstube Raab ging, dachte Ernesto darüber nach, was Friedl in seine Hefte geschrieben hatte. Bis jetzt war ihm der Name Bernie Vallant dort noch nicht untergekommen. Ein weiteres Indiz dafür, dass sich die Wege der beiden nach der Schlägerei nicht mehr gekreuzt hatten.

Wenn das so war, schloss das zwar Vallant als Verdächtigen aus, nicht aber Dohr. Dohr kümmerte sich damals um seinen Cousin, und wenn er hier am Hohen Platz ein und aus ging, dann war ihm sicher aufgefallen, dass Friedl gleich um die Ecke wohnte. Da konnte er Friedl und Irene beobachtet haben und dann ... Aber Ernesto hielt das doch für eher unwahrscheinlich.

Wenn man annehmen wollte, Harald Dohr sei der Mörder von Irene Schatz, dann musste man ungefähr folgendes Szenario entwerfen. Dohr beobachtete Friedl, sah, wie er einen Job fand, wie er seine Frau kennenlernte und sie heiratete. Zwischen der Schlägerei und dem Mord vergingen sieben Jahre. Die ganze Zeit über betreute Dohr seinen Cousin, der langsam wieder zu Kräften kam, und hatte ein Auge auf Friedl.

Wieso wartete Dohr so lange? Sieben Jahre Beobachtung, und dann ersticht er Irene Schatz, während Friedl bewusstlos neben ihr im Bett liegt? Warum schlägt er nicht gleich zu? Am Anfang muss seine Wut groß gewesen sein. Aber nach sieben Jahren? Und dann bringt er Irene um und nicht Friedl? Das wäre der Plan eines überaus geduldigen und hinterhältigen Sadisten, und solche Menschen kommen in amerikanischen Krimiserien vielleicht rudelweise vor, in der Wirklichkeit sind sie allerdings ziemlich selten. Selbst wenn man annahm, Dohr wäre ein solcher Sadist, dann hätte er noch andere, sehr ähnliche Taten begangen. Dafür gab es aber keine Hinweise.

Ernesto trat in den aufbrausenden Lärm des Lokals. Viko stand hinter der Theke und hantierte an der Kaffeemaschine. Eine Kellnerin, die Ernesto noch nie gesehen hatte, servierte am Tisch neben der Jukebox. Dort saßen zwei Männer, der Eisenbahnerdieter und der große Walter.

„Du hast doch noch Bürostunden“, sagte Ernesto, als er sich setzte.

Der große Walter machte eine abwehrende Handbewegung.

„Gehen die Geschäfte nicht so besonders?“

„Gift brauchen die Leute immer. Und du? Hast du den Mörder schon am Krawattl?“

„Ich arbeite daran.“ Ernesto nahm den Kaffee entgegen, den ihm Viko reichte. „Und die Polizei auch. Aber die konzentrieren sich auf das unmittelbare Umfeld, wie man so sagt.“

„Und du glaubst nicht, dass es einer von denen war?“, fragte Dieter.

Ernesto zuckte mit den Schultern.

„Warum nicht? Ist dir das zu einfach?“

„Du solltest zur Polizei gehen“, sagte Ernesto. „Die glauben auch, dass ich zu kompliziert denke.“

„Vielleicht siehst du einfach das Offensichtliche nicht", sagte Walter.

„Und das wäre?"

„Dass der Friedl ein Arschloch war."

„Ah, das ist mir aufgefallen", sagte Ernesto.

„Arschlöcher machen sich keine Freunde."

„Und weiter?"

„Da kennt sich der Dieter besser aus, der war ein paarmal zu Besuch. Ich kenn nur Gerüchte."

„Also?", forderte Ernesto Dieter auf.

„Mich würd's jedenfalls nicht wundern", sagte Dieter und trank von seinem Bier. Dann zündete er sich eine Zigarette an.

„Was?"

„Na, mich würd's nicht wundern, wenn die Sylvia ihm die Kugel verpasst hätte."

„Also mich wundert das jetzt ehrlich gesagt schon", sagte Ernesto.

„Weil du die Schlampe nicht kennst. So etwas würd ich nicht angreifen. Pah, bist du deppert. So eine durchgeknallte Alte."

„Geht's ein bisschen genauer?"

„Die beiden sind sich nichts schuldig geblieben. Der Friedl hat sie verdroschen. Sie hat ihm die Kaffeehäfn nachgeschmissen und ihn getreten."

„Eine intensive Beziehung halt", sagte Ernesto. „Aber da ist noch ein weiter Weg bis zu einer Kugel im Kopf."

„Du hast eine Ahnung. Weil er ihr den Schnaps ausgesoffen hat, ist sie mit dem Messer auf ihn losgegangen. So einen Schnitt hat er gehabt." Dieter deutete einen etwa zwanzig Zentimeter langen Schnitt am linken Unterarm an. „Und dann hat sie ihm das Messer in den Oberschenkel." Er holte mit der Faust aus und ließ sie auf sein Bein niedersausen. „So hat sie zugestochen."

„Au", sagte Ernesto.

„Ja, das kannst du laut sagen."

„Und die Waffe?"

„Das ist das geringste aller Probleme", sagte Walter.

„Hat sie sie von dir?"

„Aber wirklich nicht."

„Von wem dann?"

„Was weiß man? Es kann ja sein, es ist eine herumgelegen, da oben in Waldenstein."

„Eh", sagte Ernesto.

„Oder irgendwer hat sie geklaut. Du würdest dich wundern, was da für Sachen herumgurken. Vielleicht ist es eine alte Waffe, die irgendwer irgendwann für einen Raub verwendet hat. Was weiß man? Wo sie früher gewohnt haben, da in Neudau, da hat früher auch der Sauschneider Toni gewohnt, bevor er gestorben ist. Kann gut sein, dass der die Waffe dort versteckt hat. Der hat die Sparkasse in Wolfsberg ausgeraubt, irgendwann in den Siebzigern. Die Puffn von damals hat aber nie jemand gefunden. Oder eben vielleicht doch."

„Du meinst, Sylvia ist ihm mit der Waffe ins Schloss gefolgt und hat ihn dort erschossen?", fragte Ernesto und trank seinen Kaffee aus.

Kapitel 17

1

Das Cabrio mit dem offenen Verdeck und dem Golfbag auf dem Rücksitz erstaunte Ernesto nur milde. Trotz des Nebels standen mindestens fünf Golfer auf der Driving Range und ballerten ihre Bälle hinaus Richtung Wald. Als Ernesto zum Café ging, hörte er einen dumpfen Aufprall. Einer der Golfer hatte einen Baum in fünfzig Meter Entfernung getroffen.

Auf der Terrasse saßen ungefähr fünfzehn Leute, eingehüllt in Decken, tranken Kaffee oder Wein und sahen den Golfern zu. Eine Kellnerin servierte gerade Tee in einer Kanne und tauschte die Aschenbecher aus.

„Wenn Sie rauchen wollen, dann setzen Sie sich besser zu uns", sagte eine Frau.

Ernesto erkannte die Frau zuerst nicht. Erst als er sich ihr zuwandte und sie das Kopftuch etwas nach hinten schob, sah er, dass es die Inhaberin der Trafik am Hohen Platz war. Am gleichen Tisch saßen ihr Mann und ein paar ihrer Freunde. Der Besitzer einer Fahrschule, eine Immobilienmaklerin. Die Frau dort mit dem dunkelblauen Plaid über den Schultern betrieb ein Friseurgeschäft, und der Mann neben ihr war bei der Gemeinde angestellt.

„Sie sind aber ein seltener Gast", sagte die Immobilienmaklerin und hielt Ernesto ihre Zigarettenpackung hin.

„Ich finde Golf nicht so besonders spannend", sagte Ernesto und nahm eine Zigarette.

„Und deshalb setzen Sie sich jetzt hier in die Kälte und schauen zu?", fragte die Trafikantin.

„Eigentlich bin ich auf der Suche nach dem Doktor Wutscher", sagte Ernesto und ließ sich Feuer geben.

„Der ist irgendwo da draußen."

„Am Golfplatz?"

„Zwischen dem siebenten und achten Loch irgendwo. Sie können hier warten. Das dauert nicht mehr lang."

„Um was geht's denn?", fragte die Immobilienmaklerin.

„Ich muss ihn nur etwas fragen."

„Wegen dem Friedl?"

„Wie kommen Sie darauf?"

„Keine Ahnung. Ich rate nur. Den Friedl hat er ja gekannt."

„Und Sie?", fragte Ernesto.

„Freilich. Bei uns hat den Friedl doch jeder gekannt. Wenn ich mich nicht irre, war er doch der Sohn vom Sauschneider Toni."

„Zum Sauschneiden brauchst neine, zwa vurn, zwa hintn, zwa holtn, zwa binden und ana schneid eine, oder so ähnlich", versuchte der Mann der Trafikantin den Spruch zusammenzustoppeln, den der Sauschneider Toni immer aufgesagt hatte, wenn er auf einen Bauernhof kam.

„So ähnlich", meinte Ernesto und wollte die Immobilienmaklerin verbessern und erklären, dass der Sauschneider Toni zwar im gleichen Haus wie der Friedl gelebt hatte, die beiden aber nicht verwandt waren. Doch die Frau ließ ihm keine Zeit.

„Erinnert sich einer von euch an die Geschichte mit seiner Frau?", fuhr die Immobilienmaklerin fort. „Das war damals eine Aufregung. Die ganze Stadt hat darüber geredet."

„Was ist denn passiert?", fragte Ernesto.

„Es war so. Die Frau vom Toni hatte Magenkrämpfe. Sie hat sich gekrümmt vor Schmerz und konnte sich kaum noch bewegen. Da hat der Toni gesagt, sie soll sich hinlegen. Er wird sie untersuchen. Herumgedrückt hat er, wie ein richtiger Arzt. Den Bauch hat er ihr abgetastet, und dann ist er da so in die Leistengegend gekommen, und wie seine Frau aufgestöhnt hat, hat er gewusst, das ist der Blinddarm."

Die nötigen Instrumente für die Operation hatte der Toni zu Hause. Ob man einen Eber kastriert oder einen Menschen aufschneidet, für beides braucht man scharfe Messer, Zangen und so weiter. Also goss er ihr Schnaps über den Bauch und dann in den Mund.

Mehr und immer mehr gab er ihr zu trinken. Duldete es nicht, wenn sie die Flasche absetzte. Bis sie bewusstlos auf den Tisch sank, so lange musste sie trinken. Dann wischte er ihren Bauch noch einmal mit Schnaps ab und begann seine Arbeit.

Die Ärzte sagten später, die Operation hätten sie kaum besser hinbekommen. Selbst die Naht war nach allen Regeln der Kunst ausgeführt. Allerdings hätte ein Arzt einen sterilen Operationssaal verwendet und nicht den Küchentisch. Und dann wäre es auch nicht so weit gekommen, dass der Toni seine fiebernde Frau auf einen Handkarren laden und ins Krankenhaus hätte bringen müssen.

Die Wunde hatte sich entzündet. Der Eiter quoll zwischen den Nähten hervor, und es blieb nichts anderes übrig, als die Wunde zu öffnen und zu säubern.

„Und? Haben sie ihn eingesperrt?", fragte Ernesto.

„Wieso eingesperrt?", fragte die Immobilienmaklerin zurück.

„Na, heute landet man für so eine Aktion im Gefängnis“, sagte Ernesto und zündete sich eine neue Zigarette an.

„Aber wieso denn? Damals war das nicht so. Da hat es noch ganz andere Kaliber gegeben. Der alte Straßenkehrer, der Seppl, der hat sich immer mitten auf die Straße gestellt und den Verkehr geregelt, und wenn einer nicht so getan hat, wie er wollte, hat er ihn aufgehalten und zehn Schilling Strafe verlangt.“

„Und der Fischerzapfen, Franz hieß der, glaube ich, mit Vornamen“, sagte die Trafikantin. „Der ist einmal gegen die Einbahn die Johann-Offner-Straße entlanggefahren. Der Stadtpolizist hat ihn natürlich aufgehalten und wollte einen Strafzettel schreiben. Da ist der Fischerzapfen abgestiegen und hat sich vor dem Polizisten aufgepflanzt und gesagt: Sie können mir gar nichts. Ich bin voll entmündigt.“

Ernesto wartete das Lachen ab. „Aber er ist doch gesessen, der Sauschneider Toni?“, fragte er dann.

„Ein paar Jahre“, sagte die Immobilienmaklerin. „Ein Raubüberfall oder so etwas. Keine Ahnung.“

„Mit einer Waffe?“

Die Immobilienmaklerin zuckte mit den Schultern.

„Wenn ich mich richtig erinnere“, mischte sich der Fahrschulbesitzer ein, „dann hat er eine Kassiererin mit einer Pistole bedroht. Wenn ich die Geschichte richtig im Kopf habe, hat sie ihm die Waffe weggenommen und einen Kaffee gegeben, und sie haben auf die Polizei gewartet. Aber ich glaub, er ist nicht sehr lange gesessen.“

„Heute würden sie ihn wegsperren“, sagte die Immobilienmaklerin. „Wie sie den Friedl weggesperrt haben.“

„Der hat ja immerhin seine Frau ermordet“, sagte Ernesto.

„Da sind Sie sich sicher?“, fragte die Immobilienmaklerin.

„Das Gericht war es.“

„Vielleicht irrt sich das Gericht aber auch.“

„Wissen Sie etwas, was ich nicht weiß?“

„Bei so etwas gibt es doch immer mehrere Wahrheiten.“

„Eigentlich nicht“, sagte Ernesto. „Entweder er war der Mörder, oder er war es nicht. Da sehe ich nicht viel Spielraum.“

„Selbst wenn er es war. Wer sagt denn, dass es überhaupt so weit gekommen wäre, wenn man ihn nicht als Bub schon eingesperrt hätte? Wenn man einen Sechzehnjährigen ins Gefängnis steckt, dreimal darfst du raten, was dabei herauskommt. Ein Verbrecher, was sonst?“

„Früher war's also besser“, bohrte Ernesto nach.

„Was heißt besser? Man hat halt nicht wegen jedem Dreck die Polizei geholt. Bei den Kindern schon gar nicht. So jung sind Sie ja auch nicht mehr, Valenti. Hat es damals bei einer Schlägerei im Schulhof gleich einen Polizeieinsatz gegeben?“

„Der Direktor hat ein paar Ohrfeigen ausgeteilt“, sagte Ernesto.

„Na, sehen Sie.“

„Aber irgendwie hinkt Ihr Vergleich. Friedl war ein paar Jahre älter als ich, und den haben sie eingesperrt.“

„Weil es ein bisschen mehr war als eine Rauferei. Aber richtig war das trotzdem nicht. Kümmern muss man sich um so arme Würstel, nicht einsperren. Ich bleib dabei, die Irene könnt noch leben, wenn man mit dem Friedl anders umgegangen wär. Der Martin wird Ihnen nichts anderes sagen.“ Sie wies mit dem Kinn auf eine Gestalt, die aus dem Nebel auftauchte. Es war Martin Wutscher, der seinen Golfbag hinter sich herzog.

2

Als sie ins Innere des Cafés traten, zog Wutscher seine Handschuhe aus, blies in seine Hände und rieb die Handflächen gegeneinander.

„Eine Saukälte“, sagte er. „Aber das muss einfach einmal in der Woche sein. Zum Gehirnauslüften. Ich kann mir schon denken, warum Sie mit mir sprechen wollen. Setzen wir uns.“

„Es geht um den Mord an Ihrem Jugendfreund Alfred Schatz.“

„Das scheint ja Stadtgespräch Nummer eins zu sein.“

„Schaut fast so aus.“

„Und Sie glauben, ich werde Ihnen groß etwas erzählen?“, fragte Wutscher.

„Ich glaub gar nichts. Das hab ich mir in meinem Job abgewöhnt. Deshalb frag ich ja.“

„Dann fragen Sie.“

Ernesto begann mit der Nacht des Mordes an Irene Schatz. Er erzählte von der Feier in der Disco, und als er dazu kam, wie sich die Freunde damals getrennt hatten, unterbrach ihn Wutscher.

„Sie wollen doch nicht in Friedls Fußspuren treten?“

„Wie meinen Sie das?“, fragte Ernesto zurück.

„Die Geschichte ist ewig her, und Sie wärmen das jetzt wieder auf. Worauf wollen Sie hinaus?“

„Was meinen Sie mit Friedls Fußstapfen?“

„Ich kann diese Geschichte jetzt so gar nicht brauchen.“

„Wegen Ihrer Kandidatur zum Europaparlament? Jetzt rate ich einmal wild. Der Friedl hat Sie erpresst. Er geht mit der Geschichte an die Presse, wenn Sie nicht zahlen."

„Dazu sage ich gar nichts."

„Das sind die Fußstapfen, nicht wahr?"

„Was hat das bitte mit meiner politischen Karriere zu tun, ob ich damals betrunken war und wie ich nach Hause gekommen bin?"

„Ob Sie betrunken waren, ist egal. Aber ob es im Klo der Schickeria mitten im August geschneit hat, das könnte schon interessant sein."

„Das können Sie nicht beweisen."

„Beweisen muss ich gar nichts", sagte Ernesto. „Wie aus üblicherweise gut unterrichteten Kreisen zu hören ist ... In Wolfsberg geht seit Wochen das Gerücht um, dass ... Suchen Sie sich eine Formulierung aus."

„Das wagen Sie nicht."

„Sie können sich gerne bei Ihren Kollegen darüber informieren, wozu ich fähig bin. Der Pressesprecher des Landeshauptmanns kann davon ein Klagelied singen."

„Tschabuschnig?"

„Ja, genau der."

„Was haben Sie für ein Problem mit Tschabuschnig?", fragte Wutscher.

„Reden wir lieber über Sie. Wie war Ihr Verhältnis zu Friedl? Hat er Sie erpresst?"

„Erpresst. Das ist ein großes Wort."

„Wie würden Sie es dann nennen?"

„Sie können doch nichts davon beweisen."

„Dass er Sie erpresst hat, dass Sie in der Mordnacht gefährlich nahe am Opfer waren? Sie wurden damals befragt? Nicht wahr? Der alte Nischelwitzer."

„Was hat er Ihnen erzählt?"

„Über meine Quellen erfahren Sie von mir gar nichts.“

„Sie drohen mir also?“

„Wie komme ich dazu? Natürlich nicht.“

„Aber wenn ich Ihnen nicht erzähle, was Sie wissen wollen, dann schreiben Sie über diese alte Geschichte?“

„Das ist eine gute Geschichte.“

„Könnte es sein, dass etwas anderes für Sie interessanter ist als die Geschichte?“

„Zum Beispiel?“

„Ich weiß nicht. Sie sind doch sicher bei irgendeinem Verein oder so.“

„Nein.“

„Dann haben Sie ein Hobby, irgendetwas, das Ihnen wichtig ist.“

„Und?“

„Sagen wir ... Sie nehmen das doch nicht auf, oder?“

Ernesto schüttelte den Kopf.

„Außerdem wäre es nicht illegal, wenn ich Ihnen das anbiete. Solche Leute wie Sie können wir gut in der Partei brauchen. Was sagen Sie?“

„Was wäre denn da drinnen?“

„Für den Anfang? Ich könnte mir vorstellen, etwas im Parteisekretariat. Da verdienen Sie gleich locker das Doppelte.“

„Und dafür schreibe ich die Geschichte nicht?“

„Aber nein. Das ist keine Bestechung. Ich biete Ihnen einen lukrativen Job an. Mehr nicht.“

„Und Friedl, was haben Sie dem angeboten?“

„Sie glauben wirklich, dass ich Ihnen das sage?“

„Ich habe eigentlich nur noch eine Frage“, sagte Ernesto.

„Ich bitte darum.“

„Wo waren Sie am Freitag, dem 28. Oktober, so zwischen sechzehn und neunzehn Uhr?“

„Warum um alles in der Welt wollen Sie das wissen?“

Ernesto antwortete ihm nicht.

„War das nicht? Natürlich, das ist die Tatnacht. Sie sind ja vollkommen verrückt.“

„Ich bin einfach nur neugierig.“

„Warum sollte ich Ihnen das sagen? Es geht Sie überhaupt nichts an.“

„Ich finde es ohnehin heraus“, sagte Ernesto.

„Wenn Sie so schlau wären, wie alle immer behaupten, dann wüssten Sie es schon. Sie hatten eine Einladung auf Ihrem Schreibtisch. Ich war gegen achtzehn Uhr beim Kriegerdenkmal in Wolfsberg, beim Totengedenken des Kameradschaftsbundes. Und wie Sie wissen, dauern diese Feiern immer ewig und drei Tage. Das hat bis nach sieben gedauert, und dann sind wir da noch in der Kälte herumgestanden und haben Hände geschüttelt. Ihr Fotograf hat sicher Bilder davon.“

„Ich habe Sie gesehen“, sagte Ernesto. „Sie haben Ihre Rede gehalten und sind gleich verschwunden. Sie hätten es ohne Weiteres vor mir nach Waldenstein geschafft.“

„Das hat für Sie vielleicht so ausgesehen. Ich bin da bis ich weiß nicht wann hängen geblieben. Dafür gibt es mehr als genug Zeugen. Und gleich danach sind wir zu einer Altenehrung nach Siegelsdorf. Sie sind hinter dem Falschen her.“

3

Es war nicht besonders schwierig, Doris Jesenkos Adresse herauszufinden. Armin Taferners frühere Freundin hatte ihren Namen nicht geändert und wohnte immer noch in Wolfsberg. Ein Haus in der 10.-Oktober-Straße in der Reding. Ernesto wusste, wo das war.

Er hätte auch anrufen können, denn im Grunde hatte er nur eine einzige Frage an Doris Jesenko. Aber die Angelegenheit war doch ernst und irgendwie auch delikat. Wenn ihn jemand anrufen und fragen würde, ob seine Freundin vor mehr als zwanzig Jahren nach Hause gekommen war oder doch eher einen Mord verübt hatte, würde Ernesto das auch nicht am Telefon besprechen wollen.

Der Nachmittag drohte, sehr bald im Nebel unterzugehen. Vom Wohnzimmerfenster aus konnte Ernesto noch nicht einmal das Dach des Hauses auf der anderen Seite der Wiese sehen. Auf dem Fensterbrett klackten die Krallen und Schnäbel der Meisen. Mit ausgebreiteten Flügeln bremste ein Kleiber in der Luft und ließ sich dann auf der mit Sonnenblumenkernen gefüllten Tasse nieder. Für einen Moment bewunderte Ernesto das blaue Federkleid des Kleibers, schon startete der Vogel wieder und setzte sich mit seiner Beute auf einen Ast des Apfelbaums.

Es war Zeit. Ernesto zog sich den Anorak über, nahm den Autoschlüssel von der Anrichte in der Küche und ging. Auf dem Weg in die Stadt dachte er darüber nach, was er in Friedls Heften über Wutscher gelesen hatte.

Friedl hatte die Karriere seines Freundes über die Jahre verfolgt. In den Heften fand Ernesto Zeitungsausschnitte, Notizen und an einer Stelle sogar eine Postkarte mit Wutschers Gesicht, Wahlkampfmaterial für den Landtagswahlkampf 2004.

Die Notizen beschäftigten sich vor allem mit den Argumenten, die Wutscher für seine Wahl vorbrachte. Mehr Arbeitsplätze in der Region, Ansiedlung von Industrie und Bekämpfung der Kriminalität, diese Themen versuchte Wutscher schon bei seinem ersten Antreten 1999 zu besetzen. Er versprach, einen Autozulieferer ins Lavanttal zu bringen und so mehr als zweihundert neue Arbeitsplätze zu schaffen. Außerdem stand der Ausbau der Berufsschule ganz oben auf Wutschers Liste der Wahlkampfversprechen. In Zusammenarbeit mit der HTL sollte eine Ausbildung für Facharbeiter im Bereich Mechatronik ins Leben gerufen werden.

Nach der Wahl hörte man hier und da noch etwas von diesen Vorhaben. Friedl hatte die Zeitungsartikel mit Schlagwörtern versehen, und so konnte Ernesto nachverfolgen, wie die Abstände zwischen den Beteuerungen Wutschers immer länger wurden und wie außer diesen Beteuerungen rein gar nichts passierte.

Vor der nächsten Wahl versprach Wutscher wieder dasselbe, und er gewann die Wahl. Das erzürnte Friedl, und er erging sich seitenweise in Beschimpfungen, wobei er gar nicht so sehr über Wutscher, sondern eher über seine Wähler herfiel. Er verstand nicht, wie jemand auf diese Masche hereinfallen konnte.

Ernesto las diese Suada mit wachsendem Widerwillen. Wenn Friedl etwas mehr Talent und Übung gehabt hätte, wäre diese Orgie der Unflätigkeit und der traurigen Wut sogar als Stück österreichischer Gegenwartsliteratur durchgegangen. Das beeindruckte Ernesto kaum, aber Friedl hatte etwas entdeckt. Er hatte ganz alleine zu denken angefangen und die Welt mit einem kritischen Blick betrachtet. Und da hatte er an einem kleinen Beispiel erkannt, dass wir immer wieder auf diese Typen hereinfallen, die sich auf eine Bühne stellen und heiße Luft absondern.

Es war keine besonders spektakuläre Erleuchtung, die Friedl da gehabt hatte. Aber sie war die Wurzel eines neuen Verbrechens. Es musste doch möglich sein, aus dieser heißen Luft, aus diesem Blendwerk Profit zu schlagen.

Ein Journalist hätte zuallererst an einen Artikel gedacht, eine Geschichte, die aufdeckte, wie Wutscher die Versprechen seines letzten Wahlkampfs aufwärmte und als revolutionäre Idee verkaufte. Friedl dachte weiter. Er wusste, wie ein Betrüger tickt, welche Strategien ein Blender einsetzt, um seinen Willen zu bekommen, und er wusste auch, wovor diese Leute am meisten Angst hatten.

Wutscher hatte eine Kulisse aufgebaut. Er gerierte sich als der Held des kleinen Mannes, als Politiker aus der Provinz, der sich für seine Leute stark macht, der im Landtag und in der Partei um jeden Arbeitsplatz, um jede Sozialleistung kämpft. Nichts fürchtete Wutscher mehr als die Beschädigung dieses Bildes. Genau das konnte Friedl aber. Er musste nur den Mund aufmachen und von jener Nacht erzählen. Jener Nacht, die mit einem Mord endete.

Ernesto parkte vor einem Bungalow. Das Licht über dem Eingang brannte, und in der offenen Garage sah Ernesto das Hinterteil eines Mercedes. Vor der Tür lag eine dicke Fußmatte, links davon Kindergummistiefel mit Pelzrand. Ernesto läutete, und tief im Haus ertönte ein Gong.

Die Frau, die ihm öffnete, hielt ein Kind auf dem Arm und drehte sich halb von ihm weg, als wolle sie das Kind vor ihm beschützen.

„Sie sind Doris Jesenko?“

„Wer will das wissen?“, sagte sie und verlagerte das Gewicht des Kindes.

„Ich will Sie nicht stören, aber ich glaube, Sie waren einmal mit Armin Taferner liiert.“

„Ihr Gesicht kommt mir irgendwie bekannt vor. Sie sind nicht etwa von der Polizei?“

„Wie kommen Sie darauf?“

„Weil Sie solche Fragen stellen.“

„Ernesto Valenti, Kärntner Tagespost.“

„Du liebe Güte, dann geht es doch um den Friedl.“ Sie trat einen Schritt zurück. „Lassen Sie die Schuhe nur an.“ Sie setzte das Kind ab, und es versteckte sich hinter ihr.

„Macht es Ihnen wirklich nichts aus?“

„Nein, kommen Sie. Es ist nicht aufgeräumt, aber ...“

„Ich störe auch nicht lange.“

„Der Friedl, eine tragische Geschichte. Kaffee? Ich habe mich furchtbar gefühlt, aber ich bin dann doch nicht zur Beerdigung gegangen.“ Sie schenkte Ernesto Kaffee ein, stellte Zucker und Milch auf den Tisch. „Ich muss jetzt die ganze Zeit an früher denken.“

Das kleine Mädchen stapelte Bauklötze auf und warf den Turm wieder um. Eine Katze schlich durch die Küche, sprang auf die Anrichte und stolzierte mit erhobenem Schweif auf dem Kühlschrank herum.

„Wir waren damals alle gut befreundet, wissen Sie? Und dann, nach dieser schrecklichen Nacht habe ich Friedl kein einziges Mal mehr gesehen. Nicht einmal im Gefängnis besucht habe ich ihn.“

Ernesto nippte von seinem Kaffee und sah zu, wie Doris eine Zigarette aus der Packung nestelte.

„Wenn mein Freund nicht da ist, dann rauche ich in der Küche“, sagte sie. „Er hat ja nie geraucht, aber ich, ich kann damit irgendwie nicht aufhören. Und jetzt, wenn ich an den Friedl denke. Na, es wird davon nicht besser, das stimmt schon. Aber irgendwie ist das meine einzige Verbindung zu früher, verstehen Sie? Gibt es eigentlich schon einen Verdächtigen?"

„Die Polizei hat, glaube ich, schon jemanden im Visier. Einen Mitbewohner", sagte Ernesto.

„Sie klingen nicht besonders überzeugt."

„Ich weiß nicht", sagte Ernesto und zündete sich ebenfalls eine Zigarette an. Die Katze hüpfte vom Kühlschrank auf den Boden und gab dabei ein kurzes Quietschen von sich. Sie kam auf Ernesto zu.

„Damals haben sie ihn eingesperrt und den Schlüssel weggeworfen. Und jetzt ist er tot. Ich habe wirklich ein schlechtes Gewissen."

Ernesto spürte, wie die Katze um seine Beine strich. Das Kind baute wieder an seinem Turm. An der Wand gegenüber hing ein Kranz aus Tannenzweigen, gespickt mit getrockneten Orangen und Zimtstangen.

„Sie haben ein schlechtes Gewissen?", fragte Ernesto. „Weil Sie ihn nie besucht haben? So gut wie niemand hat ihn besucht. Nur Armin Taferner."

„Das macht es auch nicht besser. Ganz im Gegenteil. Vielleicht hätte ich etwas für ihn tun können. Er sitzt da zwanzig Jahre, und was passiert? Nichts. Ich weiß doch, wie das läuft. Ich arbeite am Jugendamt. Wenn ich ehrlich bin, arbeite ich wegen Friedl am Jugendamt."

„Weil Sie ihm damals nicht helfen konnten? Sie waren quasi noch ein Kind."

„Mit zwanzig ist man kein Kind mehr."

„Aber Sie konnten nichts machen."

„Da bin ich mir gar nicht so sicher", sagte sie und tötete ihre Zigarette im Aschenbecher aus. „Und ich bin mir nicht sicher, ob ich Ihnen das sagen soll."

„Friedl hat mich gebeten, ein Buch über sein Leben zu schreiben. Wir haben uns ein paarmal getroffen. Er hat erzählt. Und dann, am Freitag schickt er mir diese SMS. Ich soll ihn in der Kornettkeusche treffen."

„Sie haben ihn gefunden?"

„Wirklich kein schöner Anblick."

„Und jetzt wollen Sie herausfinden, wer der Mörder ist. Aber was hilft Ihnen da diese alte Geschichte?"

„Vielleicht hängt der Mord an Friedl mit dem an seiner Frau irgendwie zusammen. Es wäre doch höchst eigenartig, wenn das nicht so wäre. Vielleicht ist es aber auch gar nichts, und ich renne einem Hirngespinst hinterher."

„Stehe ich dann morgen in der Zeitung, wenn ich Ihnen etwas erzähle?"

„Wenn Sie nicht in der Zeitung stehen wollen, werde ich auch nichts schreiben."

„Das sagen Sie jetzt. Aber wenn Sie die Geschichte hören, dann sehen Sie das sicher anders."

„Ich verrate meine Quellen nicht. Niemals. Wenn ich das machen würde, würde mir doch nie wieder jemand etwas erzählen."

„Vielleicht ist es sogar strafbar, was ich damals getan habe."

„Wenn Sie nicht die Mörderin von Irene Schatz sind, dann ist das mit Sicherheit schon verjährt."

„Ich? Eine Mörderin? Nein, ich bin eher froh, dass mich niemand umgebracht hat."

„Dann erzählen Sie. Friedl können wir nicht mehr retten, aber vielleicht können wir ..."

„Na gut", unterbrach sie ihn. Sie zündete sich eine neue Zigarette an. „Aber Sie versprechen mir hoch und heilig, bei allem was Ihnen lieb und teuer ist, dass Sie nichts darüber schreiben."

„Das verspreche ich", sagte Ernesto.

„Dann erzähle ich Ihnen, was ich noch nie jemandem erzählt habe. Ja, es stimmt, ich war damals mit Armin zusammen. Ich könnte mich ohrfeigen, wenn ich daran denke. Wie kann man nur so blöd sein und sich in so jemanden verlieben? Wissen Sie, warum ich in dieser Nacht nicht mit von der Partie war? Ich lag im Bett, grün und blau von oben bis unten. Er hat mich verprügelt, aber diesmal musste ich wenigstens nicht ins Krankenhaus. Fragen Sie nicht, warum. Ich erinnere mich nicht mehr. Der Armin brauchte keinen besonderen Grund, um mich zu schlagen. Heute sage ich den Frauen, die zu mir kommen, sie sollen ihre Sachen packen und ins Frauenhaus gehen. Sofort, auf der Stelle. Aber viele können es nicht. Ich konnte es damals auch nicht. Ich konnte es einfach nicht, verstehen Sie?"

Ernesto nickte, sagte aber nichts. Die Katze war mittlerweile auf Ernestos Schoß gesprungen und hatte sich dort niedergelassen. Sie schnurrte und schleckte Ernesto über den Handrücken.

„Ich war also in dieser Nacht zu Hause", fuhr Doris fort. „Im Fernsehen lief eine Show. Wetten dass, glaube ich. Ich bin eingeschlafen. Aufgewacht bin ich, als draußen die Vögel zu singen anfingen. Daran kann ich mich gut erinnern. Die Tür zum Balkon stand offen. Die Morgenluft war kalt und weckte mich, und da sangen die Vögel. So laut habe ich sie nie wieder singen gehört. Es war nach fünf Uhr morgens. Armin war nicht da."

Kapitel 18

1

Die Kaffeemaschine röchelte, als ob ihre letzte Stunde geschlagen hätte. Bob Dylan krächzte „There is no way out of here“, und Ernesto versuchte, sich den Schlaf aus den Augen zu reiben. Aber selbst der eisige Luftzug durch die offene Redaktionstür konnte die Müdigkeit nicht vertreiben.

Ernesto hatte bis gegen halb sechs in Friedls Heften gelesen. Erst dann war er auf der Couch im Wohnzimmer eingedöst. Jetzt, kurz vor acht, war er allein in der Redaktion, stand an der Tür und rauchte.

Drüben beim Kino saß eine Ratte auf ihren Hinterpfoten. Sie sah Ernesto an. Ihre Schnurrhaare sträubten sich, und im nächsten Moment rannte sie los und verschwand in der schmalen Gasse, die zum Hintereingang führte.

Wenn Ernesto die Aufzeichnungen richtig deutete, dann hatte die Erpressung an Wutscher in den letzten drei Jahren 7394 Euro eingebracht. Friedl hatte jeden Eintrag mit einer Notiz versehen, die die Umstände der Geldübergabe erklärte. Meistens hatte er Wutscher bei Ausstellungseröffnungen in Wolfsberg getroffen. Das war eine gute Tarnung, fand Ernesto. Denn zum einen tauchten bei solchen Gelegenheiten alle möglichen Leute auf, um das von der Gemeinde bereitgestellte Buffet zu plündern, und zum anderen waren solche Vernissagen recht häufig.

Wenn Friedl ihm ein Zeichen gab, folgte Wutscher, und sie trafen sich vor der Galerie, rauchten zusammen eine Zigarette und plauderten ein bisschen. Dabei wechselte das Geld den Besitzer. Da fünfzig Euro, dort zwanzig und bei seltenen Gelegenheiten auch einmal hundert. Wutscher behauptete, er habe eben nicht mehr Geld bei sich oder könne gerade nicht mehr entbehren.

Als Friedl drohte, sich nicht länger mit Almosen abspeisen zu lassen, wurden die Beträge höher und die Ausreden elaborierter. Jetzt behauptete Wutscher, seine Frau würde ihn auf Schritt und Tritt kontrollieren, weil sie glaube, er hätte eine Geliebte. Wenn nun Geld aus seiner Brieftasche verschwinde, würde seine Frau das merken und ihn danach fragen.

Ein anderes Mal erzählte Wutscher von seiner Tochter, die gerade in Graz zu studieren begonnen hatte, und davon, was so eine Eigentumswohnung in der Innenstadt koste. Das sei der reinste Wucher, Raubrittertum, und deshalb könne er Friedl erst wieder in zwei oder drei Monaten etwas zukommen lassen.

Friedl hatte jede dieser Ausreden geschluckt. Natürlich wollte er mehr Geld, natürlich drohte er Wutscher, aber er dachte gar nicht daran, seine Drohung wahr zu machen. Wäre er zur Zeitung gegangen, dann wäre die Geschichte über Wutschers Vergangenheit erschienen, und dann hätte er damit das Huhn geschlachtet, das goldene Eier legte. Kleine Eier zwar, aber immerhin.

Ernesto holte sich Kaffee und stellte sich wieder ins Freie. Er steckte sich eine Zigarette an, trank von seinem Kaffee und wartete darauf, dass die Ratte wieder auftauchte. Doch die Ratte blieb in Deckung. Sie ahnte womöglich schon, was nun auf Ernesto zukam.

Aus dem Nebel tauchte ein Hut auf, ein Hut mit einem Gamsbart. Dann sah Ernesto eine Lodenjacke, Kniebundhosen. Dahinter folgten ein zweiter Hut und ein dritter. Über die Schultern der drei Männer zogen sich Lederriemen. Als sie näher kamen, konnte Ernesto die Gewehrläufe sehen, die über ihre Schultern ragten.

Der erste Jäger pflanzte sich vor Ernesto auf, nahm sein Gewehr und hielt es mit dem Lauf nach unten. Der zweite Jäger klappte sein Gewehr auf und schob eine rote Patrone in jeden Lauf, klappte die Waffe wieder zu und zielte auf Ernestos Brust.

„Du weißt, warum wir hier sind", sagte der dritte Mann und trat zwei Schritte vor.

„Das ist nicht das erste Mal, dass ich in den Lauf einer Waffe schaue", sagte Ernesto und rauchte weiter. Seine Hände zitterten nur ganz wenig.

„Aber vielleicht das letzte Mal", sagte der Jäger.

„Ja, gut möglich", sagte Ernesto. „Wollen wir es hoffen. Ich kann gut darauf verzichten, ehrlich gesagt. Also nehmt eure Gewehre runter und verschwindet."

„Wir haben mit dir ein Hühnchen zu rupfen."

„Wegen der Geschichte in der Sonntagszeitung? Was ist euer Problem?" Ernesto stellte die Tasse auf das Fensterbrett und machte eine einladende Geste. „Wollt ihr nicht hereinkommen? Wenn euch da draußen jemand sieht, mit der Waffe im Anschlag und so, ruft er noch die Polizei."

Die Jäger rührten sich nicht von der Stelle.

„Für den Scheiß, den du schreibst, bekommst du eine Schrotladung in den Arsch", sagte der Jäger. „Die Polizei war bei uns und überprüft gerade die Waffen."

„Was hab ich damit zu tun?"

„Du hast geschrieben, dass wir Jagd auf die Wilderer machen."

„Und?"

„Wir üben keine Selbstjustiz."

Ernesto stieß ein bellendes Lachen aus.

„Was ist daran so lustig?“

„Ihr übt keine Selbstjustiz, aber ihr steht mit geladener Waffe vor mir und droht mir, mich zu erschießen. Das ist der Witz des Jahres.“

„Dir wird das Lachen schon noch vergehen.“ Der Jäger nickte seinen Kollegen zu, und die hoben die Waffen.

„Nicht“, sagte Ernesto laut und hob eine Hand. Hinter den Jägern tauchte Natascha auf. Die Sekretärin hielt den Kopf gesenkt und las auf ihrem Mobiltelefon. Sie sah erst jetzt auf. In diesem Moment drehte sich der zweite Jäger um und schoss.

Die Schrotkugeln schlugen in Nataschas Handtasche, hinterließen kleine, schwarze Punkte auf ihrer Jacke. Nataschas Gesicht verlor alle Farbe, mit aufgerissenem Mund strauchelte sie und ging zu Boden.

2

Das Blaulicht färbte den Nebel. Aus den Funkgeräten der Polizisten rauschte und piepste es. Immer wieder ein unverständlicher Funkspruch. Die Sanitäter zogen eine Trage aus dem Rettungswagen. Im Laufschritt kamen sie auf die Gestalt zu, die am Boden lag. Der Notarzt machte Platz, und mit einem Ruck landete Natascha auf der Trage.

Die Jäger standen am Eingang des Kinos. Ihre Gewehre lehnten am Polizeifahrzeug. Ein Polizeibeamter, die Arme vor der Brust verschränkt, bewachte sie.

Am Eingang zur Redaktion hatte sich Ernesto auf die Fensterbank gesetzt. Er rauchte und telefonierte.

„Ja, zum Teufel noch einmal. Natürlich habe ich Fotos gemacht“, sagte er. „Ich warte nur auf Steinkellner, dann bekommst du den Bericht. Aber schreib deinen Namen drunter."

„Und dir geht es gut?", fragte Auer.

„Ein bisschen zittrig. Frag mich heute Nacht so gegen halb zwei noch einmal."

„Du kannst dir freinehmen. Wir schaffen das schon irgendwie."

„Das wird nicht nötig sein."

„Ich frag dich nicht", sagte Auer. „Du bleibst für den Rest der Woche zu Hause."

Ernesto grummelte.

„Ich dulde keinen Widerspruch."

„Als ob mich das schon jemals interessiert hätte", sagte Ernesto. „Aber meinetwegen lass ich es für heute gut sein. Ich warte noch auf Steinkellner, und dann fahr ich ins Krankenhaus. Ich sag dir dann Bescheid, wie es Natascha geht."

Der Notarzt kam auf Ernesto zu. „Lebensgefährlich ist es nicht, würde ich einmal sagen. Aber ein bisschen weiter herüben, und Ihre Kollegin hätte ein riesiges Loch im Bauch. Nur gut, dass die Jäger nicht besonders gut schießen."

Die Jäger auf der anderen Straßenseite standen mit gesenkten Köpfen und hängenden Schultern da.

„Aber Bruce Willis hat jetzt ein Loch im Kopf", sagte der Notarzt und zeigte mit dem Kinn Richtung Kino.

Einige Schrotkugeln hatten die Auslage durchschlagen und die Kinoplakate getroffen. Bruce Willis war nur noch an der typischen Körperhaltung zu erkennen. Ein schwarzer Škoda Octavia fuhr vor und parkte am Gehsteig vor dem Kino. Major Horst Steinkellner stieg aus, warf den Jägern einen Blick zu und redete kurz mit einem der Beamten. Dann setzte er sich neben Ernesto und den Notarzt auf die Fensterbank.

„Valenti.“ Steinkellner streckte ihm die Hand entgegen. „Wie geht es Ihnen? Sie sollten unbedingt ins Krankenhaus.“

„Es geht mir gut. Aber ich werde später nach Natascha sehen. Der Arzt“, Ernesto nickte in seine Richtung, „sagt, dass es halb so schlimm ist.“

„Ein Schuss mitten in der Stadt. Da hätte sonst etwas passieren können. Ich habe gerade angeordnet, dass man die Herren da drüben einem Alkoholtest unterzieht.“

Der erste Jäger machte einen Schritt rückwärts, als ihm der Beamte das Messgerät hinhielt. Dann beugte er sich aber vor und blies in das Röhrchen. Ein Pieps ertönte, und der Beamte kontrollierte das Display.

„Eins Komma fünf“, sagte er und ging zum nächsten weiter.

„Der hat geschossen?“, fragte Steinkellner.

Ernesto nickte.

„Ich würde sagen, die Sache ist ziemlich klar. Schwere Körperverletzung, vielleicht auch noch Gemeingefährdung.“

„Sie bekommen meinen Bericht“, sagte der Notarzt und stand auf. Zu Ernesto gewandt meinte er: „Der Major hat recht. Sie sollten ins Krankenhaus. Auf den ersten Blick fehlt Ihnen zwar nichts, aber lassen Sie sich durchchecken.“

„Kommen Sie“, sagte Ernesto zu Steinkellner. „Sie können meine Aussage gleich aufnehmen. Im Büro gibt es frischen Kaffee.“ Ernesto erzählte Steinkellner, was sich zugetragen hatte und machte sich zwischendurch selbst Notizen.

„Und jetzt hätte ich noch ein paar Fragen“, sagte Ernesto. „Können Sie sich vorstellen, dass diese Geschichte hier und der Mord in Waldenstein etwas miteinander zu tun haben?“

„Die betrunkenen Jäger?“ Steinkellner sah Ernesto erstaunt an. „Kann ich mir kaum vorstellen. Oder verheimlichen Sie mir etwas?“

„Ich meine ja nur. Wenn ich nach einer Waffe suchen würde, würde ich die Sportschützen und die Jäger überprüfen.“

„Das machen wir gerade, wenn auch aus einem anderen Grund. Das Einzige, was hier offensichtlich zusammenhängt, sind Sie und die Jäger. Wir würden diese Durchsuchung gar nicht durchführen, hätten Sie den Artikel nicht geschrieben.“

„Was versprechen Sie sich von der Kontrolle?“ Ernesto zündete sich eine Zigarette an, obwohl er am Schreibtisch saß. Für einen Moment meldete sich sein schlechtes Gewissen. Er dachte an Natascha, der man jetzt gerade die Schrotkugeln aus dem Körper operierte.

„Das macht ja nicht meine Abteilung“, sagte Steinkellner. „Wenn ich richtig informiert bin, dann haben die Kollegen Ihren Artikel zum Anlass genommen, nach den Tatwaffen zu suchen. Bei den meisten geschossenen Tieren gibt es Projektile, die sichergestellt wurden. Wenn wir also die Projektile mit den Waffen vergleichen, dann könnten wir die Täter ausforschen.“

„Was veranlasst Sie dazu, die Täter in der Jägerschaft zu suchen?“

„Das Naheliegende immer zuerst, Valenti. Das predige ich Ihnen schon seit Jahren. Wer kommt am ehesten auf die Idee, in den Wald zu gehen und einen Rehbock zu erschießen? Ein Jäger natürlich. Und diese Selbstjustizgeschichte muss man im Keim ersticken. Da können Sie mich gerne zitieren. Das ist eine gefährliche Sache, wenn die Leute glauben, sie können das Recht in die eigenen Hände nehmen. Aber jetzt sagen Sie mir endlich, wie Sie auf die Idee kommen, zwischen dem Mord an Alfred Schatz und diesem Auftritt hier könnte ein Zusammenhang bestehen."

„Im Moment kann ich dazu noch nicht viel sagen."

„Sie haben doch eine Spur."

„Möglich. Aber ..."

„Sie sind verpflichtet, mir alles zu sagen", fiel ihm Steinkellner ins Wort.

„Ihre Kollegen werden Sie sicher informieren, wenn irgendwo eine Waffe fehlt."

3

Der Wagen mit dem Mittagessen schepperte über den Krankenhausflur, als Ernesto die Doppeltür aufstieß und die Unfallstation betrat. Im Schwesternzimmer saß ein Arzt mit dem Stethoskop um den Hals und tippte etwas in den Computer. Neben der Tür hing eine Tafel mit den Namen der Patientinnen. Nataschas Name war noch nicht dabei.

Ernesto klopfte gegen die Scheibe.

„Entschuldigen Sie. Ich suche Natascha Hutter. Sie müsste vor etwa zwei Stunden hier eingeliefert worden sein."

„Und Sie sind?", fragte der Arzt.

„Ernesto Valenti, ein Arbeitskollege. Ich war dabei, als sie angeschossen wurde."

„Jetzt kenn ich mich aus. Zimmer fünf. Aber sie ist noch sediert. Also machen Sie es kurz."

Ernesto bedankte sich und suchte das Zimmer. Bei der Renovierung des Haupttraktes hatte man die Flure mit hellen Böden ausgestattet. Der Handlauf war aus Holz, und ganz vorne, dort, wo es keine Zimmertüren mehr gab, befand sich eine Glasfront. Davor ein paar Stühle und eine Couch. Wenn man wollte, konnte man hier wie in einem Wintergarten sitzen und auf die Stadt hinunterschauen.

Natascha lag im Bett direkt neben dem Fenster. Das Kopfteil war leicht aufgestellt, und Natascha drehte sich zur Tür, als Ernesto eintrat. Sie lächelte und hob eine Hand, als wolle sie Ernesto zuwinken.

„Ich lebe noch", sagte sie, als Ernesto ihr Bett erreichte.

„Ich wollte dich warnen, aber da ..."

„Ist schon gut", unterbrach sie ihn.

„Wenn ich gewusst hätte, was dabei herauskommt, hätte ich das nicht geschrieben."

„Die paar Kratzer überlebe ich, und Narben machen eine Frau erst so richtig interessant, habe ich gehört." Sie versuchte zu lachen.

„Nicht", sagte Ernesto. „Das Büro ist jetzt einmal geschlossen. Die Polizei wird deine Aussage aufnehmen, irgendwann in den nächsten Tagen. Steinkellner sagt, die Sache ist ziemlich eindeutig."

„Und du? Eigentlich wollten sie auf dich schießen."

„Da besteht, glaube ich, keine Gefahr mehr."

„Na, wer weiß."

„Auer wird sich auch noch melden. Ich fahre zu Sonja."

„Sag ihr, sie soll dich ein paar Tage lang nicht aus dem Haus lassen."

Ernesto winkte beim Hinausgehen. Er schloss die Tür hinter sich und rannte den Gang hinunter. Auch wenn Natascha das nicht sagte, selbst wenn sie es nicht so sah, dennoch war er daran schuld, dass sie jetzt hier lag. Hätte er die Hand nicht gehoben, hätte niemand geschossen. Hätte er den Artikel nicht geschrieben ...

Aber ich habe nun einmal, sagte er sich, und dafür schäme ich mich nicht. Keine Reue. Das ist nur Verschwendung. Er schüttelte sich, als könne er so das Gefühl der Schuld loswerden. Das half nur für einen Moment. Die Schuld würde bleiben. Die Szene, wie sich der Jäger umdreht und feuert, würde immer wiederkehren.

Draußen in der nebligen Kälte blieb Ernesto stehen. Noch kreisten seine Gedanken um Natascha und die Jäger, aber da formte sich eine Erkenntnis ganz weit hinten in seinem Bewusstsein. Er konnte sie beinahe schon greifen, doch noch war sie nur ein Schimmer, ein waberndes Etwas.

Dieser verdammte Artikel. Ernesto hatte keine Sekunde darüber nachgedacht, welche Konsequenzen diese Geschichte haben konnte. Jäger, die auszogen, um einen Wilderer zu erschießen, waren sicher nicht sehr erfreut darüber, wenn das in der Zeitung stand.

Das hatte er natürlich gewusst, aber viele Leute sind nicht besonders glücklich, wenn man einen Artikel über sie schreibt. Von diesen vielen Leuten besitzen aber nur die wenigsten Gewehre.

Ich hätte die Hand nicht heben sollen, sagte sich Ernesto, als er ins Auto stieg und losfuhr. Wenn ich nur die Hand nicht gehoben hätte, hätte der Typ sich nicht umgedreht. Der Schuss wäre nicht gefallen.

Er dachte an Natascha, wie sie in dem Krankenhausbett lag, bis zum Kinn zugedeckt, und sich vor Schmerzen kaum bewegen konnte. Immer wieder sah er, wie die Schrotkugeln in ihre Handtasche und ihre Kleidung einschlugen, wie sie die Haut aufrissen und ins Fleisch eindrangen. Er konnte beinahe den Schmerz fühlen. Dieses Brennen und dann das dumpfe Pochen, wenn die Kugeln im Muskelfleisch steckenbleiben.

Er fuhr zurück zur Redaktion. Die Tür stand offen. Auf der Straße leuchteten die Markierungen der Spurensicherung. Das Telefon läutete.

„Es ist niemand da", sagte Ernesto, als er abhob.

„Stimmt es? Bei euch wurde geschossen?"

„Wer will das wissen?"

„Aktueller Dienst, ORF."

„Lest die Presseaussendung der Polizei", sagte Ernesto. Er unterdrückte ein Lachen. Er hätte nie gedacht, dass er diesen Satz einmal sagen würde. „Nein, ruft Auer an. Der weiß Bescheid. Ich mag jetzt nicht." Ernesto legte auf, und als das Telefon gleich wieder zu läuten anfing, ignorierte er es. Er saß da und schaute den Bildschirm an.

Hätte er den Artikel nicht geschrieben, wenn er gewusst hätte, was dabei herauskommen würde? Ernesto war sich nicht sicher. Ein paar betrunkene Jäger, die vor der Redaktion aufmarschierten, hätte er in Kauf genommen. Damit hatte er kein Problem. Gedroht wird einem in diesem Job ziemlich oft. Von Politikern, von Geschäftsleuten und manchmal auch von Leuten auf der Straße.

Aber eine Waffe war etwas anderes. Ernesto kannte das Gefühl. In Bosnien hatte er mehr als einmal in den Lauf einer Maschinenpistole geschaut. Damals arbeitete er als Universitätslektor in Osijek. Manchmal fuhr er nach Bosnien, nach Tuzla, um dort zu unterrichten. Auf dem Weg lauerten Freischärler, Räuberbanden, wenn man es genau nahm, und hielten Fahrzeuge mit ausländischen Kennzeichen an. Sie stellten sich mitten auf die Straße, die Maschinenpistolen im Anschlag, und wenn man nicht stehen blieb, dann schossen sie.

Dieser Gefahr hatte er sich selbst ausgesetzt, und es war auch nie auf ihn geschossen worden. Die meisten hatten ihn aufgehalten, den Pass kontrolliert, und als sie erfuhren, wer er war und was er hier tat, wurde er zum Essen eingeladen und zu sehr viel Schnaps.

Aber die Jäger, das war etwas ganz anderes. Natascha hatte es sich nicht ausgesucht, sie hatte auch nicht damit gerechnet. Wie jeden Wochentag war sie zur Arbeit gekommen. In Gedanken sicher schon mit den Beschwerden beschäftigt, die in ein paar Minuten auf sie niederprasseln würden, und dann das Gewehr, das auf sie zuschwenkte, und der Schuss. Sie hatte es nicht kommen gesehen.

Ernesto tastete nach der Zigarettenschachtel, nahm eine Zigarette heraus, drehte sie zwischen den Fingern.

„Sie hat es nicht kommen gesehen", murmelte er und steckte sich die Zigarette in den Mund.

Natascha mochte es nicht, wenn er im Büro rauchte. Also stand er auf und ging nach draußen.

„Sie hat nicht damit gerechnet", sagte er leise. „Friedl hat auch nicht damit gerechnet."

Er zündete die Zigarette an, kniff die Augen zusammen, als ihm der Rauch ins Gesicht stieg.

Drüben beim Kino war die Kassiererin damit beschäftigt, das Glas zusammenzukehren. Bei jedem Besenstrich klirrten die Scherben.

„Nein, da irrst du dich", sagte Ernesto zu sich selbst. „Friedl hat damit gerechnet. Er hat dir eine SMS geschickt. Das war kein Zufall."

Die Kassiererin des Kinos kippte die Glasscherben in einen Blecheimer. Dann blickte sie zu den zerstörten Plakaten auf, nahm den Eimer und ging. Bruce Willis mit zerschossenem Gesicht. An der Unterkante des Glaskastens steckten immer noch ein paar Glasscherben. Wie Zähne.

Hätte Ernesto den Mord verhindern können, wäre er nur etwas früher in Waldenstein gewesen? Hatte Friedl ihm deshalb die SMS geschickt? Damit er nicht mit seinem Angreifer allein war?

Ernesto ging zurück zu seinem Schreibtisch und rief Steinkellner an.

„Haben Sie das Handy von Alfred Schatz schon ausgewertet?"

„Sie sollen sich doch schonen."

„Später, aber jetzt würde ich gerne wissen, was die Spurensicherung gefunden hat."

„Abgesehen davon, dass ich Ihnen das nicht sagen muss, kann ich dazu auch nichts sagen."

„Bitte warum?"

„Weil mir die Auswertung noch nicht vorliegt."

„Das ist nicht Ihr Ernst", sagte Ernesto heftig. „Wenn der Tote kein Exhäftling wäre ..."

„Kommen Sie mir nicht so, Valenti. Die Dinge brauchen eben ihre Zeit."

„Es ist ja nur ein Glück, dass Sie noch niemanden verhaftet haben."

„Worauf wollen Sie überhaupt hinaus?", fragte Steinkellner.

„Friedl hat dem Täter eine Nachricht geschickt, oder er hat ihn angerufen. Ich bin mir ziemlich sicher."

„Sie sagen mir also, der Täter kam von außerhalb? Es war Ihrer Meinung nach niemand aus der Volksschule?"

„Genau das will ich damit sagen."

„Und weiter? Wen haben Sie im Verdacht?"

„Es gibt eigentlich nur einen möglichen Täter. Armin Taferner. Und ich wette, in seiner Sammlung fehlt eine Waffe, die genau zum Loch in Friedls Kopf passt."

Kapitel 19

1

„Glaubst du, er hat das Angebot ernst gemeint?“, fragte Sonja und stellte Ernesto den Kaffee hin. Betty schlief zusammengerollt auf dem Teppich bei der Anrichte. Mittlerweile hatte sie sich beruhigt. Als Ernesto angekommen war, war sie an ihm hochgesprungen und hatte ihm das Gesicht abgeschleckt.

„Das halte ich durchaus für möglich.“ Ernesto blätterte in einem von Friedls Heften. „Er würde mir vermutlich wirklich einen Parteijob besorgen. Ziemlich gute Bezahlung, und in ein paar Jahren, wer weiß, bekomme ich einen Sitz im Landtag, im Nationalrat. So etwas in der Art.“

„Damit du die Klappe hältst?“

„Soll so oder ähnlich schon passiert sein.“

„Und, was machst du jetzt?“ Sonja setzte sich auf den Hocker neben Ernesto und schnitt eine Scheibe vom Reindling ab. „Nimm dir etwas.“ Sie hielt ihm das Stück hin. Aber Ernesto schüttelte den Kopf. „Es wird auch nicht besser, wenn du nichts isst.“

„Der Wutscher hat gewusst, dass er sich relativ günstig freikaufen kann. Wenn er Friedl hin und wieder ein paar Euro zusteckt, hat er seine Ruhe. Nach der Wahl hätte er nicht unbedingt weiter zahlen müssen. Selbst wenn Friedl mit seiner Geschichte zu einer Zeitung gegangen wäre und selbst wenn das jemand geschrieben hätte ...“

„Du hättest.“

„Ganz sicher sogar, aber der Effekt wäre eher bescheiden. Nach der Wahl ist das nicht mehr besonders spannend. Außer natürlich, man könnte Wutscher einen Mord nachweisen oder wenigstens die Beteiligung an einem Mord. Im Gegensatz zu Taferner hat er ein Alibi. So ein Artikel, eine ganze Artikelserie, wenn du willst, würde Wutschers Ansehen zwar beschädigen, aber das würde ihn nicht seinen Sitz im Europaparlament kosten, und das weiß er auch." Ernesto strich eine Seite in Friedls Heft glatt. „Aber das ist alles Spekulation. Wenn Steinkellner sich das Mobiltelefon angeschaut hat, wissen wir mehr."

„Warum hat er das nicht schon längst getan? Der Mord ist über eine Woche her."

„Weil ihn dieser Exsträfling nicht interessiert. Was die da aufgeführt haben, kann man ja nicht einmal Ermittlung nennen. Sie haben die Volksschule durchsucht. Kleider aus dem Fenster geworfen und ein paar Leute befragt."

„Du hast ihm die Hefte aber auch nicht gegeben?" Sonja biss vom Reindling ab und nahm einen Schluck Kaffee. „Kommst du mit in die Werkstatt? Ich muss den Ofen ausräumen und ein paar Schüsseln glasieren."

„Die Hefte, so weit kommt's noch. Die wären in der Asservatenkammer verschwunden."

„Und jetzt?"

„Jetzt warten wir."

„Ich meine, wie bringst du Steinkellner dazu, den Richtigen zu verhaften?"

„Das wird sich ergeben", sagte Ernesto.

2

Betty schmiegte sich an Ernestos Bein und sah Sonja zu, wie sie den Hebel umlegte und den Ofen mit einem

Ruck öffnete. Die Hitze waberte durch die Werkstatt, und Ernesto, der an der Eingangstür stand, spürte die Hitze des Feuers auf seinem Gesicht.

Mit dicken Handschuhen griff Sonja ins Ofeninnere und holte Tassen und Schalen ins Freie, stellte sie auf eine Ablage links von sich. Sie schwieg und sah sich kein einziges Mal zu Ernesto um. Die Schalen wirkten, als könnte sie ein Lufthauch zerbröseln. Nach und nach versammelten sich Tassen und Untersetzer, eine Teekanne und Schüsseln in verschiedenen Größen auf der Ablage. Einige davon waren roh gebrannt, die meisten aber mit Glasuren überzogen, und im matten Licht des Vormittags leuchtete das Rot und blitzte das Blau, versprach das Zitronengelb die Wärme des Südens.

Ernesto lehnte da, den Hund direkt neben sich, und versuchte, seine Ungeduld zu zügeln. Am liebsten wäre er ins Lavanttal gefahren, nach St. Andrä zur Thonhauser KG, und hätte Armin Taferner in die Zange genommen. Aber das würde Taferner nur warnen und ihm die Gelegenheit geben, Spuren zu verwischen.

„Wie kommst du überhaupt darauf, dass Taferner der Mörder ist?“, fragte Sonja, als sie auf ihn zukam und die Handschuhe auszog. „Der ist doch der Einzige, der sich immer um den Friedl gekümmert hat.“

„Genau deshalb“, sagte Ernesto. „Mir ist das erst klar geworden, als ich im Krankenhaus vor Nataschas Bett stand. Ich bin schuld, dass sie da liegt, dass sie verletzt ist.“

„Fängst du jetzt wieder damit an?“

„Ich will dir das nur erklären. Das ist ein furchtbares Gefühl, und du kannst nichts dagegen tun. Es ist ja schon passiert.“

„Du meinst, Taferner hat Friedl umgebracht, weil er die Schuldgefühle nicht mehr ertragen hat?“ Sonja rührte weißes Pulver in einen Kübel mit Wasser.

„Du hast recht, das ist absurd." Ernesto schnaufte. „Wenn ich mir mehr Zeit lassen würde, könnte ich beweisen, dass Taferner den Mord an Irene Schatz begangen hat. Aber sicher bin ich mir da nicht. Er hat kein Alibi für diese Nacht. Er hat seine damalige Freundin gezwungen, für ihn zu lügen. Sein Motiv ist offensichtlich. Er war in Irene verliebt. Die hat aber Friedl geheiratet. Ausgerechnet Friedl, den ihr Taferner auch noch selbst vorgestellt hat."

„Reicht das nicht, um die Geschichte wieder aufzurollen?"

„Unwahrscheinlich. Für den Mord ist schon jemand zwanzig Jahre gesessen, und dieser jemand ist jetzt tot."

„Aber trotzdem."

„Nur wenn man wirklich stichhaltige Beweise hat. Indizien reichen da nicht."

„Vielleicht hatte Friedl diese Beweise." Sonja schüttelte den Eimer mit der Glasur. „So wird es passen", sagte sie, zog sich Gummihandschuhe an und tunkte einen Teller ein. „Hast du in seinen Heften nichts gefunden?"

„Es ist doch auffällig. Taferner war der Einzige, der Friedl immer wieder im Gefängnis besucht hat. Er hat ihn auch danach unterstützt, wollte ihm wieder einen Job verschaffen. Alle anderen haben sich von Friedl abgewandt."

„Du findest es verdächtig, wenn sich jemand um seinen alten Freund sorgt? Ist das nicht zynisch?"

„Um den alten Freund, dessen Frau er umgebracht hat."

„Mutmaßlich", sagte Sonja und stellte den nächsten Teller auf ein Abtropfgitter. „Was ist mit den Heften, steht da nichts drinnen?"

„Dass etwas Großes passieren wird. Das steht im letzten Heft", sagte Ernesto. „Dass er endlich weiß, wie er seine Unschuld beweisen kann und dass er ein Buch schreiben wird, in dem alles ganz genau erklärt wird. Ein Buch, das seine Lebensgeschichte erzählt und den wahren Mörder seiner Frau überführt."

„Da hast du es ja."

„Aber wenn er gewusst hätte, wer der Mörder seiner Frau ist, dann hätte er das schon längst gesagt und nicht darauf gewartet, dass ich sein Buch schreibe."

„Du meinst, er hatte eine große Klappe?"

„Er hat herumerzählt, dass er ein Buch schreiben will. So bin ich ja erst an ihn geraten. Und er hat sicher auch herumerzählt, dass das Buch seine Unschuld beweisen wird."

„Und dann hat er sich mit dir getroffen. Taferner hat davon Wind bekommen und die Nerven verloren."

Ernestos Mobiltelefon läutete.

„Steinkellner", sagte er zu Sonja und nahm ab.

„Woher wussten Sie das mit der Waffe?", fragte Steinkellner.

„Welche Waffe?"

„Wir haben Armin Taferner überprüft."

„Und?"

„Eine Beretta 92. Sie ist auf Taferner registriert, aber er kann sie nicht vorweisen. Wir haben einen Durchsuchungsbefehl beantragt."

„Passt das Kaliber?"

„Neun Millimeter Parabellum. Passt genau. Aber wie gesagt, das ist ein häufiges Kaliber. Wir brauchen die Waffe für einen Vergleich."

„Er hat die Waffe sicher weggeworfen."

„Wir suchen auch in Waldenstein."

„Ich bin quasi schon unterwegs", sagte Ernesto.

„Sie können wir dort nicht brauchen. Bleiben Sie zu Hause, Valenti."

„Das lass ich mir doch nicht entgehen. Wenn Sie mich nicht dabeihaben wollen, dann müssen Sie den Mund halten. Das sollten Sie mittlerweile wissen, Steinkellner. Also bis gleich."

3

Ernesto parkte neben dem schwarzen Škoda Octavia. Beim Eingang zum Schloss standen vier Uniformierte in dicken Jacken. Sie sahen Ernesto zu, wie er ausstieg und zu einem Lieferwagen ging. Einer der Beamten löste sich von der Gruppe und schnitt Ernesto den Weg ab.

„Treten Sie zurück. Das ist der Wagen der Spurensicherung."

„Weiß ich", sagte Ernesto. „Ich dachte, Havlicek ist vielleicht in der Nähe."

„Drinnen. Aber da können Sie nicht rein. Das ist eine Tatortbegehung."

„Ohne mich hätte die Polizei diesen Tatort erst gar nicht gefunden."

„Was meinen Sie?"

„Rufen Sie Steinkellner", sagte Ernesto und kramte in seinen Taschen nach der Zigarettenpackung. „Eine Tatortbegehung ohne den Hauptzeugen, das ist ja lächerlich."

Es dauerte keine halbe Zigarettenlänge, bis Major Steinkellner das Tor aufdrückte und vor das Schloss trat. „Kommen Sie herein", sagte er und drehte sich um, ohne auf Ernesto zu warten. „In dem Fall kann ich Ihnen den Zugang zum Tatort schlecht verweigern, oder wie sehen Sie das?"

Ernesto warf einen Blick auf die Freitreppe und den Arkadengang. Der Nebel hatte sich verzogen, und der Marmor strahlte nun in der Vormittagssonne. Für einen Moment konnte sich Ernesto vorstellen, wie das Schloss vor fünfhundert Jahren ausgesehen haben musste. Mit den hölzernen Gängen rund um den Hof, weiß gestrichenen Fassaden und einem Kiesplatz. Der Hof musste düster gewirkt haben, aber lange nicht so trostlos wie jetzt.

Der Eingang zur Schmiede stand offen, ein schwarzes Loch, das sich ins Mauerwerk zu fressen schien. Die schiefen Türen drüben bei der Kapelle, deren Inneres man längst in Sicherheit gebracht hatte. Die letzten Reste des Balkons im zweiten Stock, verrostete Eisenstäbe, durchgebrochene Bodenbretter, ein Baum, der sich am Mauerwerk festkrallte.

„Was versprechen Sie sich davon?“, fragte Ernesto. „Eine Tatortbegehung. Ich habe geglaubt, Sie suchen nach der Waffe.“

„Wenn er gesteht, sagt er uns vielleicht, wo er die Waffe entsorgt hat.“

„Ja, sicher.“ Ernesto klang skeptisch. „Sie glauben, wenn Sie Taferner an den Tatort zurückbringen, knickt er ein?“

„Einen Versuch ist es wert“, sagte Steinkellner und ließ Ernesto den Vortritt.

Im Stiegenhaus begegneten ihnen noch einige Uniformierte. Ein paar davon befanden sich auf dem Weg nach unten, andere kamen aus den Seitentrakten, und im zweiten Stock hatte Wolfgang Havlicek sein Lager aufgeschlagen. Er war gerade dabei, die Haufen von Akten und losem Papier zu begutachten, die vor der alten Kanzlei am Boden lagen. Mit in die Hüften gestemmten Armen stand er breitbeinig da und sah sich diese Landschaft aus aufgequollenen Aktenumschlägen und ausgebleichten Rechnungen an.

„Ein Albtraum", sagte er, als er Ernesto und Steinkellner bemerkte. „Das wird Monate dauern, bis wir das geordnet haben."

„Das können Sie sich schenken", sagte Ernesto.

„Wie meinen?" Havlicek drehte sich zu ihnen um. „Da könnten Beweise liegen, irgendwo." Er machte eine ausladende Handbewegung. „Vielleicht ist die Waffe da zwischen den Akten versteckt."

„Das habe ich nicht bedacht", gab Ernesto zu. „Aber wenn Sie da nach Unterlagen suchen, das habe ich schon erledigt."

„Valenti." Havlicek winkte mit dem Zeigefinger. „Das sollen Sie doch nicht machen."

„Wenn ich jedes Mal frage, ob ich etwas machen darf, komme ich doch zu nichts", sagte Ernesto. „Die Hefte", er sah Steinkellner an, „die bekommen Sie natürlich, sobald ich sie kopiert habe."

„Hefte?", kam es von Havlicek.

„Aufzeichnungen, die Alfred Schatz seit gut zwanzig Jahren geführt hat."

„Das ist Unterschlagung von Beweismaterial", sagte Steinkellner.

„Na, Sie hätten das Beweismaterial, wenn überhaupt, erst gefunden, wenn es genauso aufgeweicht und schimmlig gewesen wäre, wie der Rest von dem Müll hier. Und wenn ich die Hefte nicht gelesen hätte, hätten Sie jetzt keinen Verdächtigen, zumindest keinen brauchbaren."

„Aber dann hätten wir die Hefte gefunden und die richtigen Schlüsse gezogen", sagte Steinkellner.

Ernesto schüttelte den Kopf.

„Glauben Sie das nicht?"

„Das ist eine völlig müßige Debatte“, sagte Ernesto. „Sie haben ihn, oder?“

4

„Ich gestehe gar nichts.“ Armin Taferner stand in der Kornettkeusche und stützte sich mit den Händen an der Mauer ab. Immer wieder wanderte sein Blick zu dem Blutfleck am Boden und wieder zurück zur Inschrift an der Wand.

„Sie können aber nicht leugnen, dass Sie am Freitag, dem 28. Oktober um 11 Uhr 23 eine SMS von Alfred Schatz erhalten haben“, sagte Steinkellner. „Stimmt das?“

„Was weiß denn ich?“

„Sie werden sich doch wohl an eine SMS erinnern?“

„Wenn Sie es sagen.“

„Wollen Sie das Handy sehen?“ Steinkeller hielt das Mobiltelefon in der ausgestreckten Hand.

„Was macht überhaupt der hier, der Journalist?“, fragte Taferner.

„Beachten Sie ihn gar nicht. Er ist ein Zeuge.“ Steinkellner steckte das Mobiltelefon ein. „Sie leugnen also nicht, diese SMS bekommen zu haben? Gut. Ist Ihnen der Text der Nachricht erinnerlich?“

„Was?“

„Ob Sie sich erinnern, was in der SMS stand?“

Ernesto verschränkte die Arme vor der Brust und zog die Mundwinkel nach unten. Ihm ging diese Zermürbungstaktik auf die Nerven. Es gab die Nachricht am Mobiltelefon. Eine Waffe fehlte aus Taferners Sammlung. Der Mann hatte ein Motiv. Wenn man nachweisen konnte, dass er zur Tatzeit in der Nähe des Tatorts war, brauchte man kein Geständnis.

„Ich lese Ihnen die Nachricht vor“, sagte Steinkellner. „Wir treffen uns um 17 Uhr in der Kornettkeusche. Friedl. Erinnern Sie sich daran?“

Taferner schwieg. Sein Blick huschte im Raum umher. Für einen Moment fixierte er Steinkellners Gesicht, dann sah er zu Boden. Dort streifte er zum wiederholten Mal den Blutfleck, dann die Überreste der Gehirnmasse an der Wand, und zum Schluss die Inschrift. „Richter, richte recht ...“

Während Ernesto diesen wandernden Blick beobachtete, fiel ihm auf, dass es in der Kornettkeusche gar nicht so übel roch, wie er befürchtet hatte. Die Kälte verlangsamte den Verwesungsprozess und Insekten gab es zu dieser Jahreszeit keine mehr.

„Sie leugnen also nicht, dass Sie diese SMS bekommen haben?“, fuhr Steinkellner fort. „Wie haben Sie darauf reagiert?“

„Gar nicht“, sagte Taferner. „Ich habe gar nicht reagiert. Wie Sie wissen, war ich zu diesem Zeitpunkt in Zagreb. Ich habe ein Alibi.“

„Die GPS-Daten ihres Handys sagen aber etwas anderes.“ Steinkellner schlug die Akte auf und tippte auf ein Blatt.

„Das ist jetzt aber hurtig gegangen“, sagte Ernesto und erntete einen strafenden Blick von Steinkellner. Aber Steinkellner wehrte sich nicht, als Ernesto ihm die Akte abnahm.

„Sie sind schon am Donnerstag aus Zagreb zurückgekommen“, sagte Steinkellner. „Ihre Firma bestätigt das.“

„Deswegen war ich aber noch lange nicht hier“, sagte Taferner.

„Dann ist Ihr Mobiltelefon allein nach Waldenstein spaziert“, sagte Ernesto. „Wenn ich nicht ganz falsch liege, dann steht hier, dass Sie am Freitag zwischen 17 und 17 Uhr 43 hier waren."

„Warum sollte ich Friedl umbringen? Das ist doch lächerlich."

„Besonders lustig war es sicher nicht, als sie ihrem Freund eine Kugel in den Kopf schossen", sagte Ernesto. „Das Motiv, das gebe ich zu, ist auf den ersten Blick schwer zu erkennen. Aber wenn man tiefer gräbt, dann allerdings ... Aber das ist eigentlich nebensächlich. Das Gericht wird Sie allein aufgrund der Indizien verurteilen. Selbst wenn die Waffe nie gefunden wird."

Taferners Blick ruhte nun auf Ernesto.

„Sie waren also am Freitag zwischen 17 und 17 Uhr 43 hier in Waldenstein, vielleicht auch länger. Leugnen Sie das?", fragte Steinkellner.

Taferner starrte weiter Ernesto an.

„Das ist in etwa der Zeitraum, in dem die Tat verübt wurde", fuhr Steinkellner fort.

„Und wenn ich hier war", sagte Taferner. „Das ist doch eine Falle. Das haben Sie doch so eingefädelt, Valenti, nicht wahr? Ich habe Friedl nicht umgebracht. Das hätte ich niemals getan."

„Weil er Ihr Freund war?", fragte Ernesto.

„Die ganzen Jahre, als er im Gefängnis war, wer hat ihn da besucht? Das waren nicht Sie, Valenti. Ich war das. Und wer hat ihm geholfen, als er freigekommen ist? Ha? Sie wollten nur ein Buch schreiben. Ja? Ein Buch mit einem Mord zum Schluss. Der beste Freund bringt den Mörder um. Geben Sie es zu. Das war Ihre Idee. Sie haben mich in diese Falle gelockt."

„Das ist eine interessante Theorie", sagte Ernesto. „Wenn man sie zu Ende denkt, sind Sie immer noch der Mörder, oder täusche ich mich? Wenn ich Sie tatsächlich in eine Falle gelockt habe, dann kann die doch nur darin bestehen, dass ich Sie dazu gebracht habe, Friedl umzubringen."

„Sie haben ihn selbst erschossen", bellte Taferner.

„Mit Ihrer Waffe? Während Sie hier in Waldenstein waren? Ohne Schmauchspuren auf meinen Händen oder meiner Kleidung zu hinterlassen? Sie überschätzen mich."

„Also, ich kann Ihnen versichern, dass Herr Valenti nicht der Täter ist", sagte Steinkellner. „Wir haben das überprüft."

„Ha", machte Taferner. „Und Sie stecken da auch mit drinnen. Wie viel verdienen Sie an den Geschichten, die Sie Valenti zuspielen? Sie sind doch ein korrupter Bulle. Sie können mich nicht einfach einsperren, ich habe nichts getan. Das ist ein Polizeistaat. Das werden Sie alle bereuen."

„So, mir reicht's jetzt", sagte Steinkellner. „Wir nehmen Sie jetzt fest, und in Klagenfurt werden Sie dem Haftrichter vorgeführt. Die Staatsanwaltschaft ist über das Vorgehen verständigt, und Sie können sich natürlich der Hilfe eines Rechtsbeistandes versichern." Steinkellner nickte dem Beamten neben ihm zu.

„Armin Taferner, bitte nehmen Sie Ihre Hände auf den Rücken", forderte ihn der Beamte auf.

„Sie verhaften mich wirklich?" Er drehte sich um und legte die Hände hinter dem Rücken zusammen. „Ich habe doch nichts getan. Ich habe Friedl doch nicht umgebracht."

Ernesto wich einen Schritt zurück, als der Beamte Taferner an ihm vorbeiführte. Dann sah er sich noch einmal kurz in der Kornettkeusche um. Wie schon beim ersten Mal fiel sein Blick auf die Inschrift an der Wand.

Richter richte recht,
denn du bist Herr und ich bin Knecht.
Wie du hast gerichtet mich,
so soll Gott richten dich.

Kornett Peter Eckhart von Peckern 1669

5

Als Ernesto sich der Volksschule näherte, öffnete sich die Tür einen Spalt breit. Sylvias Gesicht erschien in der Öffnung. Dann schwang die Tür für einen Moment auf und krachte hinter Ernesto ins Schloss.

Das Vorhaus war immer noch dunkel, aber irgendwer hatte den geplatzten Müllsack weggeräumt. Vielleicht Sylvia, obwohl der Schnapsgeruch in ihrem Atem nicht darauf schließen ließ, dass sie in letzter Zeit den Dreck in ihrer Umgebung auch nur bemerkt hätte. In der Küche herrschte das übliche Chaos. Auf dem Tisch stapelten sich dreckige Teller, in der Abwasch klebte eine bräunliche Flüssigkeit.

„Kaffee?", fragte Sylvia und zog an ihrer Zigarette. „Du siehst durchgefroren aus."

„Kaffee kann nicht schaden. Sie werden dich noch befragen."

„Die Bullen? Was machen die da?"

„Sie haben gerade Armin Taferner verhaftet, und jetzt suchen sie nach der Tatwaffe."

„Armin?" Sylvia ließ die Arme sinken, und in ihrem Gesicht konnte Ernesto das Erstaunen lesen. „Der war doch immer so nett zum Friedl. Armin, das kann ich mir fast nicht vorstellen."

„Er leugnet es. Aber die Indizien sind ziemlich eindeutig."

„Verrückt", sagte Sylvia und wusch die Caffettiera aus. „Wirklich eine verrückte Welt." Sie nahm einen Schluck aus einer Kaffeetasse. Ernesto wettete, dass da kein Kaffee drinnen war.

„Eine Scheißwelt, ja", gab ihr Ernesto recht und schob einen Stapel Zeitungen beiseite. „Erinnerst du dich, ob Taferner an dem Abend hier war?"

„Ich erinnere mich an so gut wie nichts", sagte Sylvia und tippte sich auf die Stirn. „Nur dass der Friedl tot ist, daran muss ich die ganze Zeit denken. Dass er mich allein lässt." Sie wischte sich mit dem Handrücken über die Augen. „Aber er hat noch was gesagt, der Friedl. Wenn ihm was passiert ... Hab ich dir nicht schon etwas gegeben?"

„Die Hefte, ja."

„Hhm." Sie rückte die Caffettiera in die Mitte der Herdplatte und wartete, bis das Wasser kochte. „Ich kann mich wirklich an nichts erinnern. In der Nacht, als er gestorben ist ... Ich habe viel zu wenig geschlafen. Viel zu wenig", sagte sie, nahm eine Tasse und wusch sie aus. „Der Kaffee." Ihre Hand zitterte, und der Kaffee rann an der Tasse vorbei auf den Tisch. Ernesto nahm ihre Hand und hielt sie fest. Dann ging es leichter.

„Du musst zu einem Arzt", sagte Ernesto. „Ich bringe dich ins Krankenhaus, wenn du willst."

„Ach", sagte sie verächtlich und verwarf die Hand. „Zahlt sich nicht aus."

„Sie haben den Mörder verhaftet", sagte Ernesto.

„Aber davon kommt der Friedl nicht mehr zurück." Sie sah auf. Ernesto hielt dem Blick nur kurz stand. Nach einer Weile trank er von seinem Kaffee, bot Sylvia eine Zigarette an.

„Es wird schon wieder", sagte sie. „Ich muss mich nur ausruhen. Dann wird mir schon wieder alles einfallen. Geblieben ist mir nicht viel von ihm. Es bleibt ja nichts von einem Menschen. Nur ein paar Sachen. Ein Pullover und ein Hemd. Die Bücher."

„Welche Bücher?" Ernesto beugte sich vor.

„Der Friedl hat viel gelesen. Er hat immer gesagt, das ist das Einzige, was du im Häfn machen kannst. Lesen. Auf die grünen Bücher war er besonders stolz. Willst du sie sehen?"

„Aber natürlich."

Sie stand auf und ging ins Wohnzimmer. Mit einer ausladenden Geste, als würde sie einen Schatz präsentieren, zeigte sie auf die neun Bände mit den Romanen und Geschichten von Sherlock Holmes.

Ernesto kniete nieder und zog einen Band heraus. Es war „Der Hund von Baskerville". Der Einband zeigte die Silhouette eines Hundes mit gesträubtem Nackenhaar, dahinter ein Vollmond. Schnell blätterte Ernesto das Buch durch. Dann nahm er das nächste. „Die Abenteuer des Sherlock Holmes". Hier gab es ein paar Anstreichungen, einige Notizen am Rand. Friedl hatte diese Bücher immer wieder gelesen. Das sah man ihnen an. Besonders der fünfte Band „Sherlock Holmes' Buch der Fälle" musste es ihm angetan haben. Die Seitenränder waren mit Notizen übersät.

„Sylvia, ich habe eine große Bitte", sagte er. „Leihst du mir die Bücher? Ich verspreche hoch und heilig, dass ich sie wieder zurückbringe."

„Aber wirklich. Du musst es mir bei allem versprechen, was dir heilig ist. Ich hab ja sonst nichts mehr von ihm."

„Ganz, ganz ehrlich", sagte Ernesto und nahm ihre Hände in die seinen.

Kapitel 20

1

Knalleffekt im Mordfall Schatz

Verdächtiger nach Tatortbegehung verhaftet. Komplizierte Ermittlungen scheinen nun abgeschlossen.
Von Ernesto Valenti

Ende Oktober wurde die Leiche von Alfred Schatz unter mysteriösen Umständen in der Kornettkeusche des Schlosses Waldenstein gefunden. Der Körper wies eine Schusswunde im Kopf auf. Von der Tatwaffe und dem Täter fehlte jede Spur.

Erste Ermittlungen der Kriminalpolizei unter der Leitung von Major Horst Steinkellner führten ins unmittelbare Umfeld des Toten. Wie Major Steinkellner angab, stellte sich die Untersuchung aber von Beginn an als äußerst schwierig heraus.

„Die Obduktion hat ergeben, dass Alfred Schatz mit einer Pistole des Kalibers 9 mm Parabellum aus nächster Nähe erschossen wurde“, berichtet Major Steinkellner. „Unsere Suche konzentrierte sich ab diesem Zeitpunkt vor allem auf die Waffe. Wir haben sukzessive alle Waffenbesitzer des Tales kontrolliert. Diese Taktik führte zum Erfolg.“

Wie Major Steinkellner weiter ausführt, stieß man im Zuge der Ermittlungen auf Armin T., einen Bekannten und Freund von Alfred Schatz. In seinem Besitz soll sich unter anderem eine Beretta mit dem Kaliber 9 mm Parabellum befinden. Auf Aufforderung konnte T. die Waffe allerdings nicht vorweisen.

Weitere Ermittlungen brachten zutage, dass sich T. zur Tatzeit in Waldenstein befand und sich mit Alfred Schatz treffen wollte. Obwohl der Verdächtige die Tat leugnet und während der Tatortbegehung mehrmals behauptete, man habe ihn in eine Falle gelockt, wurde er verhaftet.

„Das Alibi des Verdächtigen hat sich als falsch erwiesen. Er war zum Tatzeitpunkt nicht, wie angegeben, im Ausland, sondern in unmittelbarer Nähe des Tatorts. In seinem Besitz befindet oder befand sich eine Waffe, die die Tatwaffe sein könnte. Seine Beziehung zum Opfer war eng und durchaus nicht ohne Konflikte. Alles in allem weisen ihn die Indizien als Täter aus", gibt Major Steinkellner in einer Stellungnahme gegenüber der Presse bekannt.

Ernesto wischte sich den Schlaf aus den Augen und las sich seinen Artikel noch einmal durch. Taferner ging für den Mord an Friedl ins Gefängnis. Selbst wenn er weiterhin leugnete, die Indizien reichten völlig aus. Ernesto war mittlerweile davon überzeugt, dass Taferner auch den Mord an Irene Schatz begangen hatte. Er war in dieser Nacht über Irene Schatz hergefallen und hatte sie erstochen. Nur, diesen alten Fall würde niemand mehr aufrollen. Der Verurteilte hatte seine Strafe abgesessen und war jetzt tot. Der eigentliche Mörder lief frei herum, aber das interessierte niemanden. Zwei Morde, eine Haftstrafe. So gesehen kam Taferner noch glimpflich davon.

Ernesto drückte die Kurzwahltaste und wartete, bis Winfried Auer abhob.

„Du hast im Büro überhaupt nichts verloren", sagte Auer.

„Mach mir eine Seite überregional frei. Steinkellner hat jemanden verhaftet.“

„Das habe ich schon mitbekommen. Nicht nur du liest die Pressemitteilungen der Polizei. Ich sag es dir noch einmal. Du ruhst dich aus und kommst frühestens nächste Woche zurück.“

„Der Artikel ist fertig. Also mach keinen Aufstand und nimm ihn“, sagte Ernesto. „Außerdem schreib ich dann gleich noch einen Artikel, und dann geh ich nach Hause.“

„Wenn du es nicht lassen kannst. Um was geht es?“

„Um Martin Wutscher.“

„Ein bisschen mehr Info, bitte“, sagte Auer.

„Vielleicht zieht er seine Kandidatur zurück, wenn er den Artikel gelesen hat.“

„Was hast du herausgefunden?“

„Lies den Artikel. Ich schick ihn dir, sobald er fertig ist.“

Gleich nachdem Ernesto aufgelegt hatte, läutete das Telefon. Er ging nicht ran. Das Büro war offiziell geschlossen, und der Anrufer wurde in die Redaktion in Klagenfurt umgeleitet.

Vor ihm auf dem Tisch lagen Friedls Hefte. Es würde ein paar Stunden dauern, das alles zu kopieren, und Ernesto fragte sich, ob es das wert war. Der Fall war abgeschlossen. Friedls Lebenserinnerungen, seine Recherchen über Politiker, seine Listen. Inhaltsangaben von Büchern, Wetterberichte und immer wieder Zeitungsausschnitte.

Ernesto würde das Buch über Friedl nicht schreiben, also brauchte er die Hefte nicht länger. Er schob sie zu einem Stapel zusammen und dachte über Martin Wutscher und sein Angebot nach. Leider hatte Ernesto das Gespräch nicht aufgenommen. Die Diktiergeräte-App am Mobiltelefon konnte er mittlerweile zwar bedienen. Er vergaß nur immer, sie zu aktivieren.

Mit einer Tonaufnahme wäre der Artikel ein Kinderspiel gewesen, aber so musste sich Ernesto etwas einfallen lassen. Er schnappte sich seine Zigaretten und ging nach draußen.

Die Scheibe im Schaukasten des Kinos war ausgetauscht worden, und auch Bruce Willis grinste wieder mit heilem Gesicht vom Plakat. Die Kinobesitzerin sperrte gerade die Eingangstür auf und nickte Ernesto zu. Er hob die linke Hand und winkte.

Ein Mofa fuhr vorbei, kreuzte die roten und grünen Markierungen am Asphalt. Hier war Natascha gelegen. Dort war der Schütze gestanden. Der Jäger, der sich erschreckt umdreht und das Gewehr hebt. Natascha, die ihm für einen Moment in die Augen sieht. Der Schuss.

Er drückte die Zigarette aus und ging zurück an den Schreibtisch. Friedls Notizen mussten reichen, um Wutscher in Schwierigkeiten zu bringen. Man musste die Zitate nur geschickt arrangieren, und Wutscher hatte im Grunde schon auf die Vorwürfe geantwortet. Das Gespräch selbst würde er nicht abstreiten, bloß den Bestechungsversuch.

Im vorletzten und im letzten Heft fand Ernesto die Tabellen mit den Geldbeträgen, die Wutscher an Friedl gezahlt hatte. Das hatte Wutscher auch nicht bestritten. Aber sicherheitshalber würde Ernesto ihn noch einmal anrufen und fragen. Die Angelegenheit war heikel. Er klappte die Schutzhülle seines Mobiltelefons auf und wählte Wutschers Nummer.

„Ich rufe wegen unseres Gesprächs im Golfclub an", sagte Ernesto.

„Haben Sie es sich überlegt? In der Partei gibt es quasi endlose Aufstiegschancen. Sie könnten sogar Bundeskanzler werden." Wutscher lachte.

„Das Angebot muss ich ablehnen. Aber danke, dass Sie gefragt haben. Mir geht es um etwas ganz anderes."

„Hören Sie, Valenti. Sie nehmen das Gespräch doch nicht auf?"

„Machen Sie sich keine Sorgen."

„Friedls Taktik war nicht sehr lukrativ. Also überlegen Sie es sich besser noch einmal."

„Ich will Sie nicht erpressen. Das hat Friedl doch getan, oder?"

„Sie könnten es so nennen."

„Wegen der Geschichte von damals, wegen der Nacht, als seine Frau ermordet wurde?"

„Da war doch nichts", sagte Wutscher. „Verstehen Sie? Ich war in dem Lokal, und ja, ich habe Friedl damals gut gekannt, aber mit dem Mord hatte ich doch nichts zu tun. Aber man kann so eine Publicity als Politiker nicht gebrauchen, schon gar nicht vor den Wahlen."

„Wie gesagt, ich lasse mich nicht kaufen", sagte Ernesto. „Und weil ich fair bin, gebe ich Ihnen Gelegenheit, etwas dazu zu sagen."

„Wozu?"

„Friedl hat Sie erpresst. Das ist jetzt im Zuge der Recherchen zu seiner Ermordung ans Licht gekommen. Das ist eine Geschichte, die ich schreiben muss."

„Warum müssen Sie das? Das hat doch überhaupt keine Relevanz mehr."

„Ihre Wähler oder Nichtwähler sollten das wissen, finde ich. Sie sollten vor allem wissen, wie Sie mit so einer Situation umgehen. Anstatt die Sache anzuzeigen und damit öffentlich zu machen, versuchen Sie, den Erpresser zu beschwichtigen, und gehen auf seine Forderungen ein. Das finde ich interessant, und ich glaube, auch andere könnten das sehr spannend finden."

„Sie wollen mich ruinieren. Das ist Ihre Masche, nicht wahr? Aber ich verstehe nicht, was Sie gegen mich haben. Ich habe Ihnen doch nichts getan."

„Genau das ist das Problem, dass Sie nicht begreifen, was Sie da tun", sagte Ernesto.

„Was wollen Sie? Sagen Sie es. Es muss doch eine Lösung geben."

„Von Ihnen? Gar nichts."

„Sie werden also schreiben, dass Friedl mich erpresst hat und dass ich darauf eingegangen bin?"

„Und natürlich, welche Geschichte hinter der Erpressung steckt."

„Das können Sie nicht. Ich warne Sie. Das dürfen Sie nicht. Ich werde dafür sorgen, dass Sie das bereuen."

„Das habe ich schon ein paarmal gehört", sagte Ernesto. „Ihre Parteikollegen sind auch ganz gut darin, Journalisten zu drohen."

„Sie werden Ihren Job verlieren."

„Das kann sein."

„Dann stehen Sie auf der Straße. Nicht einmal als Hilfsarbeiter finden Sie noch einen Job."

„Sind Sie jetzt fertig?", fragte Ernesto. „Dann können wir das Gespräch ja beenden."

2

In den beiden letzten Heften fand Ernesto über zwanzig Einträge, die eine Geldübergabe schilderten. Wutscher leugnete das ja auch nicht. In einem ausführlichen Aufsatz schilderte Friedl, was er Wutscher vorwarf und wie er gegen ihn vorgehen wollte, wenn er nicht bezahlte. Ernesto legte das aufgeschlagene Heft neben die Tastatur und fing an.

Abgeordneter Wutscher erpresst

Drei Jahre lang wurde Landtagsabgeordneter Martin Wutscher wegen angeblichen Kokainkonsums erpresst. Im Zuge von Mordermittlungen kam das nun ans Tageslicht.
Von Ernesto Valenti

Drei Jahre lang wurde Martin Wutscher von seinem alten Bekannten und Freund Alfred Schatz erpresst. Das wurde nun durch Recherchen rund um den Mord an Schatz bekannt. Wie die Tagebücher des Toten verraten, beobachtete Schatz, wie der spätere Politiker bei mehreren Gelegenheiten Kokain konsumierte.

Obwohl die Straftaten schon längst verjährt sind, scheute Wutscher die schlechte Publicity. „Ich habe Alfred Schatz bei mehreren Gelegenheiten Geld gegeben", gibt Wutscher in einem Interview zu. „Ich hatte Angst, diese Vorwürfe könnten meine Karriere ruinieren."

In Schatz' Aufzeichnungen, die der Kärntner Tagespost exklusiv vorliegen, finden sich noch weitere Vorwürfe gegen Wutscher. So soll der spätere Politiker am Rande mit dem Mordfall Irene Schatz in Verbindung stehen. Wie Recherchen der Kärntner Tagespost aufdeckten, wurde Wutscher damals tatsächlich im Zusammenhang mit dem Mord befragt, konnte aber ein Alibi vorweisen.

Alfred Schatz wurde für den Mord an seiner Frau zu zwanzig Jahren Haft verurteilt. Als er vor drei Jahren aus der Haft entlassen wurde, begann er, Wutscher zu erpressen. Laut Kriminalpolizei kam Martin Wutscher weder für den Mord an Irene Schatz noch für den Mord an Alfred Schatz jemals in Betracht.

Ernesto schloss das Programm und lehnte sich zurück. Jetzt war der Fall wirklich erledigt, und er konnte nach Hause gehen. Die Hefte würde er nächste Woche bei Steinkellner vorbeibringen, das war früh genug. Taferner saß in Untersuchungshaft, und bis die Ermittlungen zu einem endgültigen Abschluss kamen, konnten noch Wochen vergehen.

Während er rauchte, blätterte Ernesto noch einmal in den Heften. Er hatte sich entschieden, sie nicht zu kopieren. Ein Stapel Papier mit Friedls Aufzeichnungen würde ihn immer nur an die Geschichte erinnern, und das wollte er nicht.

In den letzten beiden Heften hatte Friedl neben der Liste seiner Einnahmen aus der Erpressung auch etliche andere Listen angelegt. Listen von Einkäufen, von Preisunterschieden in Supermärkten und der Anzahl von Bierflaschen, die er täglich geleert hatte. Diese Eintragungen zogen sich über Seiten und waren mit Sorgfalt ausgeführt. Daneben gab es eine Liste von Büchern, die Friedl gelesen hatte. Auch hier eine akribische Auflistung der Autoren, Titel und Seitenzahlen.

Im letzten Jahr hatte sich Friedl die Romane und Erzählungen über Sherlock Holmes noch einmal vorgenommen. Wie er schrieb, hatte er die Bücher schon mindestens fünfmal gelesen. Aber jetzt wollte er sie Stück für Stück noch einmal genießen und mitschreiben, was ihm am besten und was ihm so gar nicht daran gefiel.

Im letzten Heft fand Ernesto die Rezensionen. Besonders ausführlich hatte sich Friedl mit den Erzählungen befasst. Hier gab es lange Artikel über den Vampir von Sussex, über die Liga der Rotschöpfe und natürlich über eine der berühmtesten Sherlock-Holmes-Geschichten, nämlich „Silberstern“. Friedl ließ sich hier über mehr als eine Seite darüber aus, dass die Abwesenheit eines Ereignisses ebenso merkwürdig sein kann und zur Klärung eines Kriminalfalls beitragen kann, wie die Anwesenheit eines Gegenstandes am Tatort.

In der Kurzgeschichte „Silberstern“ geht es um das Verschwinden eines Turnierpferdes namens Silberstern und die Ermordung seines Trainers John Straker. Sherlock Holmes löst diesen vertrackten Fall, indem er das eine wirklich seltsame Detail findet. Obwohl das Pferd aus dem Stall gestohlen wurde, hat der Hofhund nicht gebellt. Holmes schließt daraus, dass der Hund den Eindringling gekannt haben musste. Eben diese Abwesenheit des Bellens, der seltsame Zwischenfall mit dem Hund in der Nacht, führt Holmes zur Lösung des Falls.

„Die Abwesenheit eines Gegenstandes“, murmelte Ernesto. Die Zigarette hing an Ernestos Unterlippe und rauchte vor sich hin. Bei den Bewegungen des Mundes löste sie sich und kippte auf das Heft. Ernesto griff danach und nahm sie wieder auf. Ihm fiel ein, dass er im Büro nicht rauchen sollte und ließ die Zigarette in die halbvolle Kaffeetasse fallen.

Die Bücher, die er sich von Sylvia geliehen hatte, lagen im Auto. Ernesto zog sich die Jacke an und ging los. Kaum war die Bürotür hinter ihm zugefallen, zündete er sich die nächste Zigarette an. Er bemerkte es kaum. Erst als er den Wagen aufschloss, sich nach vor beugte und ihm der Zigarettenrauch in die Augen stieg, nahm er die Zigarette aus dem Mund.

Die Umschläge der Bücher fühlten sich klamm an. Die kühle Feuchtigkeit hatte sich auf die Oberfläche gelegt, war zwischen die Seiten gekrochen. Im Gehen barg Ernesto die Bücher in seiner Armbeuge, stapelte sie im Büro auf dem Schreibtisch und nahm dann den ersten Erzählband, um ihn durchzublättern.

Wie ihm schon in Waldenstein aufgefallen war, gab es an den Seitenrändern Notizen. An manchen Stellen mehr, an anderen weniger. Die klassischen Kurzgeschichten hatten es Friedl angetan. Er schien nach etwas gesucht zu haben, einer Struktur möglicherweise. Aber warum sollte er das getan haben? Nur ein Literaturwissenschaftler oder ein Schriftsteller würde sich die Mühe machen, die Handlung so genau zu untersuchen. Nachzuprüfen, an welcher Stelle Sir Arthur Conan Doyle die Hinweise setzte und wie er sie versteckte. Das würde ein durchschnittlicher Leser nicht tun, selbst ein besessener Krimileser würde kaum so weit gehen. Aber Friedl hatte es getan.

In seinen tagebuchartigen Aufzeichnungen widmete Friedl der Geschichte „Das Rätsel der Thor-Brücke“ mehr als vier Seiten, und das fand Ernesto nun doch einigermaßen auffällig.

Die Geschichte hatte er irgendwann einmal gelesen. Lange her, und er erinnerte sich nur noch sehr vage an die Handlung. Irgendetwas mit einem Revolver und einer Brücke. Ernesto schlug das Buch auf und begann zu lesen.

Wie so oft beginnt die Geschichte mit dem Besuch eines geheimnisvollen Gastes in der Baker Street 221b. Der angesehene Geschäftsmann, Magnat und Finanzexperte Neil Gibson hat seine Visite angekündigt.

Holmes weiß selbstverständlich gleich, worum es sich dreht. Gibsons Frau ist erschossen bei der sogenannten Thor-Brücke aufgefunden worden. Die Brücke befindet sich ganz in der Nähe des gemeinsamen Anwesens in Hampshire. Die Tatwaffe fehlt. In der Hand der Toten findet man eine Nachricht. Auf dem Zettel steht „Ich bin um neun Uhr an der Thor Brücke – G. Dunbar."

Bei G. Dunbar handelt es sich um Miss Grace Dunbar, das Kindermädchen der Gibsons, und wie sich bald herausstellt, auch die Vertraute, wenn nicht gar Geliebte des Hausherrn. Als die Polizei eine kürzlich abgefeuerte Waffe in Miss Dunbars Kleiderschrank findet, wird die junge Frau verhaftet.

„Du Mistkerl hast uns alle an der Nase herumgeführt", sagte Ernesto. Er las die Geschichte zu Ende und packte die Bücher in eine Tasche. Dann schaltete er den Computer aus, sperrte die Tür hinter sich zu und ging.

3

Der Nachmittag begann sich schon zu neigen, als Ernesto den Wagen vor der ehemaligen Volksschule in Waldenstein parkte. Die Bücher unter dem Arm, ging er über das gefrorene Gras, und weit weg in den reifüberkrusteten Himbeerstauden zwitscherte eine Amsel. Ernesto blieb stehen und hörte ihr zu. Es kam ihm vor, als hätte er schon seit Wochen keinen Vogel mehr gehört.

Die Tür war nicht abgeschlossen. Das alte Klassenzimmer und die Küche waren leer, aber von oben, vom ersten Stock, drang ein Rumoren herunter.

„Sylvia", rief Ernesto.

„Was ist?“ Sie tauchte am Treppenabsatz auf. „Ah, du bist es. Kaffee?“

„Ich bring nur die Bücher zurück“, sagte Ernesto. „Eine Bitte hab ich noch.“

„Mhmm.“ Sie kam noch ein paar Stufen weiter herunter.

„Wenn ich in eineinhalb Stunden nicht zurück bin, ruf die Rettung. Ich geh ins Schloss, und ich fürchte, ich muss klettern.“

„Was willst du jetzt noch im Schloss?“

„Ich muss etwas überprüfen.“ Ernesto stellte die Bücher zurück ins Regal und ging Richtung Ausgang.

„Was musst du überprüfen?“ Sylvia folgte ihm, und als er den Kofferraum seines Wagens öffnete und die Bergschuhe herausholte, nahm sie ihm einen der Schuhe aus der Hand.

„Du bist nüchtern“, sagte Ernesto. „Gut so. Dann hast du verstanden, was ich gesagt habe.“ Er nahm ihr den Schuh wieder ab und zog ihn an. Die Taschenlampe steckte er in die Jackentasche, und dann marschierte er los.

„Pass auf dich auf“, rief ihm Sylvia nach.

Ernesto hob den Arm und winkte, drehte sich aber nicht zu ihr um.

Neben der Haselstaude an der Ostseite des Schlosses fand Ernesto den schmalen Steig, der hinunter zur Schmiede führte. Vorsichtig tastete er sich vor. Der Boden war steinhart, und auf den Steinen war der Nebel der letzten Tage gefroren.

Die Tür klemmte immer noch. Ernesto gab ihr einen Tritt. Das Türblatt vibrierte, bewegte sich aber nicht von der Stelle. Erst als er sich mit der Schulter dagegenstemmte, gab die Tür nach. Zehn Zentimeter, dann noch einmal zehn Zentimeter.

Das Licht der Taschenlampe wurde von den verrußten Wänden aufgefressen. Diesmal stolperte Ernesto nicht über die Eisenteile am Boden, und er fand gleich den Ausgang Richtung Innenhof. Den Weg bis zur Kornettkeusche kannte er. Unterwegs machte er einen Abstecher in den Renaissancetrakt. In einem Saal war ein großes Stück von der Decke abgeplatzt, und Ernesto sah die Verkleidung aus Schilf. Das letzte Fest war schon lange her. Eine roh gezimmerte Tribüne stand an der Kopfseite des Saals. Dort prangte auch das Bergmannswappen. Fahle Girlanden hingen von den Wänden, eingesponnen von riesigen Spinnennetzen.

Doch Ernesto war nicht hier, um den verblichenen Zeiten nachzuspüren, er musste weiter hinauf. Die Kornettkeusche fand Ernesto so vor, wie er sie nach der Tatortbegehung verlassen hatte. Der leichte Geruch nach Verwesung war etwas stärker geworden. Die Blutflecken wirkten jetzt schwarz und glänzten kaum noch. Die Hautfetzen und die Gehirnmasse an der Wand waren vertrocknet.

Am Boden sammelten sich die Bier- und Weinflaschen in einer Ecke. Die Spurensicherung hatte sie eingestäubt, und so sahen sie jetzt aus wie Relikte eines fernen Jahrhunderts, überzuckert vom Staub der Zeit.

Durch das vergitterte Fenster lugte das Nachmittagslicht. Ernesto schaltete die Taschenlampe ein und untersuchte das schräge Fensterbrett. Hier gab es eine Menge Kratzer. Manche davon waren frisch. Aber es gab keine eindeutigen Spuren. Es sah so aus, als hätten Friedl und seine Kumpel mehr als eine Flasche Bier an der unregelmäßigen Kante aufgemacht.

Das Fenster war nicht sehr groß, vielleicht vierzig mal vierzig Zentimeter im Quadrat. Ernesto versuchte, durch das Fenster ins Freie zu sehen. Das Gitter an der Innenseite hielt zwar, als er sich mit den Händen daran hochzog, aber es verhinderte auch, dass Ernesto mehr sah als einen kleinen Ausschnitt des Himmels und die Spitze einer Fichte. Er musste weiter hinauf.

Die Stiege endete hier im dritten Stock, aber es gab einen Schlupf, der in ein Dachgewölbe führte. Zuerst leuchtete Ernesto den Raum mit der Taschenlampe aus. Am anderen Ende, so schien es, kam man wieder ins Freie. Wenn sich Ernesto nicht täuschte, dann war das da drüben der Burgfried.

Am Rand der Mauer lag ein Balken. Er war in das Mauerwerk eingelassen und wirkte stabil. Rechts und links davon begann ein Gewölbe aus Ziegeln, zwischendurch fehlte ein ganzer oder ein halber Stein, und Ernesto konnte, während er über den Balken balancierte, in den Saal hinuntersehen. Wenn der Balken nicht hielt oder Ernesto ausrutschte, ging es fünf oder sechs Meter in die Tiefe.

Langsam belastete Ernesto das Bein. Der Balken knarrte. Als Ernesto mit seinem ganzen Gewicht auf dem Balken stand, ächzte das Holz, aber der Balken bewegte sich nicht. Noch konnte sich Ernesto mit einem Sprung nach hinten in Sicherheit bringen, aber wenn er weiterging, dann vertraute er sein Leben diesem alten Stück Holz an.

Beim nächsten Schritt knarrte der Balken erneut, aber es hörte sich nicht so an, als würde er gleich brechen. Nur von der Kante staubte morsches Holz auf, wenn Ernestos Schuhe sie berührten.

Ernesto fühlte sich nicht besonders sicher auf dem schmalen Balken. Er streckte die Arme aus, um das Gleichgewicht zu halten, und doch rutschte er mit einem Fuß ab. Der Ziegel unter ihm zerbröselte. Mit Tosen rauschte das Gewölbe in die Tiefe und prasselte auf den Holzboden unten im Saal. Ernestos Herzschlag pochte bis in den Hals. Der Atem fuhr ihm keuchend aus den Lungen, und Ernesto hockte sich hin, hielt sich mit beiden Händen am Balken fest.

Das letzte Stück bis zum Ausstieg legte Ernesto auf allen vieren zurück. Als er zurücksah, hing eine Staubwolke unter den Dachsparren, und vom Saal darunter hörte Ernesto ein Knirschen, als ob dort die Bodenbretter jeden Moment nachgeben würden.

Vor ihm öffnete sich der Burgfried, etwa sechs mal sechs Meter im Quadrat und gut zwanzig Meter hoch. Auf der Mauerkrone wuchsen Bäume. Zwischen den Seitenwänden waren Seile gespannt. Von einem Balken in zehn Meter Höhe hing eine Leiter frei in den Raum. Ans untere Ende der Leiter war ein Seil geknotet, und das Ende des Seils reichte gerade so weit herunter, dass Ernesto es mit ausgestreckten Armen greifen konnte.

Wenn er da hinaufwollte, um aus einer der Schießscharten zu schauen, dann blieb ihm nichts anderes übrig. Er sprang hoch, packte das Seil mit beiden Händen und schwang sich in die Höhe. Mit den Füßen stützte er sich an der Mauer ab, fasste das Seil fester und begann, sich in die Höhe zu ziehen.

Das war eine mühselige Arbeit, und Ernesto keuchte schon nach zwei Metern. Die Oberarme begannen vor Anstrengung zu brennen, und Ernesto biss die Zähne zusammen. Nur noch einmal umgreifen, und noch einmal, und dann hatte er das untere Ende der Leiter erreicht.

An der Leiter festgekrallt, verschnaufte Ernesto. Die Leiter schwang hin und her. Sie war oben mit

Draht an dem Balken festgebunden. Von hier aus wirkte der Draht nicht sonderlich dick, und er war an einigen Stellen mit Rost überzogen. Besser, Ernesto beeilte sich.

Am oberen Ende der Leiter zog sich Ernesto hoch und saß nun rittlings auf dem Balken. Das Holz war vielleicht fünfzehn Zentimeter breit, und jetzt bemerkte Ernesto, dass sich der Balken durchbog. Schnell rutschte er vorwärts, ging auf allen vieren bis an den Rand der Mauer. Am Grund des Burgfrieds lagen Steine und Erde, zerborstenes Holz und Eisen. Ernesto versuchte, nicht nach unten zu sehen.

Ernesto saß auf dem Balken in zehn Meter Höhe. Seine Beine baumelten in der Luft, und er hielt sich mit beiden Händen an der ausgebrochenen Schießscharte fest. Weit unten, zwanzig, vielleicht sogar dreißig Meter tiefer, war der Hang. Dort hatte die Polizei nach der Waffe gesucht, hatte Büsche durchstöbert, das Gras durchkämmt und in jedes Loch gesehen.

Ernesto hatte sich hier heraufbegeben, auf diesen Balken, zu dieser Schießscharte, weil man von hier aus auf die Schlossmauer hinuntersehen konnte. Schräg unter ihm, keine zwei Meter entfernt, befand sich das Fenster der Kornettkeusche. Etwas weiter unten wölbte sich eine Fensterlaibung aus der Mauer. Und dort auf diesem Absatz lag etwas. Ernesto rückte näher an die Öffnung der Schießscharte heran. Jetzt konnte er den Gegenstand erkennen. Es war eine Pistole. Am Abzugsbügel war eine Schnur befestigt und an der Schnur ein Stück einer Eisenbahnschiene.

Ernesto saß da und schloss für einen Moment die Augen. Dann starrte er wieder die Waffe an. Da lag sie. Es konnte nur die Beretta sein, die in Taferners

Waffenschrank fehlte. Friedl hatte sie bei einem seiner Besuche entwendet, hatte sie eingesteckt und mitgenommen. Ernesto wusste nun, was sich am Freitag, den 28. Oktober in der Kornettkeusche zugetragen hatte.

Friedl Schatz verließ nach Einbruch der Dämmerung die Volksschule. Nachdem Friedl in der Kornettkeusche angekommen war, band er eine Schnur an den Abzugsbügel der Waffe. Das Schienenstück, das Friedl als Gewicht verwendete, stammte wahrscheinlich aus dem Abfall des Bergwerkes. Dann ließ er das Schienenstück an der Schnur aus dem Fenster gleiten. Er musste den Zug gespürt haben.

Er hielt die Pistole mit beiden Händen. Den Lauf richtete er auf seine Stirn, und dann drückte er ab. Die Pistole entglitt ihm, schlug auf der Schräge des Fensters auf und verschwand dann im Abgrund.

Ernesto wusste nicht, ob die Pistole aus Zufall auf dem Sims gelandet war oder ob Friedl das so berechnet hatte. Egal, wie es sich auch verhielt, dieses letzte Detail machte den Coup beinahe perfekt.

Ernesto robbte zurück zur Leiter, die frei im Raum hing, und begann seinen Abstieg. Das Seil schnitt ihm in die Handflächen, als er daran herabglitt. Das letzte Stück ließ er sich fallen, kam mit beiden Beinen am Boden auf und ging in die Hocke.

Auf dem Rückweg sah er bei Sylvia vorbei. Ihr Angebot, einen Kaffee zu trinken, lehnte er ab. Dann setzte er sich ins Auto und fuhr nach Hause. Er schob die CD ins Autoradio und als er den Waldensteiner Graben verließ, sang Kurt Ostbahn gerade: „Oba i uraß liaba ois daß i a Lebtog spoa auf a schene Leich."

Ernesto zündete sich eine Zigarette an und stellte die Musik lauter. Er lächelte.

Nachbemerkung

1

Die Sage von der Kornettkeusche auf Schloss Waldenstein verfolgt mich seit Kindertagen. Der abgebissene Finger, die blutige Inschrift an der Wand und das grinsende Skelett des Kornetts von Peckern haben mich fasziniert. Je älter ich wurde, desto mehr begann mich allerdings die Geschichte hinter den Gruseleffekten zu interessieren. Es ist vor allem eine Geschichte der Macht und des Missbrauchs von Macht, eine Geschichte der Unterdrückung und der Ausbeutung.

Eben so eine Geschichte der Unterdrückung spielte sich ab, als etwa Mitte der 1990er Jahre einige Sozialhilfeempfänger dazu genötigt wurden, von Wolfsberg in die damals bereits aufgelassene Volksschule Waldenstein zu ziehen. Mir erschien das wie eine Transformation der Sage vom Kornett. Wieder schafften sich die Mächtigen ein vermeintliches Problem aus den Augen. Wieder wurden die Schwächeren ihrer Stimme beraubt und ihr Schmerz negiert. In diesem Widerstreit liegt der Kern meines Romans.

Darüber hinaus sind alle Handlungen, Personen und Ereignisse Produkte meiner Fantasie. Ähnlichkeiten mit lebenden oder toten Personen wären Zufall. Mir liegt nichts daran, einen Schlüsselroman zu schreiben, ganz im Gegenteil. Es geht um Strukturen und Muster, die sich wiederholen und nicht an einen Ort oder an eine Zeit gebunden sind.

2

Als ich diesen Roman zu schreiben begann, wusste ich noch nicht, dass mein Freund Matthias Marsche nicht mehr die Gelegenheit haben würde, ihn zu lesen. Wir haben die Welt, die in dieser Erzählung aufblüht, gemeinsam bereist und in ihr gelebt. Ich bin davon überzeugt, vieles hätte ihn zum Lachen gebracht, und es hätte ihm gefallen, noch einmal in das Dickicht unserer Jugend einzutauchen.

Matthias war der gütigste Mensch, dem ich jemals begegnen durfte. Er war bescheiden und umsichtig. Alles Eigenschaften, die man sich für seinen besten Freund wünscht. Aber er war auch zutiefst verletzt. Wir alle vermochten nicht, ihm dabei zu helfen, die Wunden zu heilen oder wenigstens den Schmerz weiter zu ertragen.

Vielleicht wurzelten die Güte und die Hilfsbereitschaft, die Matthias so auszeichneten, eben in dieser tiefen Verwundung. Er wusste, wie es sich anfühlt, hilflos zu sein, verlassen und ohne jede Hoffnung.

Mit diesem Buch versuche ich, auf ein Unrecht hinzuweisen, das Matthias immer bekämpft hat, und zwar nicht etwa als politischer Aktivist, sondern in seiner täglichen Arbeit mit behinderten Menschen und in seiner Hilfe für alle, die zu ihm gekommen sind. Ihm ist dieser Roman zugeeignet.

Mein besonderer Dank gilt Andreas Henckel von Donnersmarck. Er hat mir freundlicherweise gestattet, Schloss Waldenstein zu betreten und die ominöse Inschrift an der Wand der Kornettkeusche zu untersuchen.

Ich bedanke mich bei Mag. Gottfried Kompatscher für die freundliche Erlaubnis, die Sage „Richter, richte recht“ hier verwenden zu dürfen. Sie stammt aus meinem Buch „Kärntner Sagen“, das 2013 im Tyrolia Verlag erschienen ist. Die wunderbaren Illustrationen in den Kärntner Sagen stammen von Jakob Kirchmayr.

Ganz besonders danke ich meiner Frau Ingrid, die dieses Buch begleitet hat. Ihre kritische Lektüre, ihr unermüdliches Bemühen haben das Buch wie immer besser gemacht.

Danke auch an meine Tochter Anna. Deine Hilfe und Unterstützung ist großartig und unbezahlbar.